差距

王冲 / 著

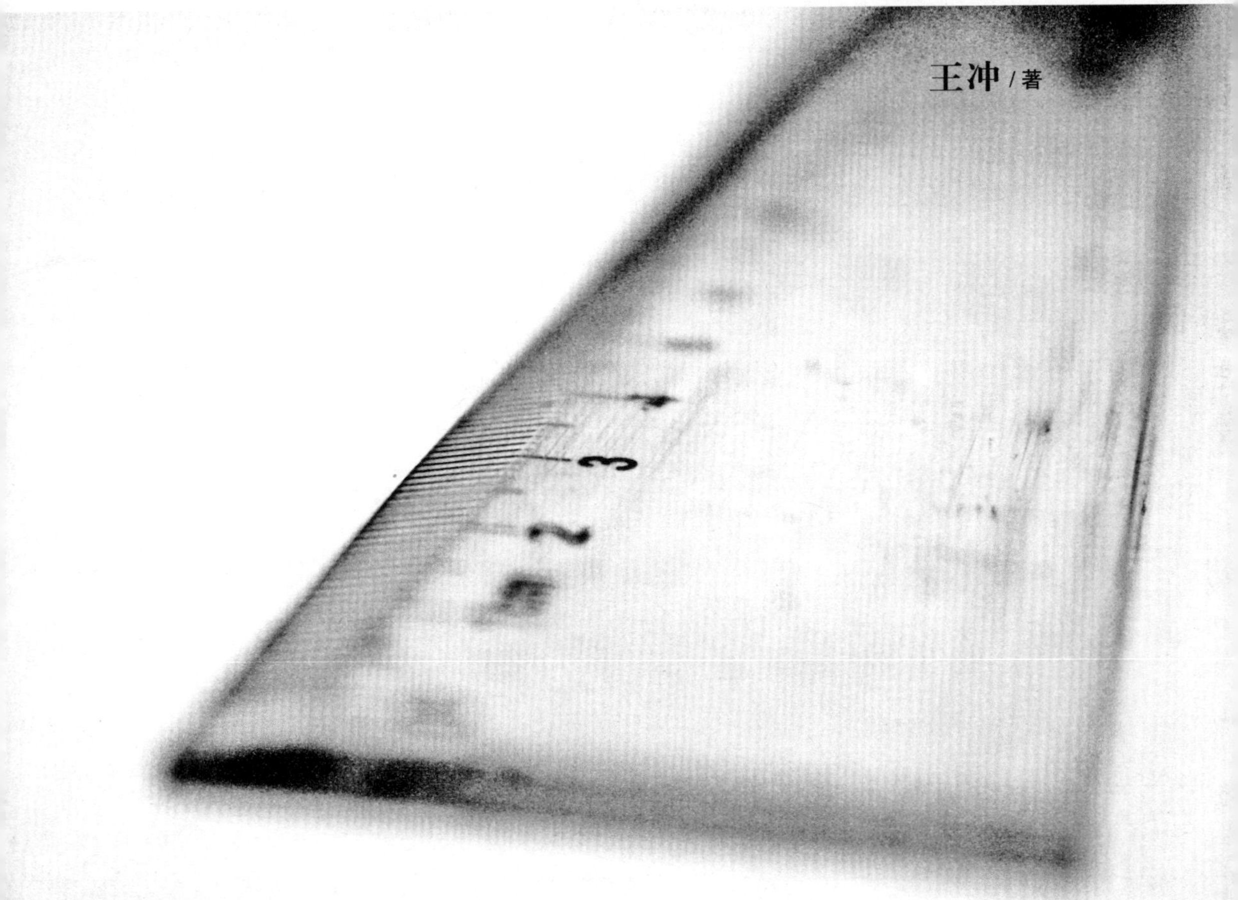

人民东方出版传媒
東方出版社

第 三 章　欧洲和谐社会是如何建成的

第 四 章　复杂局面考验中国外交

第五章　西方，无需仰视

第六章　我们该如何走出中国式困境

中国有软实力吗？

章立凡

一片反日砸车声中，开卷读这部书稿，仿佛夏日饮冰。作者王冲先生因工作关系周游世界各国，将所见所闻娓娓道来：美国的民主、日本的国民素质、德国的效率、俄罗斯的务实、瑞典的福利、以色列的智慧……解析丝丝入扣，品之口有余甘。愿略借他几张页面，与读者谈谈我读此书引发的思绪。

新闻记者：也是历史的记录者

读此书稿，常有种"被撞了一下"的感觉，很多问题与作者想到一块了。他的工作是新闻，我的专业是历史，两个貌似相去甚远的行当，有此灵犀不谓无由。

今天的新闻，明天就开始变旧，最终将变成历史学者的研究对象。从结绳记事到甲骨契刻，记者与史家原是同一工种，后来才逐渐有了分工。记者是新闻记录者和观察者，史家是旧闻编纂者和研究者。二者的工作对象虽不在同一时空，工作性质却十分相近。

人们熟悉的一些著名记者，退休后转型为历史学者。例如老报人陶菊隐、徐铸成、萧乾诸先生，从长期记者生涯的深厚积累中提取精华，留下了不少文史著述。当今最成功的范例，是老记者杨继绳先生，其著作填补了当代史研究的重大空白。

王冲年富力强，网上资料称其为"资深国际事务记者"，其实年方三十七岁，更"资深"者肯定大有人在，难得的是他那份老成冷峻。从字里行间的思考中，我看到了另一种可贵的潜质。

缺乏软实力：就永远是“世界工厂”

2012年反日游行，钓鱼岛还没收回，中国人自己先打起来了。爱国愤青们砸了上千日系车，不仅同胞财产受损，日资企业的损失也得赔偿。这笔帐当局是怎么算的，我搞不明白，但赔偿肯定得由纳税人负担。难怪有句老话：有什么样的人民，就有什么样的政府；有什么样的政府，就有什么样的人民。

中国的“世界工厂”地位，其实是一种悲哀。以中日贸易为例，利润大都流向日本，中国不过赚了点加工费。2011年日本海啸过后，今年原本有望扭转连年逆差的局面，现在是彻底没戏了。

那么，中日关系的未来走向如何呢？作者说：“看着北京、上海的大街上的本田、丰田、日产，使用着佳能、尼康、索尼的产品，中国人实际上很难找到胜利的感觉。敢问，2009年日本产品对中国市场的占有率，比1936年是提高了还是降低了？鉴于此，有日本人说，中日不会再度开战，因为日本通过战争未能得到的利益，早已在中国得到了。”

中国GDP已超过日本，成为全球第二大经济体。作者却认为，中日经济差距至少有50年，因为技术差距至少50年。技术的差距，就意味着经济的差距；技术水平赶不上去，就难免处于给人“打工”的地位。中国在亚洲最大的优势在于经济，但经济上的强势并没有开花结果。这个角度的观察，我十分认同。

强国软实力：源自思想自由

身为记者，作者善于从别人的故事中捕捉秘密。以色列大作家阿摩司·奥兹讲述的两段经历，解开了犹太民族在强敌环伺下的生存玄机。

一是奥兹发表反对政府决策的主张后，奥尔默特总理邀他到总理府喝咖啡（章注：不是“请喝茶”），激辩一个半小时，结果谁也没有说服谁。二是奥兹坐出租车被司机认出，对他说：“我读过你的书，但是我不同意你的观点。”司机滔滔不绝陈述观点，他只有听的份儿。奥兹先生告诉作者：“以色列强大的秘密就是怀疑和辩论。”

"两个犹太人有三个脑袋。"作者说：在这个国家，每个人都在思考，个体之间的观点强烈碰撞，于是整个社会在不断修正中平稳地前行。借助发达的媒体，各种思想、见解都可以传播。

我们常说，中华民族是个伟大的民族，但思想史上百家争鸣的时代，仅仅有过两次：一次是两千多年前的春秋时代，到汉武帝时代"罢黜百家，独尊儒术"；另一次是清末开始的中西文化对撞时代，历经民国的新文化运动，到1949年后重新定于一尊。

不容异见的国度，经受不起思想的自由交锋碰撞，也不会拥有真正的软实力。思想上的一元化会扼杀一个民族的创造力，这样的常识常常被有意忽视。

国民教育：强国的"底层设计"

前一时期热议改革的"顶层设计"，我曾提出一个疑问：中国教育制度从根本上就不是为公民社会设计的，只是为大机器生产标准件，不需要独立思考。无论是官是民，都是同一教育生产线的产品。没有坚实的"底层设计"，再好的"顶层设计"恐怕也是空中楼阁。

书中以不少篇幅谈国外教育。例如，日本在明治维新时代，就实行全民义务教育；二战后政府在极其困难的条件下，颁布《儿童福利法》，孤儿不问国籍，全部由政府收养，保证完成高中教育；日本的诚信教育，从家庭到学校、企业，贯穿于人的一生。作者感慨道："一个把教育办成这样的国家，你如何去跟她竞争?"

作者认为，国与国差距的根本在于人，人的差距根本在于教育，教育在幼儿阶段就出现的微小差别，会在未来无限放大，像手电筒的光一样，照得越远，散射越大，影响面越广。国家的强大与否、国民的幸福与否根本不在制度，而是制定制度、遵守制度的芸芸众生。人始终是一切变数中最大的要素。

有比较才有鉴别，书中也谈及教育投入对比：2010年中国教育支出2159.9亿元，平均每人不到200元；以色列人均教育支出近10000元人民币，是中国的50倍。而中国每年维稳支出达到7000多亿，是政府教育投入的2.5倍。

我的感慨是：维稳与教育投入的反差，昭示了制度设计上的本末倒置：底层设计越差，维护顶层稳定的成本就越高；头重脚轻的体制，难免有倾覆之虞。

弱国无外交：强国有乎哉？

作为国际事务记者，作者对中国对外关系有较多的观察。他谈及建政之初外交部门有一批记者出身的官员，记者的经历也大大帮助了外交事业。而今，外交越来越专业，和其他行业的交集也越来越少，外交和传媒之间的互动也欠缺了许多。他直言外交工作中有“弱国心态”：“太在意别人的话，对外界的表扬心花怒放，对外界的批评心生郁闷”。

我由此连想起胡耀邦对外交工作“授权有限”的质疑。1981 年 3 月 9 日，胡在谈到外事工作改革时，曾一针见血地指出：“外交部培养了一批好翻译和守纪律的工作人员，但没有培养出多少合格的外交家。”

作者详尽分析了日本在与邻国中、俄、韩的岛屿争端中步步为营、稳步推进的历程：“和中国的大度相比，日本在岛屿问题上可谓锱铢必较，这么做，有民族文化的原因，有经济上的考虑，也有政治上的因素。”作者还认为：“联俄抗美”将是中国最大的战略错误，并指出中美之间软硬实力的差距：

> 除了硬实力的差距，软实力也是重要原因。美国可以携自由、民主等普世价值观横扫全球，可以用好莱坞大片吸纳各国主流人群的关注，可以用 iPad 等产品让大家自愿打开钱包，但中国却没有这方面的杀手锏，中国和亚洲邻国之间，缺乏超乎利益的感召力和凝聚力。

这段话令人彻底无语。环视中国在亚洲和全世界的孤立状态，过去常说“弱国无外交”，如今号称强国了，又当如何呢？

自由民主：是资本主义的专利吗？

作者曾应美国国务院邀请，赴美国各州采访总统大选，采访过民主党候选人爱德华兹和伊利诺伊州参议员候选人巴拉克·奥巴马，是第一位采访奥巴马的中国记者。几年后再度赴美考察，又广泛接触了包括赖斯、伍德沃德在内的政界、媒体界人士。

作者认为：性格即命运，国民性即国家的命运。美国人的性格造就美国式民主，四年一度的总统大选，美国人的性格决定了他们的选择。读至此不免掩卷反思：中国人的国民性如何呢？我们有权选择命运吗？

近年中国掀起了一股反普世价值的波澜，不仅反对三权分立式的民主宪政，甚至连公民社会都成了“西方陷阱”。持此论调者不是无知就是数典忘祖，1945 年 9 月 27 日，毛泽东在回答路透社记者甘贝尔问时明确承诺：

> “自由民主的中国”将是这样一个国家，它的各级政府直至中央政府都由普遍、平等、无记名的选举所产生，并向选举它的人民负责。它将实现孙中山先生的三民主义，林肯的民有、民治、民享的原则与罗斯福的四大自由。它将保证国家的独立、团结、统一及与各民主强国的合作。

当年的中国共产党，所尊崇的是普世价值，从而赢得民心。然而，新中国成立后却走了一段弯路，走上了“一边倒”的“以俄为师”之路，直到改革开放后，才逐步走出苏式计划经济阴影，但至今尚未摆脱斯大林主义的魔咒。

对于历史上的“苏联模式”，俄罗斯领导人普京有着清醒的认识，作者引用了一句他的名言：“谁不为苏联解体而惋惜，谁就没有良心；谁想恢复过去的苏联，谁就没有头脑。”

读之不免扼腕再三：值此“大国崛起”之际，领导者太需要这样的见识，中国不应自外于人类共同文明。

睁眼看世界：百年中国学到什么？

这部书稿，犹如一部 21 世纪版的《新大陆游记》，读后既熟悉又遗憾。清末最早“睁开眼睛看世界”的徐继畬、魏源、林则徐那一代人，虽以著述介绍泰西文明，毕竟没有亲历亲见；比起容闳、梁启超、孙中山等周游列国并在西方长期生活过的思想者，对世界仍嫌隔膜。

清廷试行“新政”时，曾派大小官员赴欧美考察，涌现了一批游历者的日记、笔记和游记，视角观点见仁见智，有的见树木不见森林，有的见森林不见树木。而在宏观和微观上都有真知灼见者，无人能超越政治流亡者梁启超，难怪五大臣出洋考察宪政，政改奏折却要请朝廷通缉要犯梁启超捉刀。

竞争，就是学习并超越强者；出国考察，要派“睁开眼睛看世界的人”。据说21世纪是个学习型社会，以改革的名义出国考察，成了部分官员的项目。但除了购物，浮光掠影式的考察外，可供学习的机会还很多！

自19世纪中叶起，闭关锁国的中国开始向西方学习。先学坚船利炮等科学技术，逐渐接受了自由贸易，学习宪政制度；后来转而以俄为师专搞社会主义，孤立三十年闭门造车，最终不得不重新改革开放……。一个多世纪中，中国历史走了个大循环，诚如黑格尔所言：“从未从历史中学到任何东西。”

一个不会学习的民族，是没有资格侈谈软实力的。我们还要再循环一百年吗？

2012年11月29日　风雨读书楼

中国为什么不行

“两脚踏中西文化，一心评宇宙文章”，上学时，就梦想着有一天能像林语堂先生一般，胸怀中西文化，点评世界风云。机缘巧合，工作期间有机会跑遍西方发达国家，接触的有高官、学者，也有贩夫走卒。虽无林先生的深厚学养，却也愿意把所见所感记录在案，把我眼中的中西差距告诉国人。

看到差距后，我也一直在思考，中国到底哪里差？中国为什么不行？这本书，便是这些思考的汇集。

1. 一切政治都是地方的

2004年9月18日，北京的上空看到了久违的蓝天白云。上午10点，我拉着行李箱，准备打车去机场，开始我的美国大选之旅。

走出楼门，听到小区鼓乐齐鸣，中心花园挂着惹眼的红色条幅，上面写着“祝贺业主委员会选举大会召开”，小区的居民自发组织起来，热情如火地组织选举为自己说话的委员会，期待从此可以依法和开发商、物业抗衡，提高小区的管理水平。

小区选举业主委员会和美国人选总统，其实没有什么区别。在美国，一切政治都是地方的，选举镇长、公安局长比选举十万八千里之外的总统更重要——谁当总统对小镇来说都一样，可谁当镇长小镇会完全不同。

采访结束后回到家里，庆幸终于告别汉堡包和牛排，可以就着猪肉炖粉条一口气吃下两个大馒头，可欣喜之余备感痛心的是，我们选出的业主委员会竟然属于“非法组织”，朝阳区不予备案。理由很简单，我们选举的时候当地政府官员不在场。这荒唐的规定恰似"第二十二条军规"：选举必须有当地政府官员在场，可没有任何法律规定官员必须到现场。我们的代表反复解释说，给官员们打了电话，发了传真，人家就不肯屈尊露面，我们只好自己组织。可官员们不听这一套，至今，我们的业主委员还不被认可。

从那时起，我开始投入大量精力研究、思考，美国不是完美的，美国的制度也不是完美的，美国在国际上动辄发动战争的单边主义行径不得人心。然而，抛开这些，抛开一切意识形态的东西，问题的关键是：他们的经验我们如何借鉴，他们的教训我们如何避免。毕竟，如温总理所言，科学、民主、法制、自由、人权，并非资本主义所独有，而是人类在漫长的历史进程中共同追求的价值观和共同创造的。

2007 年，应美国国务院的邀请，我作为国际访问学者（IV）项目的一员，再次踏上美国的土地，经过一个月的旅程，进一步加深了对美国的了解。

两次访美，同美国民主党候选人巴拉克·奥巴马亲密接触，向美国国务卿赖斯提问，与主管亚太事务的助卿帮办柯庆生深入交谈，和把尼克松拉下马的名记者鲍勃·伍德沃德谈天说地，这些都让我对美国的政治、媒体有了深入了解。穿行于大街小巷，胡吃海塞各色食品，随随便便地和普通老百姓侃上几句，让我对美国人的了解不再流于表面，不再囿于书本，而是鲜活起来，生动起来。

上本科读的英文，老师来自美国；后来到北大深造，学的是文化比较，一直对中美（或中西）的异同怀有独特兴致，毕业后作为记者，工作更是和美国息息相关。2005 年，赴德国《世界报》工作，其间游历欧洲，更是从欧洲的角度与美国作了一番对比，自信对美国的看法比较客观、公正，至少，我在尽量做到这些。

2004 年去美国采访大选时，见到奥巴马的那一刻，是我最激动的时刻，那个场景至今还留在我的记忆深处。那时如此激动，是因为感受到"领导贴近群众"的真实场面，那远比在办公室采访布什来得更直接、更具真实性。

除了那一刻，还有几个场景让我印象深刻。

那是在芝加哥，我的采访对象是某工会组织芝加哥市的负责人。对不起，他具体是哪个工会我忘了，他的名字我也忘了，只留下了他的一张照片和一句令我难忘的话。我在听他介绍情况后，问了一个我一直百思不得其解的问题："你说自己一直为工人做事，维护工人的利益，那么，有钱有势的资本家对你进行贿赂，你怎么办？"

他听到这个问题先是一愣，然后和我说："这个很简单，如果我不为工人办事，明年，他们就不选我了。"

在西雅图，我采访了当地城市轻轨项目的负责人。这个项目的有趣之处在于，它不是市政府提出的，而是一个司机提出动议，然后募集到足够的签名后，提交政府的。政府犹豫不定，于是决定进行公投，结果公众过半数同意修轻轨，项目得以通过。

这几个细节联系在一起，我发现，要想被选上，就需要贴近百姓；要是选上后不好好干活，就会被选下来；干活时难以决断，还是要征求老百姓的意见。

我这点浅显的总结，在伟大的哲学家托克维尔那里，变成了一句话——一切政治都是地方的。我拜读这位哲人的书籍后，记下了其中几句经典语句：

> 乡镇却是自由人民的力量所在。乡镇组织之于自由，犹如小学之于授课。乡镇组织将自由带给人民，教导人民安享自由和学会让自由为他们服务。在没有乡镇组织的条件下，一个国家虽然可以建立一个自由的政府，但它没有自由的精神。片刻的激情、暂时的利益或偶然的机会可以创造出独立的外表，但潜伏于社会机体内部的专制也迟早会重新冒出于表面。

在欧洲，统治者本人就经常缺乏乡镇精神，因为他们许多人只承认乡镇精神是维持安定的公共秩序的一个重要因素，但不知道怎么去培养它。他们害怕乡镇强大和独立以后，会篡夺中央的权力，使国家处于无政府状态。但是，你不让乡镇强大和独立，你从那里只会得到顺民，而绝不会得到公民。

把乡镇政权同时分给这么多公民的美国制度，并不害怕扩大乡镇的职权。我们有理由认为，在美国，爱国心是通过实践而养成的一种眷恋故乡的感情。

是的，一切政治都是地方的。

我所认识的普通美国人，只是简单地希望自己的家庭生活富足，也许一个人一辈子关心的就是他的小镇。他选出的镇长，无论谁当了总统，都无法撤掉。那些被选出的地方官，不必唯上级马首是瞻，不必揣摩上意，他要做的，就是服务好选举他当官的人民。

因此，我觉得对美国人来说，选谁当总统不是最重要的，选谁当镇长才是最重要的。

对于中国而言，又何尝不是如此！

古代中国，地方实行的是乡绅自治，地方宗族大户担负起地方治理的职责。新中国成立以及“文革”后，基层的传统模式均被打碎，取而代之的是县政府、镇政府、村长，由于每一个环节都是下级对上级负责而不是对百姓负责，因此基层官员所受到的制约极其有限，当地百姓的生活好坏、支持与否与他的职位升降几乎全然没有关系。因此，地方官员没有任何动力来关心百姓。政令从最高层传递到最底层，经过不同的解读和执行，早已是面目全非。

鉴于此，早在20世纪90年代前期和中期，中国的村民选举程序在许多地方逐渐制度化。中国官方允许参观各种情况的选举，包括最具公正性和竞争性的选举以及明显由地方宗族势力的领导操纵的选举。90年代中期，原先只说“村民选举”的中国官员开始公开称“基层民主”，而国外观察者也由怀疑转而认为村民选举表现出真正的民主潜力。

遗憾的是，这一尝试力度不够，在有些地方甚至出现倒退。发生在广东乌坎的事件，也证明对农村的自上而下的管理已经失效。2012年2月1日,乌坎举行了公开的村民委员会选举，这才让乌坎事件有了初步的结果。

乌坎，只是中国农村的一个缩影。全国广袤的农村，各有各的经济状况，各有各的风土人情，有的地方比较公正，有的地方处处贿赂，有的地方则为暴力所充斥。

无论如何，这种尝试一定要继续。

2. 关于民主，有些话不可信

农村选举出现的一些乱象，成了某些人反对基层民主的原因。

其实，拆解开来看，出现一些纷乱是正常的，民主之路从来不是一帆风顺的。贿选，是所有国家的选举都不可避免的现象，因为每个人都希望通过有利于自己的人当权。选举，最大的优势是你可以赢一次，但不可能赢一辈子。如果上台后不为自己所辖的百姓谋利益，很简单，下一届他就不能当选了，小恩小惠能笼络人一时，不能笼络人一辈子。再退一步，笼络别人而上台，也比靠强力上台要好得多。

至于地方选举出现的暴力，需要公检法机构的强力介入。违反《选举法》，有暴力行为的，依法处理即可。其实，很多村民选举出事的地方，都是当地黑恶势力和地方公检法机构勾结的结果，而不是选举本身不正确。

因此，村民选举的乱象，绝不能归咎于农民素质低、不适合民主，这句话不可信。早在延安时期，农民就知道用黄豆粒来当选票。各地村民选举所爆出的颇具创意的贿选方式，也说明农民的智慧高，而不是素质低。

退一步讲，如果农民的素质低，民主试验就应该从素质高的城市市民做起。其实，各大城市社区委员会的选举，是城市基层选举的雏形，白领阶层为了维护自身基本权益而进行的合理、合法的选举，完全应该获得政府的支持，从而为城市的基层打下良好的自治基础。可惜，很多社区的社区委员会得不到地方政府的承认。在一个个高素质白领、管理人员组成的社区，物业、居委会和业主自己选的业主委员会争夺权益，甚至大打出手。其实，在正常的社会，三者有其一即可，最佳模式便是业主自己选的业主委员会。

还有一句不可信的话，那就是中国的国民性不适合民主。很多人信这句话，很多人将信将疑，很多人反对但苦无证据。

感谢台湾地区，鲜活地证明了“中国人的国民性不适合民主”是多么荒谬的一句话。

2012年，我到台湾地区访问，看到这个地方，倡导忠孝、仁爱、信义、和平，而不是讲究与天斗其乐无穷；这个地方的孩子们都要背诵整部《论语》，而不是到成年后再通过电视聆听未必正确的讲解；这个地方最基层的细胞、最古老的美德从来没有被刻意打碎，更没有挑动至亲之间的残酷斗争和无情出卖。

蒋介石败走台湾后，吸取教训，采取耕者有其田的制度，却也没有像大陆一样打倒地主和资产阶级。这个过程有两点值得注意：第一，保留了私有产权；第二，台湾县级及其以下的基层选举未中断过。我在蒋经国纪念馆，看到了蒋经国于1980年参加地方选举投票的照片，那时，距离台湾开放报禁、党禁尚有6年时间。我们总是盯着热热闹闹的台湾地区领导人大选，可没有注意到台湾的基层民主其实一直没有中断过。

一切政治都是地方的，托克维尔的这句掷地有声的话，用在台湾再合适不过了。传统的根基，基层民主的土壤，让真正的选举来临之时民众大抵知道该怎么办，尽管这个过程有喧嚣、有枪声、有怒吼、有牺牲，但毕竟走过来了。

无论“总统府”里的高官，还是大街上“引车卖浆者流”，均在品评国事而无须担心，他们已经拥有了免于恐惧的自由。

和一位熟悉国际事务和台湾事务的长者喝酒时，我们都以为，正是台湾地区让我们看到了希望，让我们不再一味地对未来悲观。

还有一句话，是说民主后可能天下大乱，中国折腾不起。笃信这句话的大有人在。

从历史的视角看，的确是中央权威越强，社会越稳定，然而，历史也已证明，威权是随着执政者的代际更替逐渐递减的。历史上几乎每个王朝，都难逃这一规律。于是乎，“威权递减，贪污横行，民怨翻腾，揭竿而起，进而改朝换代”成了不二的定律。

毛泽东看到了这一点。1945年7月初，在延安的窑洞中，民主人士黄炎培向毛泽东提出了如何跳出“历史周期率”支配的问题。毛泽东胸有成竹地回答：“我们已经找到新路，我们能跳出这周期率。这条新路，就是民主。只有让人民监督政府，政府才不敢松懈。只有人人起来负责，才不会人亡政息。”

毛泽东作为战略家，这一判断是正确的。在威权递减的社会，只有通过选举与监督，才可以形成良性的政府，才可以遏制既得利益集团的扩张。不是民主会让中国乱，而是违反规律压制民众的应有权利会让中国乱。

3. 民主的几个必备条件

民主毫无疑问是未来发展的方向，否则，中国不会在农村尝试"基层民主"，在高层尝试"党内民主"。但民主这个问题急不得，无论什么主义，什么思想，都不可能在一夜之间变为现实，它需要时间。如《民主的细节》作者刘瑜女士的一篇文章所说：给理想一点时间。

当然，对未来不是消极地等待，而是应该有些准备。民主社会需要几个必备的条件。

第一个条件：保护私有财产。

如果说宪政萌芽于13世纪初的《大宪章》，那么现代民主政体则奠基于1689年洛克对光荣革命的哲学诠释。在《政府论》中，洛克写道："除非获得本人的同意，最高权力不能剥夺任何人的任何财产。"

用更通俗的话就是，尽管我的房子很破，但"风能进，雨能进，国王不能进"；没有这样的保护，你的房子随时有被拆迁的危险。洛克认为没有财产权，人和动物就没有区别。

孟子说，有恒产者有恒心。照我看来，有恒产者，就是有财产权的个人；有恒心，则是在相当程度上获得了免于恐惧的自由。有恒心的个体组成的社会，才有可能避免把政治搞成整人之权术，把法律弄成治人之谋略，经济才不会成为"血酬定律"支配下的一场游戏一场梦。

孟子之言，很多人知道的是这半句，其实，后面还有半句：无恒产，有恒心者，唯士能也。也就是说，那些没有恒产的士人，即古代的知识分子，照样有着家国天下的情怀。

这，又涉及民主的第二个条件：知识分子的独立与担当。

美国人说，先有哈佛，后有美国。我想，这不仅仅是指在美国立国之前就有了哈佛，而且还指一个独立的知识分子阶层，成为了美国的民主政体的一块基石。

托克维尔说："在民主社会，每个公民都习惯于为己有关的一件小事而煞费苦心。但是，他们一扩大视野，往远看，就能看到整个社会庞大的形象或全人类的更为高大的形象。"

一个独立的知识分子阶层的存在，会像磁场一样，把民众的眼光吸引到超越现实的远方。

而一个自治的大学，一个不受权力制约和金钱腐蚀的大学，是维持一个独立的知识分子阶层存在的重要手段。

很难想象，一种连大学都堕落的社会，可以取得多么崇高的进步；也很难想象，一个从一年级开始就需要孩子对权威言听计从的教育方式，能产生出民主的基因。

思前想后，当下的教育，是最大的误国。

民主的第三个条件是：言论自由。

民主社会的一个特色，就是包容各种声音和思想，哪怕是所谓的异端邪说。每个人都可以自由地表达，才会出现平衡的状态。

有人总是担心，放开言论会谣言四起，引发动荡。其实大错特错。言论不自由，才会到处充满猜疑。谣言止于公开。把所有人、所有事公开于阳光之下，公众自会有一个判断。即便现在不能，也要培养这种能力，而不是靠遮掩来取得暂时的你好我好大家好。

言论自由，当然有尺度。在德国，什么都可以说，唯独不可以为纳粹翻案；而在美国，你举着旗子到处喊纳粹的口号也没人管你。相同点在于，民主国家对官员都是言论自由的。做了官，就等于把自己放在聚光灯下让人品鉴。另外，作为公众人员，也需要在享受公众人物的各项好处的同时，接受公众的监督。

民主的第四个条件是：司法独立。

每个人的财产权能得到真正的保护，就一定需要司法独立；而民主所产生的争端，最后的裁决者一定不是政府，而是独立的法院。

司法独立，不但使政府成为有限政府，更为重要的是，独立于民意的司法，才能克服民意急功近利的短视。

民意容易受可见的现实利益的支配，往往忽略了人们在社会生活中应该遵守的游戏规则。如果民主成了“得民心者得天下”，这种民主一定充满了阴谋和暴虐。

民主，不是多数人说了算，相反，民主要避免的恰恰是多数人对少数人的暴政。因此，如果没有强力、公正、独立的司法系统，民主真的可能带来灾难。

大鸣大放、大串联、大字报，绝不是民主，民主一定是有规则的，需要有公正的裁决。

民主的第五个条件是：公民社会的形成。

民主社会，一定是小政府、大社会，各种形形色色的民间组织就像是人体中的细胞，充满活力。没有强大的社会，便会陷入专制和混乱的两极状态。

托克维尔的一段话可以为这种情况作注：“在民主国家，结社的学问是一门主要的学问。其余一切学问的进展，都取决于这门学问的进展。在规制人类社会的一切法则中，有一条法则似乎是最正确和最明晰的。这就是：要是人类打算文明下去或走向文明，那就要使结社的艺术随着身份平等的扩大而正比地发展和完善。”

没有民间组织，就没有公民自治，民主就完全没有意义，正如托克维尔所说：“实难想象完全丧失自治习惯的人，能够开会选好将要治理他们的人；也无法认为处于奴隶状态的人民有一天会选出一个自由的、精干的和英明的政府。”

4. 西方民主是什么样子

民主，其实没有那么深奥，也无须太多的理论描述。它实际上就是一种生活方式，一种人与人之间通过协商解决争端的妥协和宽容精神。

西方国家，公司的大门严格把关，闲人莫入，议会和政府的楼，一定是开放的，而且，议会的楼所处位置要高于政府，表现出俯瞰政府、监督政府的态势。我们总把美国的国会称做国会山，那是因为它坐落在一座小山上，恰好可以俯瞰白宫。在澳大利亚首都堪培拉，国会也是俯瞰政府。

都是国会，欧美不同。美国国会和欧洲国家的议会不同。在欧洲国家，领导人可以解散议会，提前举行大选，而在美国，总统不可以解散国会，国会却可以弹劾总统，可以决定大法官的人数，可以任命大法官，在三权分立的政治体系中处于非常重要的地位。

2004年我去美国国会参观前，导游史蒂夫不时地和对面走过来的议员打招呼。最可惜的是，史蒂夫只顾聊天，在新任中央情报局局长走过去好久才回过味来告诉我们，让我错过了打个招呼、问个问题的机会。

这就是民主国家，领导不是隔离于民众，也不是刻意高高在上凸显其神秘感。在德国波恩开会后，主办方带我们参观波恩市，我们的导游，竟然是一位退休的将军，在繁华街区参观时，街角忽然转出一个衣着普通的人，笑着自我介绍说："我是这个城市的市长。"

2009年奥巴马访华时，有一张照片被中国媒体不约而同地搬上报纸的头版。照片上奥巴马自己打着雨伞，出现在空军一号的出舱口。当时，我应邀参加凤凰卫视的《锵锵三人行》节目，另外一位嘉宾梁文道先生就此调侃说，堂堂总统自己打伞，这让中国那些啥事都有人伺候的小局长、小处长情何以堪啊！

当然，最令我震惊且难以忘怀的，还是2004年访问奥巴马的一幕。

当时，我和凤凰卫视评论员邱震海等同行，来到伊利诺伊州威尔县温德哈姆湖工业园附近的一个棒球场内，和民主党的拥趸一起，等待着巴拉克·奥巴马的到来。

那时，奥巴马在竞选伊利诺伊州的参议员。美国国务院的官员帮我们租了辆车，我们就去了，没有任何申请，也没有领导签字。去了之后，和现场的民主党支持者聊天，还吃免费的热狗，也没有人因为我们是外国人而严防死守，或者说，没有人以为我们是外国人。

奥巴马激情四射的演讲结束后，我立即冲上前去，截住正欲离开的奥巴马，先是由衷地称赞他的演讲"非常深刻"，而奥巴马则笑笑说："那真是太好了。"当他得知我来自中国时，就脱口而出："你是我见的第一个中国记者。"我马上逮着机会要求与奥巴马合影与对话，他非常爽快地答应了，并且招呼身边那个人高马大的胖子拍我与他的合影，然后还拿着我的相机问是否满意。

2004年9月28日，我把此行发表在《中国青年报》上，标题是"他可能成为美国首位黑人总统——巴拉克·奥巴马竞选集会纪实”。

其实，那趟旅行由于是美国国务院邀请，我还心存芥蒂，认为这是“和平演变”，不得不防。后来，德国、法国、日本、英国、澳大利亚等欧美国家走过多次后，才越发认识到民主尽管不是完美的制度，有这样那样的缺陷，但迄今为止人类的确没有比它更好的制度。

民主，有欺诈，有谎言，有金钱政治，有巨族当道。有时候，选举就是从两个笨蛋当中，选出一个不太笨的人来。但它的好处在于，给予民众机会，给社会调整的机会，也防止希特勒那样的人把人类带入灾难。

民主国家各有不同。大大咧咧的美国人，一般不会隐瞒自己的政治倾向，聊天时，支持谁，反对谁，毫不含糊，你问他投谁的票，他也不会隐瞒。而日本人却不一样。2005年选举时，我在大阪采访，碰到投票后的市民，我就问你选民主党还是自民党，日本人都礼貌地拒绝回答：对不起，要保密。

看到民主的好处，也需要看到民主转型过程中的曲折。

随着苏联集团的崩溃，前共产主义的国家朝着两个截然不同的方向转变。一方面，中东欧以及三个波罗的海的国家在许多方面迅速地演化为真正的自由民主，但还有不少缺陷；另一方面，12个前苏联集团国家已经从民主的可能性中退出，或者重建了“没有共产主义的独裁统治”，其中，格鲁吉亚、乌克兰、吉尔吉斯和白俄罗斯迅速变为威权主义国家。

而波兰、捷克等东欧国家则实现了转型。这些国家的经验和教训，对中国而言，均是宝贵的财富。

1989年之后，东欧国家的变化可以用两句话来概括：政治的民主化、经济的私有化。这两者是相辅相成、缺一不可的。没有政治的民主化，经济私有化便会陷入暗箱操作；而没有公平、公正的经济私有化，公众便无法享受政治民主化的益处。

这两句话说起来简单，操作起来却极其复杂。因为每个国家都有自己独特的传统和文化，用我们的俗话说是“国情不同”。比如说，捷克有着强大的工业基础和民主传统，民主化之后领导层宁可牺牲效率，也要公平，在私有化时“只分不卖”，用证券形式让全民都享有国企私有化的利润分配。

根据捷克私有化部统计，两波证券私有化转给 620 万捷克公民的股份共 3430 克朗，平均每个公民分到 5000 多美元的资产，平均每人每年有 300 美元的收益。捷克出现了起点平等的“全民皆股东”时代。(《十年沧桑》，第 112 页，金雁、秦晖著，东方出版社。)

波兰则又是一番景象。该国工人力量强大，工会的谈判地位不容置疑。因此，它们与政府、资方的各种矛盾搅在一起，使得波兰的私有化每迈出一步都要经历许多回合的谈判，但正因为如此，在防止“暗箱操作”，防止少数人任意私有化，防止寡头形成上起到了很大的作用。秦晖先生认为，这种谨慎、稳妥、民主而注重公平的政策对当权者来说似乎很麻烦，但长远看来未必是坏事。

如美国学者本杰明·巴布尔（Benjamin Barber）所言，民主就像一本好书，但需要时间。

在本书截稿前，我参加“凤凰十大名博澳洲行”活动，访问澳大利亚。对话前总理陆克文时，他就一个人走进酒店，好久后秘书才进来，没有保镖，也没有警车。在堪培拉，我们乘车去参观国会大厦，接受安检后进去，连护照也没有人看，这个澳大利亚的“人大代表”开会的地方，就这么自由地出入，“人大代表”开会时，你想听，就可以听听，因为这是人民选出来的代表，人民当然有权利来听他们到底是怎么开会的。

爬上国会大厦的楼顶，俯瞰堪培拉，俨然有一种把澳大利亚政府“踩在脚下”的感觉。人民自己选出来的代表，负责监督政府，负责立法，当然要比政府高才行。当时的感受是：这，恐怕才是澳大利亚人幸福的根源所在，也是西方国家民众安居乐业的根本所在。

第一章 我们应该向日本学什么

1 日本有多少世界第一

这几年有个顺口溜悄然通过网络流传：1921年，只有社会主义才能救中国；1979年，只有资本主义才能救中国；1991年，只有中国才能救社会主义；2008年，只有中国才能救资本主义。

有人看了莞尔一笑，有人看了却血脉贲张，好像我们真的是救世主，好像我们即将成为世界第一，美国如何下一步再谈，现在，先看看日本有多少世界第一。

以前，曾写一篇关于日本的文章，里面提到“中国的国内生产总值为日本的1/3，人均国内生产总值是日本的1/20”。有朋友看到后表示怀疑：“人均差这么多我相信，国内生产总值总量差这么多吗？我觉得该差不多了吧！”

中日国内生产总值到底差多少并不难找。查阅相关资料后发现，2004年年末，中国的国内生产总值仅为日本的1/3，但2005年12月20日“突然”达到了日本的一半。日本学者说，2005年的“突然”上升是全国经济普查修正统计方式的结果，也和汇率的变化有关。当然，我们的增长也是货真价实的。据统计数据显示，2006年日本的国内生产总值为5万亿美元，中国约为2.6万亿美元，已经超过了日本的一半。当时，就有人说中国的国内生产总值年底要超过德国，名列世界第三，还有预测说2012年中国的国内生产总值将超过日本。事实是，没到2012年，中国就成了世界第二。

中国国内生产总值快速增长，综合实力不断增强，自然是可喜可贺之事，作为中国人无疑感到自豪。然而，高兴之余还是要关注到差距，日本在许多数据方面依然领先我们很多，不可漠视。

首先，国内生产总值背后的能源消耗不同。日本的国内生产总值约占世界的16％，其一次能源消费仅占世界的5.3％；中国国内生产总值占世界的4%～5%，其一次能源消费占世界的10%强。钢铁产业是耗能大户，各国生产1吨粗钢需要使用的煤炭量相差很大，中国为1.5吨，美国为1吨，而日本仅为0.6吨；另外，日本每使用1000克油当量的能源，可创造出10.5美元等额价值，为全球之冠，约相当于中国的7～10倍。日本的钢铁业在产量方面仅次于中国和美国，居世界第三，但是在高级钢材的产量方面超过中国，居世界第一，在钢材出口方面也居世界第一。

其次，日本的国内生产总值大量投资于科研。尽管近年日本综合竞争力后退，但日本的科技竞争力仍仅次于美国，居世界第二位，日本科技研究开发投入的经费也仅次于美国，占世界第二位，比德国、英国、法国三国的总和还要多。1990年以来，日本研究开发经费支出占国内生产总值的比重一直位居世界第一。日本的研究人员数量仅次于美国，居世界第二位，日本每万人劳动人口的研究人员数为全球之最。

科技大军的背后是对教育的重视，这方面日本也有诸多世界第一。日本初等教育入学率为100%，达到这个水平的国家还有韩国、瑞典、英国、法国、加拿大、阿根廷和意大利；日本中等教育入学率为99.5%，居世界第一，基础教育的扎实发展，造就了平均文化素质高的日本国民，成为日本经济与社会发展的最宝贵资源。日本取得这个成绩是多年努力的结果，早在1911年，6年义务教育的就学率便达到98%；1947年，日本又将义务教育延长至9年。

相比而言，日本的大学教育并非世界领先，但在亚洲名列前茅。2007年11月，英国《泰晤士报》高等教育专刊公布最新“世界大学排名”，中国内地和香港地区有多所高校入围；但内地高校的排名略有下降。排名亚洲第一的是日本东京大学，全球排名为第17位。北京大学由2006年的第14位跌至2007年的第36位，清华大学由第28位降至第40位。另据统计，在日本，受过大学教育的人数占总人口的比例高达48%。

在财富方面，日本也有诸多世界第一。截至2005年年底，日本持有的净海外资产总额为180.70万亿日元，连续15年居世界第一，而且远远超过位居第二的瑞士（48.85万亿日元）以及位居第三的中国香港（44.23万亿日元）。日本是全球持有美国国债最多的国家，截至2005年6月底，日本持有6800亿美元美国国债，占外国持有美国国债总额的34%；中国为2432亿美元，占12%。

除了科技、经济，日本还有其他一些世界领先之处。其中尤其值得我们深思的是，日本的软实力——国家形象也是“世界第一”。2007年4月，美国《时代》周刊公布一项调查，27个国家不到3万民众评估12个主要国家，显示中国国家形象第五，中国继续在世界民众的心目中以适度的正面形象出现，但日本国家形象却位居世界第一，高出中国多达12个百分点。

日本的森林覆盖率高达64%，与1964年的水平相比几乎没有变化，是世界上森林覆盖率最高的国家之一，日本不对国内森林进行商业性采伐，木材几乎全部依赖进口；与之相对照，中国森林覆盖率仅为18%，低于22%的全球平均水平，而且仍在进行商业采伐并出口，其中许多出口到日本。

日本是世界上人均寿命最长的国家。2003年，日本女子的平均寿命为85.33岁，男子为78.33岁，均创下全球最高纪录。日本男女平均寿命为82岁，已经连续多年名列世界第一，而女子平均寿命从1985年以来一直名列世界第一。

日本还是世界上较为廉洁的国家之一。2004年3月，“透明国际”发布的《2004年全球反腐败年度报告》中，日本处于最清廉的前30个国家之列。另外，日本是全世界收入分配最公平的国家之一，基尼系数为0.285。

无须再列举更多容易让人头晕脑涨的数据了。我去丰田、松下参观时，这些公司可以随口列举出许多它们占据的世界第一。著名民间对日索赔人士王选曾就此撰文指出，中国人讲崛起，日本人讲第一。当日本人瞄准了某个“世界第一”，就仔细考虑，制订计划，然后紧盯着那个方向，一步一个脚印地接近目标，等那个“世界第一”到手之后，才开始说。对已成为自己“掌中之物”的“世界第一”，日本人说起来一点不客气，而且底气十足。在日本人看来，还没有成为“世界第一”的时候，不能说。说了，可能招来更大的竞争风险，万一不成，还要被人笑话。

其实，日本在20世纪80年代初曾占据更多的世界第一。1979年，美国学者傅高义出版了《日本第一：对美国的启示》，此书伴随着日本经济崛起的背景而使傅高义名声大震，但就是在“日本模式”甚嚣尘上的时候，泡沫经济、股市和房地产暴跌，日本陷入“停滞的十年”，与此同时，中国经济迅猛发展，此消彼长，东亚终于出现史无前例的两强并存状况。

随着中国经济的发展，海外炒作中国崛起之风日盛，日本媒体冲锋在前，不断夸大中国经济的增长，不断夸大日本经济的停滞，而我们自己也常常因为以往的成绩而沾沾自喜。“瘦死的骆驼比马大”，日本岛国的心理促使他们居安思危，这些耀眼的数据便是明证，证明他们没有落后。其实，这些数据仅仅是日本强于我们的一部分，我记录这些绝非妄自菲薄，而是提醒自己，也提醒各位读者，“革命尚未成功，同志仍需努力”。

2 中日经济差距多少年？

中日经济差距多少年？这是个古老的话题。2001 年的时候，日本经济产业研究所的关志雄先生说至少 40 年；我认识的一位日本经济学教授在跑遍了大半个中国后感慨地说："说差距 100 年有些夸张，差距 50 年有些保守，应该差距在 80 年左右吧！"

作为经济学家，会通过国内生产总值、平均寿命、婴儿死亡率、第一产业占国内生产总值的比重、城市的恩格尔系数和人均电力消费量等方面的各项数据进行科学分析后得出自己的结论，中国各行业、各地区和日本的差距大有不同。我近日参加在大阪举行的第六届中日经济研讨会，从中日企业家的言谈中亲身感受到了巨大的差距。

中日经济是互补的，中日的经济界人士大都喜欢用这个时髦的词汇。究竟如何互补，广汽集团老总张房有说得明白，日本有技术，中国有劳动力和资源，他骄傲地宣布"广汽已经成为本田最优秀的海外工厂"。

中日互补促进了中国经济的繁荣、解决了就业，从这个角度来说是"双赢"，但对环境破坏的弊端日益凸显，将来需要花辛辛苦苦挣来的国内生产总值来还债。如今，资源也成了中国的短缺品，我们不再骄傲地认为自己"地大物博"，竞争力不过是廉价的劳动力。然而，一旦有其他地方，如越南，出现更为便宜的劳动力，工厂很快就会搬走，剩下一片废墟。2005 年发生"涉日"游行时，日本对华投资减少，企业考虑转移就是一个明显的例子。如此看来，中日之间的互补是不均衡的，中国是乙方。

丰田和中国企业的合资，正是中日互补的典型模式。在热火朝天的建厂、造车、卖车后，在中国工人没黑没白的辛劳后，利润大都流向日本，中国不过是赚了一点可怜的加工费。

当然，中国是"世界工厂"早已不是什么新闻，中日处在产业链的不同位置，两国经济界人士都非常清楚。社会科学院日本所研究员丁敏和我聊天时说，日本掌握的是核心技术，我们处在边缘，我们挣了打工钱。

为什么我们处在边缘，主要原因之一是不掌握核心的、先进的技术。

资源短缺、国土狭小的日本，发展到今天靠的是技术领先，业内人士常说，美国人掌握标准，站在最高端；日本人掌握技术，站在中间；中国人有的是力气，只好在底端做苦力。在改革开放之初，中国企业缺少资金、技术和管理，于是采取拿来主义，最具典型的是汽车业的“以市场换技术”，结果市场给了人家，技术没学来。

技术方面差多少，举几个例子就清楚了。中国准备建造高速铁路，就引进法国的TGV还是日本的新干线而热烈讨论，可别忘了，新干线是日本20世纪60年代发明的技术；吉利、奇瑞等国产汽车品牌破土而出，红红火火，但业内人士清楚，大街上的吉利豪情恐怕比不过日本60年代就已经淘汰的夏利，再想想丰田上百款车型的技术储备，差距之大不能忽视。数码产品方面，更是日本技术独步天下，热衷于抵制日货的人买数码相机、数码摄像机时大都会碰到这样的尴尬：没有国货可以替代，除非你不买。

说到技术方面的差距，不由自主地想到2010年参观世博会日本馆和中国馆所受的震撼。日本馆里的高科技演示，充分展示了未来的方向：机器人排着队，给观众演奏交响乐；汽车已不再是汽车，而是“移动技术”，人可以像穿衣服一样把“汽车”穿在身上，享受自由自在移动的乐趣。而中国馆，展示的无非是老祖宗留下的古典音乐和古典家具。

在大阪的松下展示中心，有100寸的液晶电视；如果石油价格飞涨，丰田的燃料电池汽车会迅速占领市场；在神户，政府耗资上百亿日元进行基础研究，向医疗尖端领域进军。这绝不是给日本企业做广告，它们靠着技术的领先，站在产业的上游，和中国的廉价劳动力、资源形成互补。按照日本企业界人士的逻辑，随着经济全球化，开展商务活动时单靠一个国家能力有限，应当以国际分工方式来提高生产能力，中国是日本最好的国际分工对象。

对这种流行已久的国际分工论、比较优势论，应该仔细分析。非洲的资源和欧美的技术应该是互补，可惜结果是资源的销售没有换来非洲的繁荣。

关于这个问题，我赞同钟庆先生《刷盘子，还是读书?》一书的观点：

知识和技术才是宝贵的财富，是民族安身立命之本。气派的摩天大楼、轰鸣的制造工厂和耀眼的国内生产总值不是根本，技术，拥有技术的人，拥有这些人的国家，才是最具竞争力的。因为高楼大厦可以被地震毁掉，海外投资随时可能撤走，工厂也可以迁移，货币更是虚妄，中国外汇储备超过一万亿，但美元贬值就意味着这笔钱的缩水。当年的日本就是在最有钱的时候，被迫签署了《广场协议》，结果经济停滞不前，长达10年。

从“二战”的废墟中恢复，成为世界经济大国；走出“失去的十年”，经济再度升温，日本除了政府各项政策，根本还在于技术优势。携技术优势，日本钢铁、建筑机械、海洋运输、家用电器以及电子零部件生产厂家成了中国经济发展的最大受益者。

回到开头的问题，中日经济到底差距多少年。我认为至少50年，因为技术差距至少50年。技术的差距，就意味着经济的差距；技术水平赶不上去，就难免处于给人“打工”的地位。比如说，在技术含量较低的服装领域，表面上看，日本的衣服80%以上都是中国制造；实际情况是，中国购买日本的布料，用日本的机器进行加工，然后返销到日本或其他国家，通过这种分工实现双赢；结果是，中国在赚取加工费的同时，替日本戴上了出口大国的帽子，被欧美指责。

对此，中国政府审时度势，提出了十一五期间“提高自主创新能力”的目标，一些企业也意识到加强研发的重要性。日本eAccess株式会社首席执行官千本倖夫在2006年中日经济研讨会上，对华为公司大加赞赏，认为他们的技术要超过朗讯和摩托罗拉，并介绍了他们公司使用华为公司提供的技术的例子，令在座的许多日本人感到吃惊。

日本的电信公司使用了中国的技术，海尔的广告牌在银座耀眼地宣布它的存在，无锡尚德太阳能公司借技术优势收购日本最大光伏制造商MSK进军日本市场……这些练好内功后走出国门的企业，在日本技术占优、向中国投资的大环境下杀出一条希望之路。

3
中日差距从幼儿园开始

前文讲到中日差距大，个中原因自然多多，我认为，最重要的原因之一是教育上的差距。

把许多事情归根于教育，是受前以色列驻华大使海逸达博士的影响，他多次在不同场合聊天时和我强调，中东问题的根源在于教育。“如果你教育自己的孩子把自己当炸弹，仇恨其他人，他长大了就会这样。”

关于教育，我自己也遇到了麻烦。孩子也快三岁了，开始关注附近的幼儿园，给一家以爱和自由为理念的幼儿园打电话咨询，一个女老师以温柔的声音告诉我，对不起，已经报名到2011年了，可以到我们另外一个分园试试看，或许还有2010年的名额。看来要立即报名，为第二个孩子上幼儿园作准备呢。

以前，还曾带孩子去参加小区附近某双语幼儿园的开放日，问起收费情况着实吓了一跳。老师笑着说：“每年赞助费3万元，每个月伙食费1500元，其他也就是园服、书本费啥的，每个月也就是几百块钱。”算下来，每个月要5000元，一个普通白领的月工资，当真是让腰包吃紧的人望尘莫及。

中国的幼儿园如此，我们近邻日本却是截然相反。我的一位朋友在日本当驻站，按照账面上的工资收入，在当地算是低收入，这倒让他捡了个便宜，政府照顾低收入人群，孩子免费入幼儿园，还可以享受免费午餐。

这是我想说的第一点差距，刚刚解决温饱的中国，贵族幼儿园层出不穷，公立幼儿园也费用攀升，可相对更加富裕的日本，在幼儿教育方面却更加注重公平，更加注重对弱势人群子女的保护。

我曾访问过东京附近的至诚学园。幼儿园收留无家可归的儿童，由政府出资读书，其中的一个黑人小姑娘引起我的兴趣。老师解释说，法律规定适龄儿童要上学，没有规定是哪国的儿童，因此，他们一视同仁。

这是我想说的第二点差距，对孩子的平等，不因为种族和肤色有所差别。而我们的幼儿园，仅仅因为孩子是乙肝病毒携带者就拒绝入园接受教育，逼得孩子的父母无奈之下向妇联写信求助。这种事情在日本是不会发生的，因为他们不会在孩子入学之前检查是否为乙肝病毒携带者，我的朋友在日本生活了10年，没有听说过因为携带乙肝病毒就拒绝入学和工作的事情。

第一点差距，我还可以理解，因为贵族幼儿园总会有人上，好歹还有公立的幼儿园可供父母选择；第二点差距则让我心痛，因为遗传来的、可能潜伏数十年不发作的病毒，一个正常的孩子就要从小忍受歧视，这是多大的不公，这会对他造成多大的扭曲？一个从小就被社会抛弃的孩子，他会以怎样的姿态回报社会？很多悲剧是我们人为制造的。

再说第三点差距，这是让我无论如何不能接受，却又无法改变的。

一位朋友时常给幼儿园老师送点礼物，每次老师都坦然、毫不客气地收下。投桃报李，她的孩子也受到了一些照顾。后来，她忙于工作，有一段时间没顾得上给老师送礼，某天孩子放学后很委屈地对她说："妈妈，老师现在对我不好了。"她听了心里难受，赶紧买了礼物给老师送去，随之她的孩子受到了"更上一层楼"的待遇。

与此形成鲜明对照的是，另外一位朋友的孩子在日本上幼儿园，老师照顾得无微不至。他从北京回日本时，顺便给老师带了一点茶叶，可老师说什么也不收，告诉他，照顾孩子是她的工作，心意领了，礼物坚决不能收，态度之坚决，让我的朋友感动异常。

不送礼就得不到正常的待遇，这对孩子一生的成长会留下一个清晰的印记，他也许会记得这件事，在今后的人生道路上，运用"送礼学"把障碍打掉。而日本呢，老师的职业、敬业会给孩子树立一个良好的典范。模范不是靠媒体报出来的，而是身边的人一点一点的小事积累起来的，所谓言高为师、身正为范，所谓上梁不正下梁歪，讲的都是同样的道理。你不能白天教孩子背诵"要留正气满乾坤"，晚上收下家长送来的名烟名酒，言行不一的师长，难以造就言行一致的学生。

对家长来说，也是无可奈何，想必有孩子的都有切肤之痛。最近，一个朋友带孩子去一家公立幼儿园面试，自己知道也是走过场，因为招20人，去了200人，"我肯定没戏，只有递条子的才有戏"，她说。

我一直认为，国与国差距的根本在于人，人的差距根本在于教育，教育在幼儿阶段就显现的微小差别，会在未来无限放大，像手电筒的光一样，照得越远，散射越大，影响面越广。

差距，就此开始。

4

日本教育：让最穷的孩子也有尊严

比较中日差距可谓见仁见智，各有说法，但如果比较中日的教育差距，好像支持日本的居多，连特别反日的朋友，也在内心深处认为日本教育办得比中国强。

于是，我们就继续探讨教育话题。就说段旧事吧，那是2005年，访日之后的调查。

“对于本次访日活动，您对哪个项目印象最深?”看到日本外务省问卷里的这个问题，我毫不犹豫地写下了我的感想：在儿童福利院和孩子们一起度过的时光最快乐，印象最深刻。

这次访问是日方安排的，为期10天，先后访问了日本外务省、防卫厅(现为防务省)、文部省。作为关注中日关系的我，获得了许多一手的资料，对工作自然大有裨益，却唯独对孩子感兴趣，这在外人看来似乎有些不正常。日本驻华大使馆的福永先生打电话询问感受时，听到我的答案也似乎有些意外。

我所访问的儿童福利院名叫至诚学园，隶属东京都。我们一行4人去访问的那天是9月9日。

接待我们的是校长高桥利一，他的父母拿所有财产办了这个机构，他继承了这份事业。高桥介绍说，学园资金来源是国家、地方、个人共同负担，其中国家拨款55.4％，东京都地方政府拨款29.1％，其他便是自筹资金。学园收养了76个孩子，其中孤儿不到10％，多数情况是父母由于酗酒、有精神疾病等原因无法正常抚养孩子。

在日本这个比较富裕的社会里，我们见到的是无法享受父母之爱的孩子，不能断定他们是最穷的，但算做“贫困生”应该不过分。

然而，这些孩子的状态令人惊讶。

他们住的房子是一套大的单元房，两个人一间屋，里面有厨房、卫生间。当校长带着陌生人走进来时，一个调皮的孩子做起了鬼脸，看到我的相机马上跑开了。就在校长介绍情况时，一个10岁左右的男孩抱着校长的大腿叽里呱啦一通日语，校长歉意地冲我们笑了笑，没有斥责这个孩子，当我们试着和他打招呼时，小孩子红着脸跑开了。过了一会儿，他一个人斜躺在客厅的沙发上看起了小人书。

另一间屋子里，一位“男家长”在陪两个小女孩画画，看到我们的相机，无论“男家长”怎么劝说她们也不肯看镜头。后来聊天时发现，这位“男家长”是庆应大学政治系的毕业生，毕业时曾经在这个学园实习，后来在企业工作了几年后，对此地无法忘怀，于是辞去待遇优厚的工作来到这里。

学园是他们的家，他们不必惧怕“家长”，不必仰视他们的校长，他们从心底里发出的快乐和童真的眼神让我震撼。

高桥利一告诉我们，日本1947年就颁布了《儿童福利法》，只要是孤儿，不问国籍，全部由政府收养，保证完成高中教育。那个时候，“二战”结束刚刚两年，日本处在极端贫困的条件下，许多家庭连维持生计都困难，许多孩子只能赤着脚去学堂。再往前推，日本在1868年明治维新时就实行全民义务教育，有的地方官因为无法完成义务教育的任务而剖腹自杀。

一个把教育办成这样的国家，你如何去跟她竞争？即使全力以赴在今天取得优势，那么，明天呢？

我们和一群不到10岁的孩子玩起来。其中一个孩子说：“他的理想是长大了开个面包店，如果朋友来了不能免费，但可以给予优惠，一个面包500元，我5元卖给朋友，不，一元就可以了！”

真实的、有尊严的生存，真实、可以实现的理想，这就是我所看到的日本的“贫困生”。

5 日本孩子为何比中国孩子更真实

2010年4月8日，日本青少年研究所公布了一项中日韩美四国高中生的调查。调查显示，日本高中生上课时打盹的比例最高，达45%，而中国学生打盹的仅有4.7%。

如果按照一个班50人计算，在日本的高中课堂上22人打盹，而在中国只有2个人打盹。就此，可以轻而易举地得出以下结论：中国的高中生太爱学习了，如报道所言，这充分反映出日本学生对学习的消极态度，中国学生的课堂学习行为是最积极的。

然而，这个结论和我们所了解的事实相去甚远。经历过高中时代的人大都清楚地知道，无论是重点学校、重点班，还是普通学校、普通班，一堂课上只有两三个同学打盹当是极其罕见的状况。亲戚朋友的孩子有读高中的，也可以当面问问，4.7%的“打盹率”是否可信。

各大论坛的相关帖子，也对这个超低的“打盹率”表示怀疑。这有两种可能：第一，采样不科学，接受调查的绝大多数是课堂上不打瞌睡的优秀学生；第二，中国学生接受调查时说谎了。

其实，当一份调查问卷摆在面前，或是接听一个电话调查时，每个人心里都有一个标准答案和诚实答案，具体而言，认真听讲是标准答案，而打盹则是诚实答案。中国的孩子，面对镜头、面对调查往往自觉不自觉地倾向于选择标准答案。因此，可以说，4.7%的中国孩子打盹是标准答案，而45%的日本孩子打盹则是诚实答案。为什么日本孩子更愿意诚实回答问题？这背后有着社会文化、家庭环境和教育体制的多重影响。

《南方周末》曾以“会说谎的作文”为题，报道“中国人第一次被教会说谎是在作文中”。报道引述一位老师的话说：“我布置了一篇题为‘老师在我心中’的作文，发现同学们都写女老师小叶，无数惊天动地的壮举，比起孔老夫子有过之而无不及，我和叶老师同事这么久，怎么闻所未闻？孩子们的作文编得越来越离谱了，不是老师得癌症，就是父母死了。假话年年更新。”

没错，就是这样，实际上我们反思一下，难道我们不都是在这样成长吗？有一次主持凤凰网的名博沙龙，我问嘉宾朱大可先生这个问题，他说，对，从我们的爸爸、妈妈开始编造各种各样的故事，那一天就是我们的蒙难日。从那天开始到现在，直到大学、研究生、博士生，我们不断地说谎，有时候想想很可悲，一个人其实最好的时光就是从幼儿园开始一直到博士结束，这个大概是在差不多二十五六岁，最好的生活时光是献给了一个说谎的时代。

朱大可回忆说，自己以前写作文的时候也撒谎，还每天写红色日记，写今天我又读了毛主席的哪段语录，非常感动，或者今天看了什么红色电影非常感动，全是千篇一律的，通常第一句是晴空万里、春光大好，诸如此类的空话、套话。那个日记每周都上交给班主任批，班主任会写评语，看红色日记写得是不是符合规则。

连战第一次访问大陆那一年，大陆孩子撒谎成为台湾笑谈。连战访问他西安的母校，校方组织了六个孩子，三个男孩三个女孩，戴着红领巾，在台上表演《连爷爷您回来了》诗朗诵，然后这六个孩子就开始朗诵，充满深情地说，“连爷爷您回来了，您终于回来了”，其实连战是谁他们也不知道，声情并茂。

连战的手下全部笑得前仰后合，就连战不敢笑，这件事情全台湾轰动，因为这些年台湾人民就再也没有看到这种场景，大开眼界。后来，台湾的议会开会，民进党把“连爷爷您回来了”做成手机铃声，就在开会的时候让他们打进来，拿这个手机给连战听。

想想我们自己，谁没在作文里撒过谎？

相比而言，日本的孩子表现得更真实。

日本父母普遍重视培养幼儿的诚实品德。三四岁的孩子不慎打破了家中的花瓶，如果他勇于将事情和盘托出，不仅不会受到处罚，还会因为诚实而受到表扬。但是如果他拒不说出真相甚至嫁祸于人，则不可避免地会受到重罚，甚至强行要求将其零用钱或压岁钱作赔偿。奖惩如此分明，使得孩子从懂事开始就在心中树立起“以诚实为本”的信念。而在中国，父母更愿意给孩子一个美好的世界。少年作家蒋方舟就说：撒谎是中国父母的天职，粉饰世界为孩子维系一个无菌环境。

有时候，日本孩子的理想就是当个面包师，大人听了也赞许地点点头，而在中国，孩子往往有着宏伟的理想，不这样说就会被大人或老师小小地批评一下。久而久之，标准答案深深地烙在心中。冬奥会上周洋得了世界冠军之后，没有按照标准答案感谢国家，而是说父母可以过上好日子了，这句实话竟然引来全民赞佩，而后被迫改口，足见说实话要倒霉、说假话才能生存的糟糕的社会氛围。

反观日本，诚信教育几乎贯穿人的一生，在家庭中父母经常教育孩子“不许撒谎”；到学校里耳濡目染的也是“诚实”二字；在公司里，“诚信”几乎是普遍的经营理念。

我曾参加一次中日教育交流会，主持人要求双方列举本国教育的缺陷，中方开始商量说什么，当有人提出校园暴力、不尊敬师长等弊端时，立即遭到反对，理由是国际交往，要维护中国形象，不能“实话实说”。

谎言重复一千遍，不能变成真理。即使是无害的谎言，也是少说为佳，尤其是接受不记名调查时。

6

拾金不昧在日本

我觉得，一个国家的国民素质往往会通过一些琐碎小事儿反映出来，比如说，马路上捡到一张存折怎么处理?

早就听说，日本人捡到银行存折一般会想方设法联系银行，交还失主，理由是钱反正也取不出来还不如还了。可捡了数码相机你怎么办呢?这东西可很好用，又不怕主人给认出来。

我和几位朋友曾经在东京大学古色古香的正门对面捡到过一部尼康数码相机。那时候天色已晚，华灯初上，酒足饭饱后我们几人沿街散步，某位仁兄一脚踢到个红色的小包，拿起来一看，里面是相机。

我作为客人，这个时候无权发话。几位朋友当即决定，明天一早交到附近的警察局。他们告诉我，你在日本如果丢了东西，一定要到最近的警察局登记，一般来说，过几天就会完璧归赵。

这么说是有根有据的。据资料显示，仅2004年一年，日本就有740万件物品报失，而这一年拾金不昧者上交的物品数量更加惊人，达到了1070万件。这1070万件失物包括：33万部手机、73万个钱包、132亿日元现金（约合9亿人民币），这类现金和物品在绝大多数情况下能够物归原主。此外还有140万把雨伞、87.6万件手套丝巾之类的小物件。

雨伞是最容易丢的物品，听说在东京一场大雨过后就有3000人丢雨伞，其次是钱包、手机。丢手机最简单，你只要找个电话给自己打个电话就万事大吉了。据统计，在日本75%的人丢失手机后能找回来。至于丢多少部数码相机，没有确切的数据；不过，在东京的迪士尼游乐园，大家把相机、摄像机、包放在地下，就不管不顾地四处游玩，全然不担心窃贼的光临。

需要补充说明的是，在东京大学门口捡到相机的这几位朋友是来自中国的留学生，不是日本人。他们也承认，如果在国内捡到相机很可能不会考虑交给警察局，也不会风格高尚到坐在地上痴痴地等失主回来。

同样的人，换个环境就变了样，似乎真应了“橘生淮南则为橘，橘生淮北则为枳”那句老话。

在探讨日本人为什么拾金不昧时，国内媒体有报道说，拾金不昧和法律规定息息相关，因为根据日本的《丢失物品法》，任何人捡到物品没有上交都会被认定犯有盗用罪，而如果失物重新回到主人手中，那些拾金不昧者可以得到相当于失物价值 10%的奖励。

这条法规可谓历史悠久，从 1899 年就制定出来约束日本人的行为。那时候，清政府的百日维新刚刚以失败而告终，屈指一算，到今天它已有 109 年的历史。

其实，日本早在 718 年就有关于失物认领的规定，18 世纪，明确规定拾金不昧要给予奖励。1733 年，两个政府工作人员捡了几件衣服私吞，竟然给判了死刑，听起来难以置信。

为了应对拾金不昧的好人好事，日本设有专门的失物管理中心，结果是都收到大量被遗落的物品，却无法找到失主，叫苦连天。搞得日本内阁没办法，只好于 2006 年修改法律，将失物保存期限由原来的 6 个月改为 3 个月，一旦 3 个月后无人认领，那么失物管理中心就可以将其交给最初捡到这些物品的人。从法律方面找原因固然有道理，但我觉得这只是问题的一部分。理论上说，你独自一人在半夜三更捡了钱包没人知道，据为己有也未尝不可。如果这种情况下还坚持上交，至少说明这个人很诚实。

诚实，是日本人的优秀特质之一。一位常年旅居日本的澳大利亚学者和我聊天时说，不可思议的诚实是日本人的一个特点。没错，他用的词是“不可思议”。

诚实需要整个社会的默契配合，当你的诚实被别人据为己有，当你的同情融化在骗子诡异的笑容里，诚信就会像鱼鳞一样一片一片地从社会的肌体上脱落。

是先有了法律法规，后有依据法律上交失物的公民，还是诚实可靠的公民适用于这些严格的法律，这是个鸡生蛋、蛋生鸡的复杂课题，还是留给社会学家去讨论吧。

我还想举另外一个例子来证实诚实的魔力。那是在大阪府高槻市的普通村庄，我作为日本外务省邀请的客人，遵照外务省的安排夜宿农家。第二天一大早，女主人送我到村口坐公共汽车进城。快到车站，忽然看到路边有一个破旧的小帆布搭成的棚子，地下放着一张破破烂烂的桌子，桌子上摆着一袋袋大小差不多的蔬菜。有胡萝卜、茄子，也有青椒。桌子下面的抽屉有个小细槽，恰好可以放一枚硬币，细槽旁边歪歪扭扭地用阿拉伯数字写着“100”。

这是什么意思，我想大家都能明白，每袋蔬菜100日元。买主没有早起守摊，卖主也不会偷偷拿走不给钱（当然如此，否则也不会这么摆着了）。我把我的想法以略带吃惊的语气向女主人求证时，她笑着说：“是啊是啊，这是我们买菜的地方”，听起来这理所应当，没啥奇怪的。

这就是诚实的魔力，它让许多事情一下子简单起来。其实，生活本来没有那么复杂，不是吗？

不过，凡事有利有弊，既然丢了东西容易找回来，就不必太小心翼翼，因此，一向精明细心的日本人丢三落四，反正一般情况下可以失而复得，不怕。可令人不解的是，强盗丢了东西也找警察。2004年，24岁的强盗西小五郎拿着刀子到一位老妇家抢劫，临走前把包丢了，还毫无惭愧地去警察局报失，最后，包是找到了，没错，他自己也进了班房。

7

日本也有钉子户

拆，还是不拆？这是一场市民和政府的较量。

日本东京高楼林立，而世田谷区的下北泽地区，却是由小巧精致的房子组成的一个特殊文化艺术区域。从2003年起，地方政府以申办奥运会的名义，计划把这里的步行街拓宽，把小别墅改造成钢筋混凝土筑成的大厦群。而当地租户们却联合起来，准备否决这个方案。

下北泽位于东京西南，一块小小的地方，多为坡路，房屋结构也都差不多，外来者走到这里很容易迷路。4月初，恰逢樱花盛开，小林正美教授带着来自中、日、韩三国的记者，徜徉在下北泽热闹的街面上。

这是日本罕见的“步行者天堂”，狭窄的街道只容得下一辆汽车通行，于是汽车这个现代生活的代表性工具被排除在这个地区之外。街道两旁的建筑最高6层，店铺鳞次栉比，五颜六色的装饰物、衣物、饰品飘在橱窗外，和樱花争艳。

到过北京的人大都知道秀水街，下北泽就是扩大了的“秀水街”。在这里，国际顶级名牌不多见，精巧、实用、便宜的商品吸引着年轻人的目光。

如果仅限于此，下北泽的拆迁并不太可惜。由于物价相对于东京其他地区要低不少，所以下北泽吸引了大批没什么钱的年轻人在此居住，尤以年轻艺术家居多。他们经常穿着奇装异服出街，所以下北泽在东京也是潮流地区之一。

“看，这条街上几乎全是小剧场，花一点点钱就可以看文艺演出。可有人要把它拆掉，建造17层高的写字楼。”小林正美一路走，一路指指点点，诉说着拆迁问题的严峻性。旁边是一家最多可以容纳50人的很小的电影院，每月1日的特别优惠票价仅为1000日元。

“我觉得，下北泽就是北京的秀水街和七九八艺术区的融合，坚决不能拆。你们中国的知识分子要保护七九八艺术区，我们也要保护我们自己的艺术区。”对中国颇为了解的小林正美教授说。

小林正美是明治大学教授、哈佛大学访问学者、建筑设计师。他的事务所就坐落在下北泽地区。这也是他参与“保卫下北泽”运动的最直接原因。

东京地方政府2003年2月出台了“区划街路10号线”城市规划，针对下北泽地区有三项重大举措：第一，地面商店及设施移至地下，地面上建设供汽车、公交车通行的环状交叉路；第二，建设26米宽的道路；第三，在车站附近建造17层高的大楼。

作为反对拆迁的“钉子户”之一，小林正美认为，以上计划将彻底破坏现有商店街布局，下北泽也将失去它独特的魅力。

令人震惊的是，这个计划居然最早在1946年就已经提出了。“这很可笑！1946年提出来的计划，拿到今天来实施，还美其名曰是为了申办2016年奥运会。”小林正美抱怨道。

他反对这个“可笑”的计划，有着历史、文化的多层原因。

首先是文化因素。这里曾经是农村，在开发过程中逐渐合并到城市，并成为与其他地区风格迥然的独特一角。如果拆掉，将对城市结构本身不利。其次，这里虽然没有汽车，但生活倒也方便，所以拓宽道路并没有什么意义。再次，这里目前的生活更人性化，无须大规模改建。

面对政府的决策，小林正美和其他关心这一地区的各界人士，从2004年起开展了行动。一个由40人组成的委员会迅速成立，会员很快发展到3000人。他们自筹资金，组织民意调查，向政府递交材料，到电视台表述观点，接受报纸采访，组织游行，等等。他们的调查结果显示，当地70%的人反对拆迁。

“你们不是民主国家吗？既然政府敢违背民意进行拆迁，你们不投他的票不就得了？”

但小林正美的解释是：下北泽地区是个很小的地方，只有两万户居民，按规定只能产生一位议员。即使这名议员反对拆迁，也无力扭转多数议员和政府官员的意愿。

在这场斗争中，对阵双方的组合也显得有些怪异。一方面，大开发商和政府官员站在一条战线上主张拆迁，在“刺激经济发展”的利益驱使下，许多下北泽地区的房产所有人也加入了这个强大的阵营；对阵的另一方则是那些在这里生活了多年的租户、知识分子，以及喜欢这里艺术氛围的年轻人。

“租户有什么权利反对拆迁？房产所有人拒绝租给他，赶走他，问题不就解决了？”又一个问题甩给了小林正美。他认为，租户在这里居住多年，已经成为习惯，没有特殊原因，房产所有者不能随便赶走他们。

政府官员很精明。面对反对浪潮，世田谷区的官员们搞了一次“听证会”，找了几个大家都不认识的人开会，然后宣布大家都赞成拆迁。结果，引发了反对群体更大规模的抗议，“听证会”的结果再也不敢拿出来示众。

政府的另一个办法是要挟。小林正美所在系的主任曾经接到过“上面”的电话，要求他对属下严加管束。但这位主任找到小林说：“只要你不违法，不耽误教课，其他事情我不干涉你。”

4月的地方选举结束后，赞成拆迁的官员依旧稳坐其位，这让小林正美他们感到有点沮丧。不过，他们没有气馁。6月初，小林正美教授在韩国首尔开会时，向各国同行讲述了他的“钉子户”经历，希望引发国际传媒的注意。

“我们不会放弃。他们不是以‘申奥’为借口吗？我要给国际奥委会写信，告诉他们这里发生的一切。”小林正美说。

8
日本人的十四个特点

不识庐山真面目，只缘身在此山中。看山如此，看一个国家亦如此。

近来，诸多评论指出，中国对日本的研究远远不够，在许多复杂的原因中，或许有一点值得关注：中日同为东方儒学文化圈，文化的相同点和不同点混杂，颇难研判。圈子外面的人似乎看得更清楚些，否则，美国学者本尼迪克特研究日本的大作《菊与刀》也不会多年来被文化学界奉为经典。

格里高利·克拉克就是一位从外面看日本的人。这位71岁的澳大利亚学者现任日本国际教养大学副校长，早年曾就读牛津大学，为澳大利亚政府工作数年后客居日本，在多所大学任教达30多年，著述甚丰。这期间，还在香港学习中文。

我和他相识，是在前几年的世界公众论坛“文明对话”第五届年会上，这个俄罗斯、印度、希腊共同主办的活动给予中国文化特殊的重视，单独开设了“全球对话背景下的中国文明”圆桌会议。会议也邀请了几位日本的学者介绍日本的文明，毕竟，它吸纳了来自中国的儒学，并加以发展、变革。

有关中日儒学差异的论述可谓汗牛充栋。最为熟知的便是日本的儒学剔除了孔子的“仁”，孔子主张即便对待敌人也要“仁恕”，日本则没有这个概念，否则，也不会有日本侵华期间的种种暴行。这一点，新渡户稻造的《武士道》一书有着详尽的论述。

作为一个西方人，克拉克先生在认同上述差异的同时，有着自己的独特见解。他认为，日本是岛国，由村落文化发展而来，他们的价值观基于本能，或者说，更感性，更实际；而中国是大陆文化，和外界有着长期的冲突和接触，因此价值观更理性。基于此，他总结出了日本人的十四个特点，征得克拉克先生许可，我将这些特点简要陈述如下。

第一，具有强烈的群体性，习惯于听从命令。这恐怕是我们所熟知的，日本人行事整齐划一，好处是听话易于管理，坏处是一旦邪恶势力掌权整个民族会跟从，“二战”时期的对外侵略战争便是典型的例子。

第二，个人关系之间令人不可思议的诚实。这一点我深有体会：在大阪附近的一个小村的汽车站附近，放着一袋一袋的新鲜蔬菜，旁边一块破木条上注明100日元一袋，无人值守，全凭顾客自觉把钱放到一个类似储蓄罐的盒子里。在日本，丢了东西不用着急，因为一般情况下拾到的人会送到最近的警察局。

第三，日本人是完美主义者，他们痴迷于秩序。日本人守秩序为全世界人所熟知，各大旅游景点，导游拿着小旗子带路，一群人默默排队跟着向前走的肯定是日本人。他们的完美主义，最典型的莫过于对卫生间干净程度的追求。日本宾馆房间都不大，但卫生间必定十分干净，好一点的都配有自动的“高级”冲水马桶，这一点毋须详细说明，用过的都知道。

第四，喜欢手工劳作。

第五，集体合作意识强，偏好家族式管理。

第六，对外来事物、思想持开放态度，对外来人却持排斥态度。克拉克先生认为，第三点到第六点，是日本迅速实现工业化的重要原因。有趣的是，这些方面中国人和日本人正好相反。中国讲究“难得糊涂”、“中庸”，喜好谈原则不爱做具体事务，对外来的新思想进行排斥，对外国人却持接纳的态度。

第七，意识形态薄弱。这一点在日本政治方面表现相当明显。看起来针锋相对的自民党和民主党两大政党，在执政理念上几乎一样，正因为如此，2006年小泉纯一郎靠打出邮政改革的旗号就戏剧般地赢得大选。

第八，情绪化、黩武。侵华战争步步扩大，不知收敛，还制造了南京大屠杀的惨剧，便是明证。

第九，外交、经济政策缺乏战略思考。克拉克先生认为，日本的外交无原则，是典型的机会主义；经济政策的短视，也是造成经济“停滞的十年”的主要原因。

第十，理性主义的缺失。比如说，日本有一个良好的基础教育系统，然而大学教育却非常一般，日本不存在理性主义，缺乏真正独立思考的知识分子。

第十一，中央政府力量弱小，派别之争明显。克拉克先生认为，即使没有中央政府，日本各地、各部委也可以正常运作。

第十二，道德伦理的基础是重视羞耻，而非重视罪恶。这就是为什么日本人彬彬有礼，笑容可掬，遵纪守法，待人以诚，却不肯对过去的罪行认真检讨的原因。

第十三，不喜欢法律条文。这一点令人费解，因为日本至少在亚洲还算是法治国家。不过，有日本朋友说，和西方人相比，日本人遇事更愿意私下协商解决，不到万不得已不打官司。

第十四，偏好特殊性，不爱普遍性。中国和日本在古代都经历多年的封建社会，中国的封建社会有着诸多原则，而日本则只有实践，缺乏普遍原则。

克拉克总结的日本人的这十四个特点，为一家之言，我在此“借花献佛”，信不信，由你！

9
靖国神社今昔

“靖国”是“镇护国家”的意思。所谓“神”，指的是“神道”。不了解日本的神道，无法真正理解靖国神社的内涵。负责管理神社的“神社本厅”的几位负责人，曾在2005年9月阳光明媚的一个下午，向我详细讲述神道的来龙去脉。

“神道”，就是“神之道”。公元538年佛教传入日本后，日本兴起了神道意识。神道受到佛教、道教和阴阳五行学说的影响，其独特之处在于没有教主，没有经典，没有教义。它有四个基本精神：敬神、敬祖先、爱国、尊重皇室。

这四个精神，都无可厚非，但当权者有意识地加以利用时，就会带来惨重的后果。

1868年建立的明治政权为了形成新政府的权威，树立天皇拥有高于一切世俗权威之神权权威的意识，把神道排在诸宗教神灵之首，尤其排斥维护德川幕府统治的佛教。

神道被明治政府作为国教，政府通过各种政策，排除民众中传统信奉的许多神、佛及灵验之物。把对祖先之灵的民间宗教崇拜与天皇祖神的官方祭祀强行结合在一起。神社变成国家机构，掌管过去由佛教寺院承担的户籍管理等工作，把每个民众置身于神社的控制之下。“信教自由”成了一句空话。

在这个过程中，神道中的“神社神道”受到推崇，从五花八门的神道教派中取得特殊地位，成为“国家神道”。靖国神社也从遍布日本的神社中脱颖而出，取得特殊地位。所谓“神社神道”，是指没有统一宗教理论或宗教教派基础的、以族缘或地缘为基础、以神社为中心的崇敬祖先神、氏神、地域神的信仰。

靖国神社，位于东京都千代田区九段北，前身是1869年设立的“东京招魂社”，最初的意图是为了给在明治维新内战中辅佐天皇而死去的3000多官兵“招魂”。“招魂”来自儒家传统，指父亲去世后，儿子站在屋顶，呼唤父亲的灵魂以表达孝心。在这里，“招魂”指的是“将阵亡者的灵魂从天上唤下来以求安慰”。

1879年6月，东京招魂社正式改称“靖国神社”。8年后，日本改革神官制度，靖国神社划归陆军省和海军省，而其他神社则属内务省管辖。从此，它更加与众不同。

靖国神社不是孤零零的存在，而是一个体系的代表。除了靖国神社，日本还在各地建了大批“护国神社”、“忠灵塔”、“忠魂碑”，它们一起组成了完整的日本军国主义教育体系，以神道的“爱国”、“尊重皇室”为心理基础，鼓动国民参军参战，为天皇献身。

于是，一个恶性循环形成：政府为臣民之灵造神与祭神，臣民为天皇效忠，战死臣民增加，继续扩大造神规模，结果卷进来的人也越来越多，最终在1945年走向彻底崩溃。

对于“神道”及靖国神社的影响力，“二战”后带领美军占领日本的麦克阿瑟将军自然明白，否则，他不会有一把火烧掉靖国神社的想法。

1945年8月30日下午两点，麦克阿瑟乘坐的“巴丹”号座机抵达东京厚木机场，他在鼓乐声中叼着烟斗走下舷梯。一些美军将领向他建议，放一把火烧毁靖国神社，从精神上彻底解除日本的武装。这个建议打动了麦克阿瑟，很快，100名美国大兵开进了靖国神社。

面对灭顶之灾，靖国神社权宫司（负责人）横井时常决定利用盟军总部尊重信教自由的政策，以纯宗教的姿态维护靖国神社。1945年11月26日，横井亲自拜访盟军总部宗教科科长巴斯，提出了靖国神社由国家神社变为宗教庙宇的方案，甚至提出，可以考虑将靖国神社一带变成以学生为主要服务对象的娱乐一条街，设立剧场、音乐厅、美术馆等。

日本人的“公关”终于有了收获，1945年12月15日，盟军总部发布了麦克阿瑟第448号指令，即所谓的“神道指令”，宣布废止国家神道，实行政教分离。但这道命令却同意靖国神社脱离国家管理成为宗教法人，并与其他宗教团体享受同等待遇。靖国神社终于逃过了灭顶之灾。

从根本上说，挽救靖国神社的不是日本的公关技巧，而是因为美国意识到，如果毁了靖国神社，可能难于管理日本，于是放了它一马。

在“沉默”了半个世纪后，靖国神社因为2001年8月13日小泉参拜再次受到世人关注，影响从日本国内扩大到中、韩等邻国，扩大到所有亚洲受害国，进而为全世界所知晓。

在日本国内，围绕靖国神社的斗争一直存在。

随着1952年美军占领时代的结束，各种祭拜靖国神社的活动相继死灰复燃。靖国神社成为右翼势力为军国主义招魂、为侵略战争翻案的政治舞台。在这个舞台上，主张正确认识战争的日本人和拒绝承担责任的日本人，一斗就是60年，而今还在继续，且愈演愈烈。

日本学者村井良太在《超越国境的历史认识》一书中，把日本战后围绕靖国神社的斗争分为三个阶段。

1952～1975年是第一阶段。日本遗族会，即战争阵亡者的家属，要求恢复名义，把靖国神社的复权作为斗争目标，企图实现神社国营化。1959年和1966年，厚生省先后向靖国神社提供了东条英机等14名甲级战犯和乙、丙级战犯的名单，要求靖国神社“合祀”这些甲级战犯。1966年，日本遗族会召集的靖国神社国家护持请愿签名超过2300万人，也就是说，超过1/5的日本国民持有这一主张。

对此，反对派以宪法诉讼相抗争，以学生为主体的草根运动遍布日本。结果，靖国神社国营化法案失败。

1975～1986年，右翼势力改变策略，转而以正式参拜、固定化为目标，但首相的参拜资格引起了很大的争议。1985年，中曾根首相8月15日参拜靖国神社，引发中国和韩国的抗议，从而靖国神社由内政问题演变为外交事件。当时，中日达成“政治默契”，约定首相、外相和官房长官不正式参拜，从而外交纠纷告一段落。

1986～2004年是第三阶段，在小泉不理会任何规则的横冲直撞下，靖国神社受到国际社会关注，中日之间陷入建交以来的最低潮，出现“政冷经热”的局面，日本国内对小泉的批评之声日渐增多，也出现了设立新设施予以替代的言论。

其中最为人关注的是“分祀”说。所谓“分祀”就是把14名甲级战犯的名单拿走，单独祭祀。对此，神社本厅的负责人明确告知记者，这不可能。因为靖国神社里的240万亡灵已经成为一体，每年举行合祀，他们是平等的，不可能将特定的灵魂移走。

日本前首相小泉纯一郎在担任首相前，既不是反华派，也不曾参拜过靖国神社，当了首相却是年年去。2006年，他最终在即将卸任前实现了2001年承诺的“8·15参拜”。

在媒体连篇累牍的轰炸下，日本国民对小泉参拜的支持率从70%变成了30%，但这并不能说明日本国民对靖国神社的认识发生了变化。按照日本的文化传统，人死之后所有罪恶都消失，都成为“英灵”，因而许多人觉得进行祭祀没有什么不合理的。

对此，日本国内的一些人士予以批评。庆应义塾大学综合政策系副教授田岛英一告诉我，以文化的相对性为理由来拒绝对话，这种态度只是一种思考的停止，理智的怠工，甚至是卑鄙的逃避。

日本虽然是现代化程度很高的社会，但其国民至今仍然是“见神就拜”，什么宗教都信，一亿多人口，宗教信徒加起来竟然达到两亿。其中信神道的人数，虽仅为约4%，但几乎每个人口聚集地都至少有一个神社，至今日本全国仍有8.2万余家神社。

这些神社有的祭祀祖先，有的祭祀地域神，有的祭祀专门保佑人们某一方面利益的神祇，如农业丰收的稻荷神及保佑身体健康、生子繁衍后代的神等。日本外务省新闻官千叶明先生，曾带我到他家中不足一平方米大的神社前参观，他自己则严肃地合十而拜。

这个心理基础，注定了日本国民不可能从根本上反对参拜靖国神社。

中国以前批判小泉参拜靖国神社时，常提及的一句话是“靖国神社里供奉着沾满中国人民鲜血的甲级战犯的牌位”。其实，这话只说对了一半。靖国神社里既没有遗骨，也没有牌位，只有象征所有死者灵魂的物件和名单。

这一点，常被日本右翼拿来加以利用，我也曾面对日本人的“指责”无以作答。因此，的确应该多了解一下靖国神社。

靖国神社平日里不是热闹的地方。我2005年秋参观靖国神社时，那里冷冷清清，院前南端入口处耸立着一座青铜制大牌坊，日语称之为“鸟居”。牌坊和正门之间大约有30米，右侧是靖国神社内部缩略图，左侧是个水池。按照规定，进入前要用舀子盛些水，分别洒在左右手上，然后漱一下口，算是进入前的准备。

正对大门的是拜殿，拜殿前有菊花徽记的白幔。新闻界经常使用的小泉参拜靖国神社的照片就是以此为背景。

展示日本对历史态度的是“游就馆”，取自《荀子·劝学篇》“君子居必择乡、游必就士”。顺着游就馆内的指示牌前行，等于是上了一堂日本历史课。当然，这是具有军国主义色彩的历史课，很多地方就是中国的屈辱史，只不过以一种推脱责任的语言来表述罢了。

比如，日本将“南京大屠杀”称为“南京事件”，馆内说明称，日本攻打南京，守军司令官唐生智命令抵抗，与城池共存亡，但他自己却逃之夭夭，日军进城后，南京城恢复了往日的和平与安宁。介绍卢沟桥事变，则称，1937 年 7 月，宋哲元道歉，但中国的恐怖活动升级。

对于甲午战争（日本称之为日清战争），介绍文字用表格列举了中日双方实力对比，清兵兵力为 630000 人，日本参战兵力为 240616 人。令人震撼的不是双方兵力数量对比，而是日本人把数字精确到了个位。下面还有日本陆海军战死人数，同样精确到个位，而中国军队战亡人数则是“不详”。

在结束游就馆参观的出口处，可以看到日本阵亡军人的照片，其中包括东条英机、松井石根等甲级战犯。其中有一个外国人，是印度的帕尔法官。东京审判时，他写了长达千页的文字，来证明日本不是侵略，而是为了赶走英美殖民者。

纪念帕尔，显示的是对战争的态度，如神社本厅负责人所说，甲级战犯是由盟军法庭判决的，这是他们占领方针的一环，是战争的延伸，而非按照日本的法律来判决。

这种对侵略战争的态度，才是中国以及亚洲各国所真正担心的。

在出口处，还有一个签名本，可以看到许多日本游客的留言，里面多是祈祷和平的字句。其中有人写道：“看了这些，才知道真正多惨，但愿以后不再打仗。”但愿更多的人这么想。

10

日本为何对周边岛屿“永不放弃”

2010年9月7日，日本巡逻船撞坏中国渔船，逮捕中国船长，并拟对中国船长判刑，中日之间就钓鱼岛问题再起波澜。此前，日本于8月21日决定把25个离岛“国有化”，以作为“划定大陆架面积和确保海底资源的据点”。这些岛屿中，也触及日本与中国存有纷争的钓鱼岛。

在一系列的外交博弈后，日本放人。此后，又发生了日本议员空中视察钓鱼岛、日本民间人士申请登岛调查、石原慎太郎号召日本人为钓鱼岛捐款等事件，可谓风不平，浪不静。中日在钓鱼岛海域的对峙事态还应该深入一步，分析并了解日本对周边岛屿为何如此执著，为何永不放弃。

首先，可以大致罗列一下日本和邻国的岛屿之争。

日本是个岛国，四面环海，和邻国都有岛屿争端。国后、齿舞、色丹、择捉等北方四岛“二战”以后处于苏联管辖之下，至今仍在俄罗斯掌控之中，俄称之为南千岛群岛。

2010年8月底，一个日本旅游团拿了俄罗斯的签证到国后岛观光，日本外务省大怒，认为这等于承认四岛归属俄罗斯，于是乎，首相菅直人也坐不住了，委托前任鸠山由纪夫到俄罗斯，和梅德韦杰夫总统谈北方四岛争端。

日本和韩国也有岛屿争端。独岛（日本称竹岛）距韩国郁陵岛只有约90公里，而其距离日本最近的隐岐诸岛约为160公里。双方都坚称自己拥有主权，独岛之争是韩日关系中最为敏感的问题之一。

再往前追溯，今日的冲绳当年称琉球，向中华进贡，1608年萨摩藩攻打琉球，从此形成中日共治的局面。明治维新时期，日本趁清朝内忧外患之际，独吞了琉球。

当时，琉球国王派使臣向大清求救，官方思虑再三，来了句“化外之地，就不要争了”，一句话，让琉球的华服衣冠成为和服。无独有偶，“二战”后，美方曾多次要日本把琉球交还给中国，但蒋介石担心日本日后找麻烦，遂拒之。

和中国的“大度”相比，日本在岛屿问题上可谓锱铢必较，这么做，有民族文化的原因，有经济上的考虑，也有政治上的因素。

无论是引入中华文明还是欧美文明，日本人总难逃脱岛国文化的特征。岛国文化的特点论述起来足可以写几本书，但简而言之，行事精明、短视、小气、缺乏大局观，颇有“我的是我的、你的还是我的”气概，这些，和日本人打交道多的朋友，都深有感触。有这样的文化基础，国土狭小的日本对岛屿自然不会让步，而且会步步紧逼。

比如说，中日东海油气田问题，日本坚持中间线原则，中国对此不能接受。问题是，中方开发的油气田，即便按照中间线原则，也在中国一侧，可日本还是反对中国开采，愣是发明了一个“吸管”理论，说油田靠日本太近，吸走了他们地下的油。

再比如说，冲之鸟礁在海水涨潮时露出水面的面积不足10平方米，分明是个礁，可日本竟然到上面建造人工设施，称之为冲之鸟岛。2010年5月18日，日本众议院通过了《低潮线保全和基地设施整备法案》，要求在没有船舶靠岸设施的冲之鸟岛，通过设立经济活动基地，向国内外宣传“冲之鸟”是一座岛屿。

日本对岛屿的争夺，和经济利益密不可分。日本《日经新闻》报道说，日本当局决定在2011年3月将其周围的25个离岛登记为“国家财产”。这个决定是为了巩固日本的海上资源权益，它准备以25个岛屿作为测算大陆架面积的据点，对外明示在这范围内的渔业和海底矿产是印有日本的“独占”标签，只有日本才能独自进行开采。

另外，和邻国争夺岛屿日本有心理优势，不畏战。日俄战争日本是胜利者，对华战争虽然最后失败，但侵占了中国大片领土，韩国更是沦为其殖民地。因此，日本有着强烈的自信，除了对美国可以低头外，在岛屿争夺方面很强势。

日本对岛屿的争夺，不是情绪化地喊口号，而是有策略地推进，进三退二，或者进三退一，实在不行就回到原地，但绝不放弃。在钓鱼岛问题上，日本之所以宣布“国有化”，还逮捕中国船长，就在于看准了天安舰事件后中国海疆处于多事之秋，美国对华施压有求于日本，这才敢于出手。2010年8月的《日美安保共同宣言》，奥巴马政府本来不想提及钓鱼岛，宣言中也没有明确提及，但日本方面多方做工作，游说美国，美国国务院这才表态说，“钓鱼岛是在日本政府的行政管辖之下，《日美安保条约》第五条明确规定，条约适用于日本政府管辖的领土，所以，如果你问条约目前是否适用于钓鱼岛，答案是肯定的”。

和俄罗斯的岛争也是如此，普京担任总统时，多次提出要归还两个岛给日本，算是两家平分，中俄以此方式解决了黑瞎子岛的争执。可日本人不买俄罗斯人的账，坚持要四个，俄罗斯人回应说，那好，一个也不给了，日本政府只好等待下一个机会。按照日本人的逻辑，接受了两个，等于失掉了两个；而一个也不要，没准儿以后都能回来。

中日钓鱼岛之争，日本在中美关系紧张的时候就推进得快一些；与此同时，由于日韩都是美国的盟国，独岛（竹岛）的争端就会稍微缓一缓。这体现了日本对待岛屿争端的步步为营，稳步推进。和俄罗斯的北方四岛之争，日本则显示了十足的耐性，在俄罗斯的衰落之路上寻找最佳的出手点。无论如何，它对于岛屿争端，不会放弃，而通过外交谈判手段让日本放弃的几率，十分之小，几近于无。由此，可以看出中日钓鱼岛争端异常复杂，中国需要有长远的策略、宏观的战略眼光、具体的筹码加上坚定的意志，方可保卫自己的领土。

11
日本官员在《纽约时报》"保钓"的启示

在俄日领土争端中处于被动地位的日本，这些年似乎加强了在中日领土争端中的主动性。日本海上保安厅第11管区竟向钓鱼岛撞船事件中的中国船长詹其雄索赔1430万日元，约合人民币111.5万元。

这是大家都知道的，大家都没注意的是，日本在美国也采取了保钓行动。

2011年1月24日，《纽约时报》刊登了一篇读者来信，题为"在日本，这是我们的领土"。文章声称"'尖阁列岛'（即钓鱼岛）是日本领土不可分割的一部分"，并援引历史证据和法律条文予以证明。值得关注的是，写信者不是普通读者，而是日本外务省发言人佐藤悟。

这封读者来信，是对1月19日《纽约时报》言论版文章"中国切尼的崛起"的反驳，这篇文章的主题是讲中国的民族主义和中国崛起，其中有一小段提到了中日钓鱼岛争端。

看罢掩卷，不禁"佩服"日本人工作之细、反应之迅速、应对策略之高明。

首先，这需要精确、细致的情报搜集能力，把各国重要媒体关于本国的重要信息都予以关注，这一点很多国家都可以大致做到，比如说，美国官方会收集国防部长盖茨访华时中国的相关报道，中国也会收集美国媒体关注胡主席访美的报道。日本的厉害之处在于，一篇不是以钓鱼岛为主题的文章，仅仅是提到钓鱼岛几句，也搜罗在内，没有放过。

其次，这需要快速反应能力。我们都知道，媒体是高速运转的机器，一条不太准确的信息在经过传播、转载后，会变成"既成事实"，反应的滞后就意味着让谬误流传。因此，当有不利于自己或不真实的消息时，应该在第一时间作出反应，而不应该闭门研究一段时间后再长篇大论的反驳。时过境迁，新闻成了旧闻，说多少话也于事无补。

另外，以“读者来信”的方式应对是个高明策略，说明日本深谙美国媒体运作之道，知道美国报纸是独立运作的，无须去找政府抱怨或者抗议。具体操作层面，它可以选择向《纽约时报》发出抗议之声，也可以通过像“读者来信”这样的方式获得表达自己观点的机会，日本人选择了后者并做到这一点，说明他们不仅了解美国的媒体，还和美国媒体有着较为密切的联系，否则，临时抱佛脚是来不及的。

我长期关注钓鱼岛问题，还曾多次就中日钓鱼岛争端接受日本媒体的访问，看到美国的报纸登出“在日本，这是我们的领土”的文章，心里五味杂陈。不禁要问，为什么不是中国的官方以“读者来信”的方式在《纽约时报》上反映中国的观点呢？

这是个复杂的问题。最主要的原因是，中国报纸长期以来是政府的喉舌，官方和国内媒体打交道时无须“沟通”，也不习惯接受媒体的监督和批评。因此，养成了相对比较简单的工作方式。我有一个欧洲某国媒体的朋友，前几年写过几篇批评中国大陆对台湾地区政策的文章，使馆官员大为恼怒，暗示我的这位朋友说，你再这么写，小心我们不给你到中国的签证。我和美国《华盛顿时报》的著名“反华记者”比尔·葛淡聊天时，问他干嘛不多来中国转转，这位老兄笑笑说：“谁请我啊？没人给我签证吧！”

其次，在具体操作层面，缺乏沟通的技巧。我有一个朋友在外交部工作，驻外数年，说是曾计划组一个当地的记者团到中国看看，结果任期内此事无果而终，因为她打算负担对方所有费用，对方却说，我们不能用你们的钱，那样做出的报道不公正。这是西方新闻理念的基本守则，属于常识，无须奇怪。

操作层面的问题，也不能全怪我们的外交官。我所结识的驻外外交官，或者负责公众外交、媒体联络的官员，大都很敬业，常常加班，外语也呱呱叫，但为什么做不成呢？这和本身的经历有关。在西方国家的外交部门，负责媒体的人大都本身就曾经是优秀的记者，不仅精通外交政策、国际形势，还对媒体的运作驾轻就熟，而且有一帮媒体界的哥们。这样的人进入政府搞公众外交，知道该和总编说什么，和编辑说什么，和记者说什么，写什么样的文章能受到媒体的欢迎。

其实，新中国成立之初，外交部门有一批记者出身的官员，记者也大大帮助了外交事业。比如说，和非洲一些国家的交往，在建立外交关系之前是新华社记者在那里开展各层面的交往，并促成双方建交。而今，外交越来越专业，和其他行业的交集也越来越少，外交和传媒之间的互动也欠缺了许多。

外事无小事，作为一介平民，本不应多言，但心有所感，随感而发，写几句，概括起来，不外乎希望中国的公众外交真正走出去，学会和国外媒体打交道，传播中国理性、客观的声音。花钱登广告容易，让人心甘情愿地刊登你的声音难，咱还是发展中国家，还是多动动脑子、省点钱吧。其实，《纽约时报》登一篇关于中国的好文章，作用绝不亚于纽约时报广场上的中国形象宣传片。

12 日本的国际形象为何强于中国

2009年的“世界和平指数”6月新鲜出炉，中国名列第74位，而我们的近邻日本却赫然名列第7，在亚洲国家里高居榜首。

对于这个指数，大家议论纷纷。有人说，那个（评比）算什么东西?纯粹是胡说八道，还有人说，我坚信，这又是西方人的一次阴谋。

其实，不仅这次日本国际形象亚洲领先，过去几年不同机构推出的国家形象调查日本都处于前列，究竟是我们被历史积怨蒙蔽双眼认不清日本，还是调查本身有值得商榷之处，是个值得深思的问题。

日本“和平指数”名列亚洲第一

“世界和平指数”始于2007年，由总部位于澳大利亚的经济与和平研究所主持，汇集全球专家、智库人士，由英国《经济学人》杂志的调查部门负责收集和分析数据。这项研究以144个国家为对象，对其国内外争端、犯罪和恐怖袭击的危险性、政治稳定性等项目进行量化排序。

2009年，新西兰荣膺“全球最和平国家”美誉，伊拉克则连续3年列倒数第一。值得注意的是，前十位国家中北欧国家占到半数，亚洲国家仅含日本，其他亚洲国家中，新加坡位列第23位、韩国列第33位、朝鲜位列第131位。

为何日本排名如此靠前，从经济与和平研究所发布的研究报告可以看出端倪。

报告这样评价日本：首先，该国内政稳定，诸如暴力犯罪、有暴力倾向的示威、杀人率等指标均为世界最低水平，因而得分较少（这项评比和中国的高考相反，得分越少越好）；其次，报告认为，日本尊重人权，法律严格禁止携带枪支，“二战”后政局相对一直稳定；再次，日本军费占国内生产总值的比例较低。

前两点争议不大，而关于军费的指标却引发外界的广泛批评和质疑。

报告承认，日本每年用于国防的费用相当大，达到了480亿美元。日本装备优良的自卫队走出国门，参加国际人道主义救援和维和行动，包括颇具争议的赴伊拉克维和，始于1946年的禁止武器出口的规定也于2004年被推翻，但报告解释说，日本武器出口数额不大，多年的军事化也一直没有进展。

在“原谅”甚至“漠视”日本的军事化野心之外，研究人员对中（第74位）、美（第83位）、俄（第136位）三国的军事能力高度重视。

对此，《经济学人》杂志承认，指数肯定会遭受质疑，尤其是军费支出，“有的国家揩油，躲在其他国家（美国）的保护伞下享受和平”。显然，日本也是美国军事保护伞下的国家之一。

中日各项数据对比

作为亚洲两大强国，2009年，一个1272分，列第7位；一个1921分，列第74位，这里面究竟有何玄机？

从各单项得分看，引人关注的“与邻国关系”一项，两国均为3分；发生对外冲突的可能性这一项，两国各得1分，这说明，对外关系上中日两国旗鼓相当。

在军费开支占国内生产总值比重方面，两国均为1分；每10万人中的武装人员数量、常规武器进出口数量、重武器总量等方面，两国也是各得1分，这说明，“中国军事威胁论”在这项研究中没有影响中国的得分，中日两国也打了个平手。

中国和平指数之所以落后于日本，差距主要来自国内。

所有影响得分的国内因素中，只有流离失所人员比率、自杀率和国内有组织冲突致死这几项，两国得分相当，其他各项国内指标日本均强于中国。其中，人权一项日本得1分，中国得3.5分，说明中国的人权状况在西方眼中依旧不佳；政治不稳定性一项，日本得1分，而中国得2.875分，说明对中国政局西方缺乏足够的信心。另外，在暴力犯罪、警察比例、潜在示威、潜在恐怖行为等各项，中国也是全面落后于日本。

客观地看，这些数据基本上是科学的、可信的，日本的社会诚信、环境保护、贫富差距、教育程度、科技力量均强于中国，人与人之间的关系也更和谐，从而“和平指数”也高。

当然，数据是会变化的，除了两国横向对比，还可以把本国的排名变化加以纵比。对于“世界和平指数”的功效，研究人员如此描述：其真正的作用不是某个国家排名如何，而是排名如何变化，因此，跟踪国家和平指数的变化颇具意义。

如果在中日之间作比较，两国都呈下降态势，日本较2009年、2008年下滑两位，名列第7，中国则位列第74位，比2007年的第60位、2008年的第67位均有下滑，且下滑幅度不小。

无独有偶，2010年2月一项民意调查也显示，中国的国际形象下滑。这次调查由GlobeScan公司代表BBC国际部进行，调查在对21个国家的1.3万人进行访问后发现，认为中国是积极影响的人占总数的39%，比2008年少了6%，认为中国是负面影响的人的比例则上升到40%，比2008年增加7%。国际社会对中国的印象在2008年有转为负面化倾向，法国、德国、西班牙、意大利、英国、日本、菲律宾、土耳其以及埃及对中国的看法都有大幅恶化趋势。

此前，各项调查结果也都显示，日本的国际形象好于中国。

2007年4月，美国《时代》周刊公布一项调查，27个国家不到3万民众评估12个主要国家，显示中国国家形象第5，中国继续在世界民众的心目中以适度的正面形象出现。但日本国家形象却位居世界第一，高出中国多达12个百分点。

同样是在2007年，BBC国际部对27个国家的2.84万人进行了调查，让他们就美国、英国、加拿大、法国、中国、印度、伊朗、以色列、日本、朝鲜、俄罗斯和委内瑞拉12个国家对世界的影响是正面还是负面作出评价。结果显示，形象最好的国家是加拿大，日本名列第二，中国被认为“对世界的正面影响大于负面影响”，形象尚可。

另外，早在2005年美国皮尤研究中心公布的一份“全球态度项目”调查报告显示，16个接受调查的国家中只有巴基斯坦和中国认为中国形象好于日本，其他14个国家对日本的好感度都高于中国。

日本“和平指数”高于中国的警示

就在国内各界热议中国的国内生产总值即将赶上日本之际，曾经侵略中国、给我们带来巨大民族灾难的日本却拥有比中国强得多的世界和平形象，这无疑给我们以深刻的警示和思考，首先要做的，不是指责别人调查和研究得不科学，而是我们如何寻找、认识差距，然后迎头赶上。

推出“世界和平指数”的经济与和平研究所掌握的数据显示，中国国内生产总值达41927.09亿美元，日本为49113.613亿美元，相差不大，而人均国内生产总值方面，中国为3160美元，而日本为38580美元，日本为中国的10倍，另外，常识告诉我们，国内生产总值不是经济的全部，中国在能源利用率、科技成果转化力、环境保护、教育等各方面都和日本有不小的差距。

在大多数情况下，上述这些差距未必转化为国家形象。国家形象是“软实力”的体现，有时候可以通过采取战略方式逐步地、有目的地提高，如通过媒体对外传播自己的积极正面形象、通过官方或非官方援助树立良好形象、在其他国家遭遇自然灾害时伸出援助之手。

“二战”后，日本积极塑造良好的形象，成为继美国之后第二大对外经济援助国，打造的廉洁高效政府，在全球获得良好的口碑。

日本国民良好的礼仪和公德也受到各国欢迎，跟着导游的小旗子规规矩矩旅游的，十有八九是日本人，这就是日本人给世界留下的印象；反观中国却是另外的一番场景。我在罗马圣彼得大教堂第一次听到的汉语广播竟然是“请大家要排队，不要大声喧哗，不要乱丢垃圾”。

听完后，等了半天，发现没有对应的英文或日文，开始时，感觉这是对国人的侮辱，后来想想，我们的确存在一些不文明的、影响自身形象的问题。2009年东京世乒赛上，德国的新闻官也对中国乒乓球队队员不尊重记者、不尊重他人的失礼行为公开提出批评，直指国人软肋。这些小事积少成多，也会造成国家形象不佳。

不可过分迷信数据和指标

和良好的国际形象相悖，日本的一些倾向却让人担忧。

以朝鲜进行核试验为借口，日本右翼势力抬头，日本媒体及部分政治人物提出了“以核制核”，而右翼致力于修改《和平宪法》，希望成为“正常国家”的努力从未间断。2009年5月，为了迎合日本民族主义，日本首相麻生在捷克举行的日本一欧盟首脑会议上大谈“中国核威胁论”。在当前日本备受国际金融危机困扰之际，日本民族主义进一步抬头，主张推行强势外交的政客在日本政坛走红，值得警惕。

对历史问题，日本没有像德国一样真正忏悔。前首相小泉纯一郎坚持一再参拜靖国神社，所代表的是一股不肯认真对待历史的力量，尽管后来者迫于邻国的压力有所收敛，但可能会随着国际形势的变化有所反弹。电影《南京！南京!》无法在日本公映，也说明日本对待历史的心态和它的国际形象之间有着莫大的差距。

另外，不可否认的是，日本在某种程度上不是亚洲的东方国家，而是“西方国家”，因此更容易在西方标准的评价体系中得到高分，而中国和西方体制、意识形态的不同使得中国时常处于被怀疑的状态。虽然不可过分迷信这些数据和指标，但作为一个爱好和平的国家，中国的“和平指数”排名落后于日本，却不能只埋怨西方不了解日本侵华期间所犯的罪行，今天的中国，和今天的日本，的确尚有差距待弥补。

2011年世界和平指数，日本排名第3位，中国却跌到了第80位，最末为索马里。看来，无论我们信不信，调查结果就在那里，我们还是要反思，为什么会这样？

13 对话日本防卫厅发言人

无论是中日关系政冷经热还是春暖花开，在领土争端问题上的交锋一直互不相让。2005 年我在日本采访时，曾访问日本防卫厅（现为防务省）。各国军界大抵都是鹰派，政治取向保守，对外强硬，我看日本防卫厅也不例外。

采访对象是时任日本防卫厅报道官金泽博范，其官职应该和外交部发言人差不多，时间是 9 月 9 日上午 10 点，地点是防卫厅总部办公室。

王冲：《读卖新闻》报道说，有自卫队官员称，警惕中国已经是“适当的政策”，如何解释这一政策？

金泽博范：您刚才所说的消息我没有看到，不能回答你。中国在亚洲是和日本同样重要的国家，我们应该与贵国建立很好的关系。现在自卫队和中国人民解放军之间的交流也是非常的密切和频繁。中日双方加深彼此的理解，有助于这一地区的和平与稳定。现在贵国和日本之间在防务领域的交流也是越来越密切和频繁，自卫队和解放军之间有部长和副部长级的交流。在 2010 年 3 月守屋事务次官访问了中国，和熊光楷将军做了交流，2009 年熊光楷将军也来过日本。2010 年 11 月，在东京举行自卫队音乐节，有计划请人民解放军的音乐队前来参加演出。

王冲：有专家认为日本其实是一个隐形军事大国，您怎么看待日本的军事力量？

金泽博范：日本有自己的防卫政策和基本方针，第一贯彻专守防卫，第二决不成为军事大国，第三决不发展核武装，第四是确保文官的统治。我们根据这些基本方针维持我们的防卫力量。因此我们持有的防卫力量也是很有限制的、可控制的。我们并不认为我们的防卫力量构成对其他第三国的威胁。

王冲：美国方面的分析报道说，日本在军事技术领域里发展得非常快。从技术角度讲，日本没有哪些先进武器不能生产，对此您有何看法？

金泽博范：在日本国内，民间的技术水平也是非常高的。军事方面有一些先进的技术，但是从整个情况来看，美国是第一位，技术最好。日本刚刚开发的F2战斗机就是在美国的F16基础上改进的，然后加了日本的技术来制造的。

王冲：日本自卫队军官的比例非常高，士兵少，所以可以扩张得非常快？

金泽博范：现在日本自卫队整个人数大概是27万，刚才你提到军官和士官的比例，我不知道和其他国家相比有多大，但我觉得不用担心这些问题，因为日本没有采取义务征兵制度，都是志愿制度，所以日本不可能随便增加自卫队人员的数量。

王冲：中国台湾地区与日本之间的高级军官交流越来越频繁，这是出于什么目的？是传统呢，还是有其他考虑？

金泽博范：你说的日本与中国台湾地区之间开展军事方面的交流不属实。我们知道中国的看法是，台湾是中国不可分割的一部分，我们非常尊重和理解中国方面的这一看法。台湾地区也有各种各样的看法，我们希望把台湾问题解决，不希望看到在这一地区出现军事方面的问题。

王冲：但是在《日美防卫合作指针》中明确地提到了“台海危机”？

金泽博范：如果台湾和大陆之间出现军事方面的冲突，对我国的和平和稳定会构成直接的影响，我们不希望出现这样的影响。

王冲：那如果出现中国大陆和台湾地区之间的冲突呢？日本怎么办？

金泽博范：日本要确保本国的和平与安全。（这个可要好好理解，本国的安全，如何定义？包括哪些领域？）

王冲：如果中日两国不能通过谈判把东海问题解决，日本方面如果单方面采取进一步行动的话（帝国石油开采权、进行勘探等），那么摩擦可能会产生，防卫厅有没有在这方面进行准备？

金泽博范：我们防卫厅在经济方面不是主管单位，所以在这个问题上不能给你明确的答复，但是日本是在日本的国土内专属经济区从事的经济活动，所以不会损害中国方面的利益。（注意：中国不承认日本所谓的“中间线”。）

关于《西南岛屿有事法案》，西南群岛也是日本的领土之一，所以对此进行防务工作是理所当然的。

王冲：如果日方坚持强硬的军事姿态，会不会使这个矛盾激化？

金泽博范：在日中两国之间，在经济方面或者各个方面会有一些分歧，但是这些分歧应该通过和平的谈判来解决，而不要把这些问题变成军事方面的问题。日本和中国是友好邻邦，而不是敌对的关系。日中两国在经济领域有广泛的合作关系。如刚才向各位介绍的那样，在防卫领域开展着各种各样的交流。虽然出现了经济领域的问题，但这是可以通过和平的谈判解决的。

王冲：有报道说美国陆军进驻东京，人们对美军驻扎日本是什么心态？

金泽博范：这个报道我也看过。美国是日本的盟国，所以美军为了日本的和平与独立以及这一地区的和平与稳定驻扎在日本，从这个角度日本接纳了美军在国内的存在。日本安全方面的政策有两个支柱，一个是《日美安保条约》，一个是自卫队。美军在日本国内的部署情况基本上是他们的问题，但对日本影响也很大，日美政府之间正在进行磋商，但是还没有结论。

王冲：那么是否可以认为美军驻扎在东京，是对日本的不信任？

金泽博范：你的看法完全不对。现在已经有美军驻扎在东京了，这证实了日美彼此信赖的程度。因为日美两国之间有信赖关系，所以驻扎。美国也是为了美国的利益让自己的军队驻扎在日本。

王冲：您怎么看日本海军方面的力量？鉴于俄罗斯近年来的衰落，日本是否已经成为继美国之后的世界第二海军强国？您怎么看这种评估？

金泽博范：日本只有现代化的海上自卫队，如果借用一般的说法是海军。因为没有确切的标准来衡量，很难说日本在全球的排名。但是我可以说，不管是船还是舰艇、飞机，我们的数量是不多的，但我们一直努力持有现代化的装备。

王冲：从吨位来看呢？

金泽博范：因为我也没有这样确切地数过排名，但是仅拿护卫舰来看，日本只有 50 艘，潜水艇有 16 艘，贵国的潜水艇有 75 艘。

王冲：拥有的数量虽然不多，作战能力和发展重点是否已经转移了？将来的发展方向是什么？

金泽博范：日本海上自卫队作战的重点，是针对潜水艇。日本是岛国，四周环海，国家的安全是靠海上来维持的，最能威胁日本的安全和存在的是海上的交通安全。潜水艇是最能损害这一安全的。日本的存在是靠和国外的交流与贸易，一直没有变化。看目前当今的国际形势，针对潜水艇的情况还是存在的，但也出现了新的形势，比如游击性的攻击。对于构成威胁的性质有了一些变化。因此，鉴于此，防务体制正在打算进行若干的变更，这些变更已经一部分实施了。

近距离看美国民主

1
中国人过度关注美国的深层原因

美国赫德森研究所访问学者约翰·李曾在《外交政策》杂志撰文谈"中国的美国强迫症"，认为中国人过分关注美国。

李先生写道："中国官员和战略家过分关注美国，他们无时无刻不盯着美国。我对社科院一些学者最近写的100篇文章进行研究后发现，约4/5的文章都是关于美国的——不是想了解美国的制度和政治价值观，就是讲如何限制和减弱美国的实力与影响力。"

李先生一语中的。中国人关注美国实在有些过。从学者到学生，从白领到农民，对美国的关注总是比其他国家多。

在李先生看来，原因之一在于中国用广泛的新现实主义方法看待国际政治。中国的战略家们认为当今世界的权力分配将决定着明天的冲突。中国一贯认为它与美国之间日益激烈的竞争是不可避免的，是决定全局的战略竞赛。按照中国的想法，美国与中国之间的紧张气氛是可以控制的，但永远解决不了。出现紧张状态有着结构上的必然性。

这种看法不无道理。中国文化有着崇尚强者的传统，中国历史的潜规则是暴力最强者说了算。放眼全球，暴力最强者、有可能对中国构成有效杀伤者，美国毫无疑问居于首位。因此，中国人看美国的目光特殊一些，复杂一些，关注也更多一些。

这是从国家关系的角度看，而从中国人内心的思维逻辑看，更有意思。关注美国，其实是中国人尊崇权势的反映。中国的教育，从以前的崇尚英雄，到一度的以王朔为代表的虚无主义，再到今天崇拜权势和金钱，一直缺乏一种平等基因。社会的评价体系也是成王败寇，有权有钱有名成了社会的主流价值观。而对美国的过多关注，其实质就是中国人权力崇拜和金钱崇拜的国际版映像。

其实，从人类的发展看，欧洲社会是现代文明的典型，北欧的民生社会主义更是人类和平幸福生活的模板，欧美文明体系里，美国是最强大的，但是美国人的生活方式、社会组织结构、医疗保障等体系不如欧洲，最明显的例子是世界最发达的国家还在为全民医疗保险而苦苦奋斗。

中国人为什么不羡慕欧洲，而更崇拜美国？除了上面说的权钱崇拜，还说明内心缺乏稳定的价值观和平等意识。中国人很多时候在抱怨不平等，但抱怨不平等的人很多时候不是为了追求平等，而是希望自己成为占据优势获利的一方。

学术以及媒体方面也是如此，迎合领导需求和大众口味，都去研究美国、报道美国，成了美国的义务宣传员，这也是学界和媒体界功利主义的表现之一，和整个社会的浮躁相吻合。

世界不只是西方，西方也不只是美国，在中国人越来越多地走出国门、走向世界之际，在中国人对世界的感性认知越来越多之际，对美国这个世界超级大国的认知，也应该更平和，更理性。无须仰视，也无须把它视为敌人，更没有必要太多关注美国媒体说什么，美国官员说什么。美国媒体夸奖中国，未必是好事；美国媒体批评中国，也未必是坏事。以平常心看美国，多角度看世界，自己的心态才会平和。

2 美国高官为何出门没有前呼后拥

曾经，有一张美国新任驻华大使骆家辉赴任的照片在中国的微博上疯狂转发。照片上骆家辉不像是履新的高官，身边前呼后拥，而是像一个普通游客，携家人准备登机。

无独有偶，2009年奥巴马访华时，也有一张照片被中国媒体不约而同地搬上报纸的头版。照片上奥巴马自己打着雨伞，出现在空军一号的出舱口。当时，我应邀参加凤凰卫视的《锵锵三人行》节目，另外一位嘉宾梁文道就此调侃说，堂堂总统自己打伞，这让中国那些啥事都有人伺候的小局长、小处长情何以堪啊！

这两张照片，在不同时间、不同地点传达了同一层意思，即美国的官员不像中国的官员那样官僚。再后来的拜登吃面，更是把亲民演绎到极致。

之所以如此，和美国的官员产生制度息息相关。

美国的官员不是上级任命的。贵为总统的奥巴马，也无法对某个州长的任免指手画脚；同理，州长也无法对下属的某个县的县太爷的任免作出决定；而县长当然也不能决定镇长的升迁。决定这些升迁与否的，都在于官员治下的选民的选票。

由于对下不对上，因此官员就不必刻意媚上。上级领导来就来，我欢迎，但我也不会当成老佛爷一样供着；上级也知道自己职责何在，因此也不会对接待鸡蛋里面挑骨头。

和不必媚上相对的，是必须媚下。可以得罪天，可以得罪地，但不可以得罪辖区内的选民。这才是乌纱帽的供给者。他们可以用选票把你送上高位，也可以用选票把你拉下来。

在文化层面，美国也是个相对简单的社会，笃信人人平等。官员可以转身成为教授，成为商人，也可能退休后一无是处。当过美国总统的格兰特将军，卸任后日子过得相当拮据，还不得已变卖外国友人赠送的礼品。最后有书商找他写书，靠一笔不菲的稿费才渡过难关。这就是说，美国的官员不是终身制，今天是官，明天就是民，既然人人平等，官民就平等；既然官可以转化成民，又有多大必要非要表现出官和民的不同呢？

当然，这么说并不是说美国人不尊重领导，每当总统或国务卿出访，各使馆也是忙得一团糟，也怕挨批评，但并不是担心伺候不好领导导致龙颜震怒，而是要准备各种文件、请记者、安排会见等各项事务，活儿太多。

也有人持不同意见，说这是美国人搞的公众外交。假如按照这个逻辑，那么骆家辉或者奥巴马就是刻意这么做秀一把，让人拍照，然后再私下里摆谱显示自己是领导。不是我看不起他们，美国人还真的没有演这出戏的脑子，也没有需要这样演戏的必要。

3 美国有个问责办，专和政府对着干

2010 年 4 月 14 日，美国政府问责局（Government Accountability Office）就中国对稀土材料供应的控制提出警告。

美国媒体对中国控制稀土出口的指责已持续一段时间，这次问责局出面，显然是美国提高了指责中国的力度。这事一般是美国国务院或商务部的职权范围，问责局为何插手？这到底是个什么机构？在此，暂且把稀土问题放下，看看问责局究竟是个什么机构。

问责局，也有人译作问责办、责任办，是美国国会的一个机构，其职能约等于中国的审计署。之所以说约等于，是说这个机构和世界各国的审计机构类似，但大有不同，它的职责范围大于各国的审计署。

包括中国在内的世界各国审计部门一般只是财务审计。比如说，我们的审计署到央企查账，发现违规资金后勒令其交出，这是单纯的财务审计。而美国的问责局则不同，它对政府在广泛领域内的所作所为进行审核。

美国的问责局是美国国会的下属机构，负责调查、监督联邦政府的规划和支出，其前身是美国总审计局（General Accounting Office）。该机构是一个独立机构，只对国会负责，以中立精神开展工作，通常被称为“国会的看家狗”，主要职责是调查联邦政府如何花费纳税人的钱。

“一战”后，美国政府的财务管理存在着混乱状况，为了扭转这种状况，美国 1921 年的《预算与审计法案》决定把审计事务从财政部分离出来，交给一个独立机构去负责，这就是美国总审计局。

美国的问责局和中国审计署区别明显在于，前者是美国国会的下属机构，对立法机构负责，而我国的国家审计署则是行政系统的一部分，由国务院领导。从这个制度安排即可看出，无论是从总审计长的任期还是归属来看，问责局的独立性都比中国的审计署大得多，这在很大程度上保证了

该机构审计的威慑力。

按照设置这个部门的初衷，为了在公共开支领域实现节俭，提高效率，它负责调查和票据、支付、申请公共基金有关的所有事项，向总统和国会汇报。

还需要提及的是，这是个相当稳定的机构。它的负责人是“总审计长”，获得任命需要过五关、斩六将，相当麻烦，而一旦获得职位，便成了雷打不动的铁饭碗，不用担心得罪了谁而丢失饭碗。

总审计长不属于任何党派，属于职业官员，须经参众两院两党议员组成的8人委员会提出一个名单，总统选择一个人，提交参议院批准，任期15年。但是，总统有权任命，无权罢免，只有国会有权对总审计长进行弹劾。如此看，总审计长的地位有点像最高法院的大法官，颇具独立性。迄今为止，还没有总审计长遭遇弹劾。

这就是美国问责局的优势所在，领导任期长，机构稳定，具有独立性，因而，能更好地履行其职能。从1921年设立该部门至今，总共只有7位总审计长，其稳定性可见一斑。

通过分析美国问责局的状况可以给我们诸多启示。

第一，若要政府内部机构自我监督，就需要赋予它一定的稳定性，且保证它的负责人任期足够长，可以专心做事，而不是天天想着升迁。如果一件事有足够的责任，足够的荣耀，足够的稳定性和相应的待遇，还是有人愿意坚持做的。

第二，为了保证监督的有效性，必须赋予监督机构独立性。像美国问责局那样，总审计长虽然官衔不是特别大，但可以实施监督、批评，只对总统和国会负责，不用怕得罪哪位高级领导。如此，方可有效行使职权。

第三，有了稳定性和独立性，才有其公正性。美国问责局的自我定位是这样的：支持国会实现宪法赋予的责任，确保政府的行为尽职尽责，从而保护美国人民的利益。比如说，在稀土问题上警告中国，中国当然“不高兴”，但我们还要关注它的后半部分。该局说，尽管美国拥有稀土矿床，但在2012年前不太可能投入生产。此外，美国还失去了必要的稀土材料精炼能力，重建供应链最长可能需要15年的时间。这段话其实是提醒美国自己应该掌握稀土的产业链，是为了美国的利益所言，是站在美国角度，而不是为了指责中国。

除了警告中国，美国问责局还敢于揭自己的短。这些年，美国一直就知识产权问题向中国施压，但美国问责局和美国各大机构对着干。2009年，它向美国国会各专业委员会递交了一份报告。该报告显示，包括联邦调查局、联邦贸易委员会、美国边界巡逻队等政府机构以及与知识产权有关的行业组织在内，均在假冒与盗版产品导致美国经济损失的统计数据上存在以假设代替统计数据、缺乏必要的实证研究等问题。

一句话，数据不真实。其结论是，假冒与盗版造成广泛的经济影响尚不明确。这个研究可以看做“不讲政治”，等于说美国动辄对外就知识产权施压的证据不真实，但美国问责局为何自揭其短？很简单，它是在独立履行其法定职责。

4 美国社会的四个矛盾

对于美国的印象，总是和好莱坞、NBA、伊拉克战争、超级大国等联系在一起，2007年4月的美国之行，让我对美国的几个细节有了一点思考。或许，这些细节就是美国成为超级大国的原因之一，至少，有些值得效仿之处。

小费VS义工：究竟是自私还是无私

曾经一度执拗地认为，美国是个典型的有钱走遍天下、无钱寸步难行的社会，和朋友聊起来也常说“在美国只要你有钱一切都好”，这一看法源于躲不掉的小费制度。

小费可谓无孔不入。在宾馆，每天出门时要记得放一个美元在枕头上，算是给收拾房间的服务员的报偿；拿着餐券去吃宾馆提供的早餐，可别想当然地认为不用掏腰包，服务员给你殷勤地斟满咖啡，你就要掏出一美元或两美元放到桌上；中午吃大餐，可别光顾了看饭菜是否便宜而忘记15%～20%的小费，如果你们一桌超过6人，对不起，小费直接算到账单里，想少付都不成；下午打车去看朋友，给司机的小费也要车费的15%～20%；第二天早晨结账走人，宾馆服务员帮你扛行李，没错，也需要小费。

小费，就是一点小钱，可天长日久也是一笔不小的支出。陪同我们的美国国务院官员千叮咛万嘱咐：“你们来美国，是你们自己国家的大使，要记得给小费，否则会损害你们国家的形象。”

小费显示美国的拜金主义、金钱至上，但我的这一斩钉截铁的结论碰到美国的义工时竟然变成了一个大大的问号。

在华盛顿的越战纪念碑前，几位戴着黄色帽子的老人引起了我的注意。攀谈时得知，他们退休后来到这里做义务讲解员，不拿工资，不拿补贴，还要自己搭车上班。在佛罗里达的坦帕市观看一场百老汇歌剧时，发现检票的都是年过花甲的老人，一问才知道也是义工。在明尼苏达，我们应邀到当地居民家做客，享受了一顿丰盛的大餐，主人告诉我们，他向佛罗里达国际交流中心申请，得到了批准才能招待我们，当然，他请我们吃饭也是“义务工作”。

我们这次记者交流项目，由美国国务院组织、教育发展学院（AED）负责具体安排，地方的大学、国际交流中心予以配合。我们最初只是拿到了华盛顿的行程安排，抵达各地后才能拿到当地的行程安排，最后项目总结时有记者对此表示不满，教育发展学院的肖恩·戴维斯无奈地说：“各地接待我们的都是志愿者，属于义务工作，我们不支付报酬，因此也不好过早地催促他们。”

看，又是义工，难怪有人夸张地告诉我，如果美国的所有义工都不干活，这个社会将坍塌掉一半。听了这话我想，小费和义工，到底是怎么样的矛盾和联系，显示了美国人什么样的民族性格？

在美国加州生活多年的吴瑞卿女士的话让我有所感悟。她解释说，美国宾馆、饭店的服务员收入很低，要靠小费才得以生存。美国各界对于小费文化也有争议，有人主张增加服务人员的最低工资，取消小费，也有人认为小费是和服务质量挂钩的，反对整齐划一地涨工资。听她这么说我恍然大悟，所谓小费，不是金钱至上，而是财富流动的一种形式，对弱势群体的变相支持。小费和义工一样，都是对社会的付出与回报。

免费教育：鼓励移民还是反对移民

佛罗里达的阳光晒得人慵懒乏力，可当一帮来自亚洲的记者走进西尔布鲁县的一所教会学校时，还是饶有兴致地问这问那。

这所2001年成立的学校，离不开教会的努力。教会有块空地，政府要办教育，因而双方一拍即合。政府出资并派老师，教会协助运营的特殊学校得以成立。县里的农场每年招收大量“农民工”，农忙时来干活，农闲时或回到老家，或无事可干。这下好了，他们的子女可以就近免费入学，可算得上是一个大好消息。跑到美国淘金的移民子女也是学校的免费教育对象。学校里的孩子“五颜六色”，来自四面八方，说起英语来也味道迥异。在这里接受了基本的教育，他们可以和美国当地的孩子一样上小学，国家还有帮助学生高中毕业的优待政策，这样孩子长大成人后可以成为合格的劳动力，至少不是文盲。

如果事情到此为止，没有什么新奇，毕竟义务教育在发达国家实行已久。这所学校的特殊之处在于，附近的适龄儿童均可入学，非法移民子女也不例外。严格地说，教会出面办这所学校的目的之一就是让非法移民的子女也可以接受正常的教育。和教会做法类似的是公立医院，根据政府规定，任何人，即使是非法移民，生病后被送到医院也要立即救治，不能收取押金，国家有一笔专门的资金用于此。

于是乎，一个显而易见的问题被提了出来：这些非法移民的子女在本国也未必能受到这样的免费教育，你这不是在鼓励非法移民吗？

带领我们参观的琳塔斯女士的回答并没有清晰地解决这个矛盾，但从某个角度道出了这么做的道理——可以说是在鼓励非法移民，可无论如何，我们要让小孩子有学上。“我本人就是墨西哥移民的后代。”她说。

和谐还是暴力：警察竟然没开过枪

在美国的日子，恰逢弗吉尼亚校园枪击案，媒体新闻铺天盖地全是这个悲剧性事件。我们每到一处，也多多少少会谈及此事。偶尔翻阅国内媒体关于枪击案的报道，发现有下列说法的存在：美国校园枪击案的发生有两大原因，一是美国枪支泛滥，二是青少年崇尚暴力，动辄拔枪相向。

美国枪支泛滥的确是一个严重的社会问题，可说青少年“动辄拔枪相向”，这就过了。弗吉尼亚理工大学的杀人凶手有严重的“精神问题”，并非普遍现象，他不能代表少数民族的状态，更不能代表美国青少年的普遍状态。

其实，认为美国枪声阵阵的大有人在，这样的印象或许来自好莱坞大片的枪战、打斗，可实际上并非如此。

胖胖的斯巴诺已经干了22年的警察，目前担任佛罗里达州西尔布鲁县警察局副局长。“你当警察印象最为深刻的是什么事？”我问。

“这得让我想想，对了，十几年前，我接到报警电话，赶到现场发现，一个女人打死了自己的孩子，又害怕又痛苦，打算自杀呢！”他回答说。

“那么，你最害怕的是什么事呢？”

“最害怕的，就是有一次我开车在街上，有一辆车从后面追上来冲我开枪，我差点儿没命了。后来，我们抓住了那个人，发现他有精神病。”斯巴诺笑着说。“我当警察22年了，还没开过枪呢！”他补充道。

狗能当市长：尊重制度胜过个人主义

我在美国遇到的最为吃惊的事，莫过于陪同翻译吴瑞卿女士讲的“狗市长”的故事。她说，她家所在的城市竞选市长，一只狗被选中当了市长。

对此我不敢轻信，于是多方查资料，发现下面这条消息似乎就是她所说的“狗市长故事”：世界之大无奇不有，一只名叫“法雷”的12岁宠物狗成为美国加利福尼亚州东圣费尔南多小城镇三名竞选荣誉市长的候选人之一。候选人之一沃尔冈·舒文伯格的竞选经理詹姆斯·索勒说：“有关规定显然不允许狗当名誉市长。”但法官办公室官员则表示，“法雷”宣布参选虽然是项古怪的举动，但却合法。这种名誉市长并没有实权，只是出席主持商会的剪彩仪式等活动。

另外，狗、驴、山羊当选荣誉市长的事情在其他地方也有发生。尽管比市长多了“荣誉”两字，并非正式市长，但狗和人同台竞争看上去还是显得有些滑稽。我觉得，“狗市长故事”值得关注的不在于它是狗还是猫，而是在于即便狗当选了市长，也依法获得认可，不能赖账。

这就是美国尊重制度、尊重规则的传统，它在各个方面有所体现。在机场，乘客拿着大包小包接受安检，要把鞋子脱掉，如果带了手提电脑，必须要从包里拿出来，厚外套当然也要脱下来检查。在美国几个城市间跑来跑去，发现大家都适应了这套繁琐的程序，静静地排队，没有多少抱怨之语。有不满，可以，美国国土安全部成立之初，各界就安全和自由的关系展开激烈辩论，最终安全问题占据上风，美国人无论愿意还是不愿意都要牺牲掉部分自由；无论愿意还是不愿意，都需要遵守已经成型的规定。

这也算“集体主义”吧，我想。在文化比较的教科书里，学者们总喜欢说中国人是集体主义，美国人信奉个人主义。可我的观察不是这样，美国人更重视集体，有一套制度约束着他们尊重集体作出的决定。佛罗里达的清水市要修建机场，需要拆迁，每个人都有不同的看法，有人反对有人赞同，吵得不亦乐乎。那怎么办？开听证会吧。听证会的要点在于它是“公开的”，各方激烈辩论，最后投票决定。由于采取决定前做到了公开，各方都有参与，因而最后往往能达成妥协，人人参与作出的决定也易于执行。这里，每个人都失去了一部分自我，每个人都在制度的约束下表达了自己。制度、集体和个人的妥协实现了共赢的结果。

5 中美人民谁更爱老祖宗?

有这么一个广为流传的笑话。

美国建国之初，一位法国贵族取笑一位美国人说："你们美国人没事喜欢吹嘘自己的先辈，可只能说到爸爸，一数爷爷，哈，不是美国人。"这位美国人立即反唇相讥，"你们法国人，也喜欢吹嘘自己的先辈，可惜，常常连自己的爸爸是谁都搞不清楚。"

如今，美国已经有了200多年的历史，在人类历史的长河里依然是个年轻的国度。我们印象中的美国人，也是热情、有活力，只想今天不管明天，满身是个人主义的细胞。其实，美国人和中国人一样，也有拿老祖宗说事儿的传统。

比如说，华裔美国人骆家辉被提名商务部长时，国内媒体大大八卦了一番，查出骆家辉是唐初诗人骆宾王的多少代直系子孙，如何考证出来不得而知，也许是从骆家的家谱里一点一点扒拉出来的。

让人吃惊的是，美国人也有此癖好。最近有条新闻看似八卦：美国总统奥巴马可能拥有德国血统。

据报道，美国研究人员查找到相关文件，证明奥巴马一名祖先来自德国。这项研究由美国一家名为"祖先"的网站发起。研究负责人、系谱专家阿纳斯塔西娅·泰勒说，研究人员2009年5月29日在美国犹他州盐湖城家族历史图书馆查阅微缩胶卷文件时，发现奥巴马一名祖先来自德国。

到这家网站看了看，发现里面东西还不少，一周竟然超过1000万的浏览量，一周有2万多人提交了自己的家族故事。更吃惊的是，这家网站竟然还有中文版本，家谱网（www.jiapu.com)。

除此之外，还在瑞典、加拿大、英国等地开设了分支机构，让人吃惊。这些网站大同小异，都是让用户进去后，填写自己的家人、祖先，如果碰巧你和某个人几代前是一家，有个小灯会亮。

如果从文化比较的角度看，搞族谱、研究祖先绝对是中国人的专利。我们的先人讲话第一句往往就是“子曰”、“古人云”，考状元是为了光宗耀祖，成名后要认祖归宗，过年过节要供上祖宗牌位，即使恨一个人，也和祖宗扯上关系——去刨人祖坟。

这些对祖宗的敬爱或愤恨美国人没有。他们学习做事是因为“我喜欢”，挣大钱是为了自己花得爽，或者回馈社会，总之不会给父母。即使骂人，中美也大有不同，美国人喜欢骂“Fuck you”，而中国人喜欢骂“K你妈”，一个直指本人，一个指向其长辈，对先人的态度，大相迥异。

不过，也有例外。中国的小孩子在被问及最崇拜谁时，喜欢说拿破仑、牛顿、毛泽东、关羽或者其他人，都是声名显赫的人物。前些年，有杂志登了文章，说看看人家美国人，孩子一般是崇拜自己的父亲。这篇文章影响很大，慢慢地，中国小孩也开始学习，说最崇拜自己的父亲。

在祖先崇敬的历史遥遥领先的情况下，像祖先网这样的东西美国早于中国出现，有其背后的各种因素。

首先，网络源自美国，有关网络的各种原创大都是美国人弄出来，中国人效仿。先有 Google 后有百度（我没有说百度抄袭 Google 啊!），先有 Facebook 后有开心网，还一下出来两个，让人感叹中国人拿来主义的能力。由此，像祖先网这样的网站源自美国也就顺理成章。

其次，中美发展层次不同。美国进入后资本主义时代，早已解决了温饱问题，根据马斯洛需求层次理论，大家更多追求一些高层次的东西。大餐，早腻了；电影，游戏，早腻了；旅游，也不新鲜了。于是，像祖先网这样的东西开始受到关注。而我们中国，还是社会主义初级阶段，温饱之余，有钱人买名车豪宅，中等人家送孩子上好学校，基本上还是处于物质享乐阶段，对祖先的关注还不够。

对祖先关注不够，和 1949 年以后的一些运动有莫大干系，有人因为自己的祖父、父亲是地主而惨遭不公平待遇甚至是肉体消灭。我的父亲，就因为我的爷爷是富农而参军不成，至今说起来还感叹命运的不公。那时候，谁也不敢怀念祖先的荣耀。“文革”后，主流意识形态是物质主义，实用主义，大家忙着挣钱，传统被搁置，大家讲究“学好数理化，不如有个好爸爸”，对祖先的崇拜止于父亲，当然，如果爷爷能带来好运，也可以尊重一把。

还有一件事不得不提，有些头面人物，接受媒体采访时一口一个“建国60周年”，实乃大谬也！应该说“新中国成立60周年”，我们悠久的历史、祖先历代不可忘记的。

当然，需要看到的是，像黄帝陵祭祖、孔庙祭祖这样的活动也开始得到官方的推动和支持，说明在物质丰富后，精神需求上升，开始想想现实之外的事情，开始想想祖先。

这在南方发达省份表现尤为明显，有钱人花巨资修墓，修族谱，这又是中美之间对祖宗态度的区别。中国人修祖先的墓，祖先或不知晓（如果有灵会知晓，我不知道人死后灵魂是否存在），但周围的人知晓，也就是说，修墓名义上为了祖先，实际上有显摆的成分。不是全部人如此，至少有人这样。图名，这是中国人的敬祖。

而美国人却不同。科学研究证明，尽可能多地了解其祖宗八代的健康史对帮助今天的医生准确、迅速地发现和诊断自家可能罹患某些遗传性疾病越来越有帮助。收集家族健康史资料是评估人可能罹患遗传性疾病的危险究竟有多大的第一步。

由此可见，关注祖宗八辈还是有现实意义的，这符合美国人的实用主义者哲学。如果一个网站收集了几亿人甚至几十亿人的家族健康信息，就形成一个庞大的数据库，也就可以等着坐地收钱了，而关于某某名人有什么血统，只不过是搂草打兔子，顺手为之而已！

6 美国式社会主义给我们的启示

2009年的春天，有个顺口溜悄然通过网络流传：1949年，只有社会主义才能救中国；1979年，只有资本主义才能救中国；1989年，只有中国才能救社会主义；2009年，只有中国才能救资本主义。

在大洋彼岸的美国，论调竟然惊人地相似。美国《新闻周刊》在2009年2月中旬一期封面上直接宣称“我们现在都是社会主义者了”。

美国是社会主义国家吗？毫无疑问，不是。奥巴马总统的改革有社会主义元素吗？毫无疑问，有。

在竞选时，奥巴马就被对手称作“社会主义者”，被古巴领导人卡斯特罗引以为“同志”，最近委内瑞拉总统查韦斯也开玩笑说：“来吧，一起搞社会主义吧！”

奥巴马的改革措施中，对通用的破产保护，对金融机构的改革，无不折射出社会主义特征。通用汽车最大的股东成了政府和工会，于是，这家代表美国资本主义精神的公司成为“国家和集体所有制企业”。

金融改革也是如此，美国要将美联储打造成“超级监管者”，全面加强对大金融机构的监管，还计划设立新的消费者金融保护署，赋予其超越目前监管机构的权力。这一做法符合马克思的学说。在《共产党宣言》里，马克思预言了资本主义的金融危机，美国《外交事务》杂志估计，马克思开出的“药方”将会是号召金融市场的公有化，并“通过拥有国家资本和独享垄断权的国家银行，把信贷集中在国家手里”。

比企业国有化和加强监管更具社会主义特色的，是奥巴马的医疗保险改革。

根据美国的医保改革方案，其目的是给所有美国人买得起的医疗保险，手段是设立政府负责的公共医疗保险计划，同私人保险业者竞争。奥巴马就此评论说：“如果私人保险公司和公共医疗保险竞争，将使它们更诚实，也会让保费下降。”

也就是说，美国要以政府之力建设“人人有医保”的社会，这完全符合社会主义“人人有饭吃、人人有衣穿”的理念。

对奥巴马总统的改革举措，左派杂志《国家》2009年在3月连续几期邀请社会主义者写文章参加讨论，有人号召美国来一次彻底的革命，有人干脆说“资本主义已经死了”。

奥巴马自己不这么看，他认为自己是自由派。在美国政治体制里一直存有保守派和自由派之争。保守派支持“小政府、大社会”，自由派推崇“大政府、小社会”理念；保守派为右翼，自由派为左翼，自由派的极左人士，往往对社会主义比较喜欢。在冷战背景下的麦卡锡时代，左翼自由派人士遭遇迫害，因此被封为社会主义者通常不是什么光荣的事。

当然，麦卡锡时代是短暂的，多数情况下，社会主义不是禁忌，基本上可以列入中性，马克思的《资本论》也是美国中学生的必读书目。冷战后美国教育界修改教科书，一大举措就是删除了众多有关意识形态的内容。

这就是说，实用主义的美国人对意识形态实际上是不墨守成规的。奥巴马总统的改革很容易让人想起邓小平20世纪90年代说的话：“市场不等于资本主义，资本主义也有计划，社会主义也可以有市场。”而今，美国的实践也说明，国有不等于社会主义，资本主义也可以搞国有。

这就是美国搞社会主义给我们的最大启示：没有什么事物为社会主义所独有，也没有什么事物为资本主义所独有，有些理念属于全人类，有些价值也为人类所共享。如温家宝总理所言：“民主、法制、自由、人权、平等、博爱，这不是资本主义所特有的，这是整个世界在漫长的历史过程中共同形成的文明成果，也是人类共同追求的价值观。”

奥巴马在医疗改革的路径选择上，也借助人民的力量，利用人民的支持推动改革。他改革的目的之一是让4600万没有医保的人可以病有所医，其手段又是充分开掘民间的支持力度来对抗利益集团。

他的医改，阻力之大非同一般，因为在联邦医疗保险和私人保险领域，一股深层次的力量推动了医疗成本的激增。要想在国会组织一个多数联盟提出一项法案来颠覆这种深层次的力量，几乎是不可能的。所谓深层次力量，就是医疗界、保险界和一些政客组成的利益集团，改革阻力，正是来自这些既得利益者。

奥巴马的对策是，从 2009 年 6 月 10 日开始，启动类似竞选总统的“拉票”活动，发表多场演讲，举行市政厅会议和民众交流，动员遍及全国的 200 万草根支持者在 50 个州展开宣传活动，掀起一场全国性的大讨论。

走近人民群众，善于利用人民群众的智慧，本是社会主义国家的“专利”，美国的奥巴马总统用起这一招来竟然也得心应手，给我们的启示是，无论是社会主义国家还是资本主义国家，只有想人民之所想、相信人民，以人为本，才能富强、成功。

当然，无论我们如何解读，美国人是不会承认自己是社会主义的。美国主流媒体报道中国时，至今还喜欢说“共产主义中国”，其视中国为异类的思路显而易见。也就是说，美国的社会主义不同于有中国特色的社会主义，美国还是美国，中国还是中国。比较乐观的预见是，两国今后彼此会更多了解对方，吸纳对方的优点。

7
中国青年为什么喜欢奥巴马

2004年我和奥巴马握手、合影并撰文预测他可能成为第一个美国黑人总统时，绝没有想到他5年后会在中国拥有这么多的粉丝。

我把认识奥巴马的经过写到拙作《选票的背后——透视美国大选和美国政治文化》里，后来，不时收到读者来信，不时有人问我是不是和奥巴马总统保持联系，河南一位15岁的中学生还来信问我是否有奥巴马的电子邮件，要向奥巴马请教成功的秘诀。美国大选当天，美国使馆举办模拟投票，75%以上的中国人把票投给了奥巴马。中央党校的一个研究生班，竟然只有一个人不支持奥巴马。

距离当选总统已过一年，奥巴马在美国国内的支持率有所下降，而在中国的热度不减，执政不到一年便访问中国，更是掀起一股奥巴马热。

2009年11月15日，奥巴马访华第一站选择了上海，选择了和中国青年面对面交流。做出这项安排，说明美国驻华的工作人员洞悉中国青年的心理，刻意安排了这场活动。奥巴马也顺势而为，和中国青年推心置腹地聊天，搞了一场效果颇佳的公众外交。此时的奥巴马，像是一位偶像派明星，像是周杰伦和拥趸见面，而不是高高在上的总统。

中国人历来有着对帝王将相和领袖人物的崇拜与敬仰，无论他是外国人还是中国人。美国总统作为世界上最有权力的人之一，自然备受关注。从华盛顿到林肯，从罗斯福到克林顿，好多美国总统在中国拥有相当高的知名度。

然而，中国青年对奥巴马的态度有所不同，他受欢迎不只是因为他是总统，而是因为他的传奇经历和奋斗历程。黑人血统，父亲是肯尼亚人，童年在印度尼西亚度过，曾经是问题少年、吸毒酗酒，这就是奥巴马，这和前任总统布什出身总统世家的身份截然不同。从一无所有到成为美国总统，这是绝好的励志故事，这可以激发每一个青年对未来的想象空间。

"是的，你能"，奥巴马用自己的行为告诉所有人只要有梦想就有可能，只要努力就会有收获。

对于成功的渴望根植在每个青年心里，奥巴马实际上和比尔·盖茨一样，是一个符号，是一个从丑小鸭到白天鹅的传奇，而这个传奇又不是遥不可及的，正因为如此，他才能受到热议和追捧，受到欢迎和关注。

为什么奥巴马可以成功？这里面有众多的政治、经济、文化和历史原因，大家都在分析、探讨，但最根本的原因被奥巴马自己给说出来了。他在对中国青年发表演讲时说了这样一句话：我有一个非常简单的向往，代表了一些核心的原则，就是所有的人生来平等。

我以为，这就是问题的核心所在。对此，中国古人在2000多年前就有所阐释。《墨子·尚贤上》有句话叫"官无常贵，民无终贱"，传达的就是质朴的平等思想。是的，只有人人平等，才能让重要的位置"有德者居之"。

然而在200年前的美国，在100年前的美国，人与人之间是不平等的，黑人没有投票权，也不能和白人同上一所学校、同乘一辆车。在不平等的社会，就算比奥巴马的水平高一百倍，也无法实现自己的抱负和理想。

对此，奥巴马在上海发表演讲时也提到了。他说，美国也打过一个很痛苦的内战，把一部分被奴役的人口释放出来，经过一段时间才能使妇女有投票权，劳工有组织权，包括来自各地的移民能够全部被接受。即使他们被解放以后，非洲裔美国人也和美国人经过一些有别的、不平等的条件，经过一段时间才争取到全面的平等权利，所有这些是不容易的。但是我们对这些核心原则的信念，在最黑暗的风暴当中是我们的指南针。

人人平等，并不是说人人都拥有一样大的房子、一样多的财富，城市和农村不同，各阶层贫富有些差距，不同地区的人生活方式不同，这是任何社会都无可避免的。所谓平等，关键是机会的平等，关键是同一起跑线上公平竞争，成功者凭借自己的努力捧起奖杯，而失败者也可以从头再来。

所谓机会的平等，就是无论多么穷，你都拥有受教育的权利，不会因为家里穷而退学；所谓机会的平等，就是你在考公务员时你的对手不是凭借父母的社会关系战胜你；所谓机会的平等，就是职位升迁时考量的是业绩而不是和领导的私人关系。

中国青年喜欢奥巴马，原因就在这里。他们喜欢奥巴马靠自己奋斗抓住机会取得成功的经历，他们喜欢奥巴马谦恭地和学生对话、有问必答的态度，他们喜欢的是奥巴马不用勤务员、独自打着伞走下飞机的亲和。这样的一个人，距离他们很近。和奥巴马交流的400多名青年，说不定会有某个人凭借自己的努力，10年后取得耀眼的成就。

8
邂逅奥巴马 体会美国民主

2008年5月30日，我整理文件时偶然翻出了几张4年前访美时拍的“老照片”——巴拉克·奥巴马与我一起的合影，照片上他那一脸灿烂的笑容让我立即想到了作为当时正春风得意的这位美国民主党总统候选人，于是心血来潮地翻找他的联系方式——华盛顿参议员办公室的传真电话和电子邮件地址。

写给奥巴马的信件其实只能算是简单的问候：“是否还记得你见过的第一位中国记者？总统大选的经历和前景怎样？希望能保重身体”，等等。

我没指望奥巴马会回信，因为点开奥巴马的竞选官网，我看到过诸如“恕太忙，奥巴马无法一一回电邮”、“奥巴马不可能为每位支持者和关心的人提供亲笔签名或照片”云云。这也不难理解，毕竟这不是4年前——那时候的奥巴马啥也不是。

6月1日，我先收到了奥巴马竞选副经理史蒂夫·希尔登布兰德的回信。这封回信讲了奥巴马最新选情，以及必胜的自信，很是官套。这在我预料之中，现在每天写给奥巴马的信成千上万，他的助手能随手回个官式的电邮就算很不错了。

6月3日，也就是奥巴马宣布胜出成为美国民主党总统候选人的当天，我先收到了奥巴马竞选经理戴维·普卢夫的回信，紧随其后就是奥巴马本人的回信了。奥巴马在信中感谢朋友的关心与支持，骄傲地邀请我与他“继续见证历史”!

信是这样写的：

亲爱的王冲：

我很高兴即将站在圣保罗的讲台上，宣布我们赢得了美国总统大选民主党提名。

这是一个漫长的旅程，我们都应该驻足感谢希拉里·克林顿，她在此次竞选中也创造了历史。由于她的参选，我们的党和我们的国家都变得更加美好。

我想让你更了解我们之前面临的情况。今晚稍早，约翰·麦凯恩展示了与我们完全不同的美国前景蓝图——那就是他将继续乔治·W·布什的灾难性政策。

可这是属于我们的时刻。这是属于我们的时代。我们要翻过旧政策的一页，带来新的精力和新思想以迎接我们面临的挑战。现在是指引我们热爱的祖国的新方向的时候了。

还得继续努力，但先得感谢你，感谢成百上千万的捐款者和志愿者们，没有人比他们更好地准备着迎接新变化。

感谢你们让我站到这里。让我们一起见证历史吧。

巴拉克

2008 年 6 月 3 日

虽然客套但却迅速的回信，不禁让我回忆起 4 年前与奥巴马的“遭遇”——

2004 年 9 月 25 日，上午 11 时，秋阳高照，一丝微风。

伊利诺伊州威尔县的民主党人士，集中在温德哈姆湖工业园附近的一个棒球场内，等待着他们的政治英雄巴拉克·奥巴马的到来。6 个月前，奥巴马击败了不论是知名度还是竞选资金都远胜于他的多位竞选对手，成为这个中西部大州的民主党参议员候选人。

两位年过六旬的老太太在路口招呼每个新来的人，拿出印有奥巴马名字的蓝色标牌，递给大家。聊天，说笑，这里的等待并不寂寞。吉姆·约翰逊带着两个孩子开车而来，他的孩子在旁边玩游戏，他和妻子悠闲地散步。棒球场外面是绿地，向南遥遥看去，是一片玉米地和几排房子，一条公路向远方延伸，一百多公里以外，就是伊利诺伊州最大的城市芝加哥。

不到 11 时 30 分，好多人已经耐不住性子，排队领热狗去了。一个、两个、三个都可以，水、可乐随便喝。虽然“世界上没有免费的午餐”，但在这里却有，因为这里是巴拉克·奥巴马竞选参议员的集会，支持民主党的食品公司、饮料公司纷纷解囊相助。

热狗摊旁，一对情侣窃窃私语，两个孩子玩跷跷板，几个十七八岁的黑人小伙子在打篮球，而赫克托尔·萨尔加多则坐在一张桌子前沉思。身为一名年收入2.5万美元的普通中学教师，赫克托尔是铁杆民主党人，他对奥巴马崇敬有加："奥巴马肯定会当选参议员。"

赫克托尔告诉我，一旦当选，奥巴马将成为19世纪以来美国历史上第3位黑人国会参议员。他的父亲是肯尼亚人，黑人；母亲是堪萨斯人，白人。他自己曾是《哈佛法律评论》的第一位黑人主编，以及芝加哥大学的宪法教授。这位当时才42岁的演说家一出道就震动了美国，有人当时就斗胆预测，他将成为美国第一位黑人总统。对于这一说法，我清楚记得，赫克托尔当时摇摇头说："他不太可能在2008年竞选总统。美国还没有准备好让一个黑人当总统。"现在想来，就连当时最铁杆的奥巴马支持者们确实也没有料到，他们的政治英雄进步得会如此之快。

不过，黑人姑娘波拉·哈德森对奥巴马前景显然要看好得多："奥巴马自信，有智慧，某一天他会成为总统；4年后，他至少会成为副总统。因为他代表着未来的希望。"

不过，不管是谨慎乐观，还是非常乐观，奥巴马的支持者们都料定，他稳进参议院。前任退休后，在这个民主党占优势的州，奥巴马几乎没有对手。

在约瑟夫·扎帕拉克眼里，奥巴马是英雄，他会成为参议员，为伊利诺伊州争取权利，让伊利诺伊人有工作，过体面的生活。"他会成功，他是我们的代表。"

12时，吃饭的人多了起来，在棒球场一角满是尘土的地方，是几块木头搭建的简单主席台。有人跳上去大声喊道："共和党是富人的党，不管我们穷人。2000年大选，布什是个骗子。"这赢得台下阵阵掌声和欢呼声。这里，几乎没人说共和党的好话，因为这是一个民主党人的集会。

12时30分，好多人坐在草坪上休息，只有几个金发孩子在草坪上蹦蹦跳跳。忽然，有人大喊一声"奥巴马来了"，许多举着"奥巴马，参议员"牌子的人欢呼起来，草坪上的人也围了过去，尘土飞扬，摄像机、照相机不断闪光。瘦瘦高高的奥巴马和人们握手、合影，笑得很灿烂。

欢呼、掌声和口哨。两个小姑娘唱完美国国歌后，奥巴马登上了讲台。“6个月前，你们还都不认识我，还以为我叫亚拉巴马（注：亚拉巴马是美国一个州的名字，发音和奥巴马相似）。直到现在，还有人问我，你是芝加哥大学教宪法的老师，你笃信宗教，为什么涉足政治？因为我们都是美国公民，都是政治进程的一分子，但是我们的工作流失，我们面临困境，我们对此感到不满。我关心所有老人，所有孩子，所有工人。我不仅仅在社区里关注，还希望政府关注他们，因此，我涉足政治。”之后，奥巴马亮出了自己的许诺：“我要让每个孩子都读书，上大学，即使他的父母是穷人；我要让每个人退休以后都能领到退休金，过体面 、受人尊重的生活。”

“好!”台下许多人一起喊。有老人，但更多的是年轻人；有黑人，但更多的是白人。他的演讲很抓人，很容易让人想起20世纪60年代的黑人民权领袖马丁·路德·金。“昨天晚上，我妻子安慰我说‘不要紧张’。我今天站在这里一点都不紧张，因为我告诉大家的都是我和各位亲眼见到的情景。我看到工厂搬走，许多人工资减少，有人为孩子上大学的费用发愁。这不是编造的，而是事实。”奥巴马补充说，“我们需要工作，可我们的工作大量流失；我们的年轻人被派到伊拉克，打一场不知道怎样才叫胜利的战争；我们花2000亿美元在伊拉克，然而，在这里花几亿就会让每个人都生活得更好。”

反对战争，创造工作机会，这两点足以抓住人心，也足以让奥巴马当上民主党一向占优势的伊利诺伊州的参议员。就像参加集会的人所说的，他会毫无疑问地当选。

“我们伊利诺伊的人民知道如何选择，我们希望政治家不要攻击对方，而是着手解决问题。权力总是在你们大家手里，你们的选择可以决定一切。美国政治不属于共和党，不属于民主党，而属于你们——手里握有选票的人。”奥巴马不仅告诉大家，要选自己当参议员，还动员所有人投票选择民主党总统候选人克里：“你们不要只是待在家里看体育比赛，你们要出去投票，不仅自己去，也要叫上亲朋好友一起去。”

20分钟的演说很快结束了，口哨声不断，叫好声不绝，人们不时高高举起手中的牌子，表示对奥巴马的支持。

1时10分，巴拉克·奥巴马准备离开，人群开始渐渐散去。我见势立即冲上前去，截住正迈步的奥巴马，先是由衷地称赞他的演讲“非常深刻”，而奥巴马则笑笑说：“那真是太好了。”当他得知我来自中国时，就脱口而出：“你是我见的第一个中国记者。”我马上逮着机会要求与奥巴马合影与对话，他非常爽快地答应了，并且招呼身边那个人高马大的胖子拍我与他的合影，然后还拿着我的相机问满不满意。

上面这段文字，发表在9月28日的《中国青年报》上，标题是“他可能成为美国首位黑人总统——巴拉克·奥巴马竞选集会纪实”，当时就敢这么写，可不是我前知500年，后知500载，纯粹是被他卓越的演讲才能震撼，被当时的气氛感染，被周围他的粉丝的赞扬感动，这才如此描述这个在2004年大选本来无足轻重的场面。

当时决定采访奥巴马时，我们来自亚洲各国的十几位记者产生分歧，由于是周六，没有官方安排，许多人想干脆在宾馆里睡大觉。美国国务院的陪同人员周树龙力捧奥巴马，说尽管是周末，如果你们想去，我还是派车陪你们。我和来自台湾地区的、新加坡的同行们耐不住诱惑，决定去看看，于是有了前面提到的这一幕竞选集会。

9
民主与美国人的性格

我一直坚定地认为，国家的强大与否、国民的幸福与否根本不在于制度，而在于制定制度、遵守制度的芸芸众生。人始终是一切变数中最大的要素。否则，你无法解释为什么美国的民主制度搬到菲律宾却弄得一塌糊涂，你无法解释为什么日本在“二战”的废墟上能够迅速崛起，你无法解释为什么犹太人的以色列国能在阿拉伯世界的围堵下顽强生存。

人，有血有肉有思想的人，才是一个国家发展的根本所在。看似纷繁复杂的美国总统大选，实际上是种族、性格迥异，背景不同的芸芸众生根据自己性格、展示自己态度的舞台。是他们的选择制造了总统，他们可以把残疾的罗斯福选上台，也可以把打赢了海湾战争的英雄布什选下台，他们在杜鲁门贴近百姓的巡回演讲后抛弃了呼声甚高的杜威，他们也曾抛弃宗教的纷争而选择了天主教徒肯尼迪。

评价一个国家的人，从外面看可以简单概括，可从里面看却又是千差万别，东北的中国人和两广的中国人差别巨大，某些方面甚至大于两广人和越南人的差别。山东人以朴实豪爽著称，但留在山东的人和迁移到东北的人却又有着不同的性格取向。同理，生活在大都市纽约的白领和阿拉斯加的渔民都是美国人，但又是截然不同的美国人，你和这两类人接触，会发现“两个美国”的存在。

如此看来，写美国人的性格是极其困难的事情，甚至有些吃力不讨好，这也是我前面声明此书不是学术著作的原因之一。

有趣的是，改革开放前，我们称美国是万恶的资本主义社会，称美国的大老板们是唯利是图的资本家。改革开放30年后，美国人的形象来了个180度大转弯，试着在论坛上搜索对美国人的看法，竟然是令人吃惊的正面、积极、向上，和网上到处是丑化河南人的帖子形成鲜明的对比。比如说，常见的说法是美国人自信、乐观、独立、认真、幽默，随着好莱坞大片的风靡，美国人的外在形象也异常美好，好像他们个个帅气，男的像汤姆·克鲁斯，女的像妮可·基德曼。

其实，你到美国大街上看看，到处是大腹便便之士。2004 年总统大选时，全美的胖子组织起来，希望推荐一个胖子做总统候选人，因为他们观察后得出结论，美国历届总统都不胖，按照比例的话，应该轮到一个胖子来当总统了。

仁者见仁，智者见智，我所理解的美国人性格或许和传统看法不符，或许我所说的缺点正是某些人欣赏的优点，或许美国人看了觉得受到侮辱，但这又有什么关系呢？用中国人的话来说这叫实事求是，也符合美国人善于接受批评的精神。

略微冗长的铺垫已经结束，好，开始吧，看看美国人的性格到底是怎么样的！

“无知”的美国人

看到这个题目，我的一位在美国驻华使馆工作的美国朋友颇感不爽，虽没有明言反对，却也表情怪异地笑了几声——尽管我刻意加了引号。

其实，说美国人“无知”，不是说他们傻，而是说他们对美国之外的世界了解甚微。

2007 年 4 月，我作为国际访问学者，和来自亚洲的 12 位记者一起被分到明尼苏达大学新闻传播学院接受培训，作为职业记者，对那些空洞的理念兴趣不大，大伙儿都认为课程表上的“电子辅助采访”也许能有些新鲜玩意儿。本节培训一开始，一向懒散的记者们全都竖起耳朵，期望学习先进的技术。可老师讲了三分钟后谁都坐不住了，原来他要手把手教我们如何使用 EXCEL 管理数据。失望之余，我们和校方提出意见，学院的老师不好意思地说：“去年来了一些非洲记者，对如何使用 EXCEL 这堂课特有兴趣，所以，也给你们安排了。”

把非洲和亚洲的电脑水平相提并论，看来美国媒体渲染“中国威胁论”、预测 21 世纪是“亚洲世纪”的报道还是太少，否则，不会如此看低中国记者的电脑水平。

美国大学老师尚且如此，普通百姓更是有过之无不及。华盛顿的一位老太太向我抱怨，说欧洲不好，她前几年在欧洲游玩时迷路，向警察问路时对方不理不睬，她气得要把人告上法庭。我问她，这发生在欧洲哪个国家呢？她竟然愣住了，过了好大一会儿才说：“哪个国家我也不记得，反正是在欧洲。”

老人糊涂些情有可原，可年纪轻轻的学生也是世界地理知识奇差无比，在佛罗里达州清水市一所小学参观时，刚进五年级教室我便成了红人，一个男孩子指着我说“他像成龙”，看起来像明星的感觉不错，我连忙乐颠乐颠地跑过去和他聊天。男孩问：“你从哪里来？”我说来自中国。他托着小脑袋、歪着头想了半天，若有所悟地说：“中国？得克萨斯？”

天哪，他竟然把中国当成了得克萨斯的某个小镇。我连忙解释说：“中国是个国家，在亚洲。”他这下更懵了，“亚洲，在哪儿？我不知道。”

小孩子对外界不了解也就罢了，那些网站论坛上关心国家大事的“文化人”也地理知识贫乏。2006年俄罗斯和同为苏联共和国之一的格鲁吉亚（Georgia）矛盾纠纷不断，闹到10月，俄罗斯对格鲁吉亚进行全面的经济封锁，这消息传到美国，各大网站论坛哗然，许多人发帖子表示抗议：俄罗斯怎么敢欺负美国！他们之所以发怒，是把格鲁吉亚当成了佐治亚州（Georgia），还颇有爱国心地以为俄罗斯干涉美国内政，所以发言表示不满，主张出兵打击俄罗斯。

政客的表演更是让人啼笑皆非。

2006年7月在莫斯科举行的八国峰会上，美国总统布什和英国首相布莱尔进行私密聊天，忘了关麦克风，结果给直播了出去，对话是这样开始的：

> 布什：今晚找到事情做了吗？
>
> 布莱尔：到机场去。上飞机然后回家。
>
> 布什：你要到哪里去？回家吗？这是你的邻国啊。回去不会花你太长时间。你回程要8个小时？我也是！俄罗斯是一个大国，你的国家也是个大国。

一句话暴露出许多问题：俄罗斯是英国的邻国，俄罗斯和英国都是大国（显然，这里指的是领土，或许也有吹捧之意），对从莫斯科飞到伦敦需要8个小时吃惊。

当然，布什总统经常连一些难度高的词汇都念不准，地理知识差一些也无可厚非，这一点美国人知道，全世界人民也都清楚。

无须更多例证，美国人对世界的无知是“地球人都知道的事情”。在美国人眼里，美国就是世界。

比如说，美国最流行的体育运动是棒球。美国职业棒球联盟各俱乐部一年要打300场比赛。打到最后，当然有决赛。这决赛，美国人叫世界大赛。美国棒球联盟顶多有两三个加拿大队，其他国家的队伍一个都没有，怎么敢称世界大赛？可人家愣是这么叫你也没辙，等比赛结束，捧得金杯的队伍自然成了“世界冠军”。

这种状况在篮球界也在上演。2005年，圣安东尼奥马刺队击败底特律活塞队夺得NBA冠军后，有人在马刺队休息室的黑板上写下了“世界冠军”，队中最佳第六人、阿根廷球员吉诺比利看到后，半开玩笑地把“世界”两个字划掉了。原因很简单，2004年的雅典奥运会上，阿根廷夺得世界冠军，猛将如云的美国男篮仅仅夺得铜牌而已。

对于外国人，如此无知不可理喻，可对美国人自己却习以为常。站在他们的角度看，这也完全符合逻辑。他们只关心身边事，许多人在某个边陲小镇度过一生，对小镇外的事都不关心，他们只懂得做好自己的事，没有那份心忧天下的传统。

这种心态在总统大选中有两个直接后果，第一，绝大部分选举是国内议题占主流，同性恋、堕胎等社会话题的重要性甚至也会超过外交议题；第二，对外交议题普通老百姓知之甚少，因此可以被媒体玩弄，大选期间设置什么外交议题，如何表述，对候选人来说至关重要，马虎不得。

“傲慢”的美国人

无知，可不是傻，美国人不是弄不明白，而是压根儿没有兴趣知道。这种心理状态，源自他们与生俱来的傲慢。当然，有时候这也不是坏事，人不可有傲气，但不可无傲骨。

如果不仔细观察，美国人的傲慢不易觉察，相反，初次接触美国人你会被他们的热情感染。他们和你握手时，会两眼看着你，笑成一朵花。你要是和到中国的美国游客攀谈，问起对中国的看法，他绝不会口无遮拦地批评一通，而是用美国人特有的夸张表情告诉你："太棒了！太美丽了！"在美国的宾馆乘坐电梯时，即使陌生人也会笑着和你打声招呼，可谓宾至如归。

热情和傲慢，看似矛盾，实则不然。热情是表面现象，而傲慢是骨子里的。我曾和我的朋友、以色列驻华外交官艾思卡聊起美国人。"美国人喜欢和你聊天，喜欢问你做什么工作，不过，你可千万别当真，他们只是问问而已，你回答什么，他根本不关心。"艾思卡说。

这种傲慢是天生的。美国是典型的个人主义国家，人们都为了"美国梦"而奔忙，作为职业人在职场上拼杀，犹如马拉松比赛，为了达到目标而努力，事不关己则高高挂起。他们无心窥探别人，也没有精力窥探别人。美国人初次见面就会和跟朋友聊天一样对你夸夸其谈，三天后他便忘记你是谁。

我采访美国人时也曾碰到令人十分恼火的事情。

2007 年 9 月，美国著名智库、战略与国际研究中心战略部主任安东尼·科德斯曼在美国使馆新闻文化处接受采访。当时恰逢中国战略石油储备入库，我问他是否和中国专家谈到这个话题。

科德斯曼先生的重点研究领域之一是能源，著有一系列的有关美国政策的研究报告，曾在美国能源部任职。我的问题还算正常，可这位专家提高了声音，给我一连串反问：你知道中国战略石油储备是多少吗？你知道每天有多少油轮通过马六甲海峡运抵亚洲吗？然后，他煞有介事地列举了一大套和我的问题无关的数据，却根本没有回答我的问题。由于还有其他记者在场等着发问，我没有对他还击，但他的举动实在是过于傲慢。这种不耐烦的态度在美国人当中常见，但在欧洲人当中却很少见。德国自由大学的一位教授曾在接受采访时告诉我，"没有愚蠢的问题，只有愚蠢的答案"。

喜欢高高在上，认为自己是对的，不肯换位思考，不肯平等对话，缺乏应有的耐心，这就是美国式傲慢的特点。

傲慢不等于骄傲，有时候傲慢表现为对他人的不尊重，对不同文化和文明的不尊重。2007 年 9 月，哥伦比亚大学校长李·博林格不顾多方反对，邀请伊朗总统艾哈迈迪·内贾德到学校进行演讲，但他在"欢迎辞"

中对内贾德毫不留情，展示了美国人的傲慢。

在700多名听众面前，博林格称内贾德是“独裁者”，说他否认纳粹大屠杀要么出于“挑衅”目的，要么是缺乏“教育”，因为“大屠杀是人类历史上记述最多的事件”。“总统先生，你展现了一个狭隘、残酷的独裁者所拥有的一切特征。”博林格说。

此时，台下掌声一片。

博林格这么做，或许是迫于政治压力，或许是打心底里认为内贾德总统是“独裁者”，或许是为了澄清自己不喜欢内贾德总统。但是，无论如何，对远道而来的客人当头一棒不符合东方社会传统意义上的待客之道。

如果他称萨达姆独裁，或许还可以理解，可人家内贾德是经过真刀真枪的大选击败前总统拉夫桑贾尼当上总统的，他言辞激烈是真，他反对美国也不假。但因为他反对美国就硬生生给扣上一个独裁者的帽子，这，也只有美国人才能干得出来。

美国人的傲慢有政治上、经济上、文化上的多重原因。作为一个年轻的国度，美国建国200多年来顺风顺水，从当初东海岸的13个殖民地，发展到西到太平洋、东抵大西洋的大国，又经过两次世界大战成为超级强国。

美国人知道，他们的国家是强大的国家，他们过着世界上最富足的生活，他们认为美国的制度和文化是世界上最好的，其他国家都应该效仿。这种强者心态在爱国主义的教育氛围下愈加强化，一方面造成了美国人俯瞰世界的心理状态，另一方面的后果却是让普通美国人对外界毫不关心。

简而言之，这种心态就是“老子天下第一”。有幅漫画入木三分地刻画出美国人的傲慢：“山姆大叔”号巨轮停靠港口，高高飘扬的星条旗上写着“老子天下第一”（Second to None）。有意思的是，漫画中，巨轮旁边停着的一艘小舢板上挂着一面破旗子，上书“老子”（None）。

实际的美国人

无知、傲慢，从根本上来看是源自他们注重实际的处世态度。

中美文化不同，有些词直接翻译过去后往往内涵发生了变化，比如说，实际这个词，我们常说某某人太实际了，意思是说太斤斤计较，眼光不够长远，甚至隐含小肚鸡肠的含义，可翻译成英语后，无论是 realistic，practical 还是 down-to-earth，都成了中性词。

美国人不像法国人那样喜欢浪漫，也不像英国人那样讲派头。他们认为，死要面子意味着一事无成，耽于幻想则意味着一无所有。

“这样做能挣钱吗?”“会有效果和回报吗?”“我能从中得到什么?”这些都是美国人在决策之前最常问的问题，而不是诸如“这样做体面吗?”“有趣吗?”“它能推进知识的发展吗?”之类。

这种务实倾向足以解释美国人对不同职业所持的不同看法：管理和经济在美国比哲学和人类学吃香，同样法律和医科也胜过艺术。这也足以解释他们为什么对遥远的外国漠不关心，“波兰在哪里，和我什么关系?”“既然没有关系，不能给我带来好处，我为什么要关心它?”如果剖析他们的心理，多数人可能这么想。

美国人讲究实际，也就意味着没有那么多繁文缛节，喜欢胡同里赶驴——直来直去，客套对他们来说非常陌生。跟美国人讲话的时候，你必须有一说一，有二说二，不要谦虚。否则，反而会被认为是虚伪，甚至发生误解。

关于中美之间谦虚引发的误解，这个笑话最经典。

江青同志接见美国外宾，一见面，老美直夸“你真是太漂亮了”，江青同志按照中国的传统谦虚了一下，回答说“哪里哪里”，翻译死脑筋，望文生义译成“Where，Where”老美先是一愣神，然后忙不迭地说：“Everywhere，Everywhere”，意思是说“到处都漂亮”。

同样道理，如果和美国人初次见面作自我介绍，有多大能耐你就尽管忽悠，谦虚反会被其认为你确实无能。跟他们谈业务，不必先客套一番，打过招呼即可谈正事。早餐、午餐时，也可以谈工作。到美国人家中做客，爱吃什么、饱不饱，直说，别客气，否则，如果明明没有吃饱而说够了，主人不会像中国人那样硬给你添的。回去后，要随即写封短信，以表谢意。我应美国国务院要求去美国采访时，国务院的官员带我们到美国人家里做客，反复叮嘱说，最好带点小礼物，回来后记得写封信表示感谢。

讲究实用在生活中各个方面都有所体现。比如说，教育方面，美国的孩子从小就动手操作，即使搞得乌七八糟老师也说“真棒”、“干得不错”来予以鼓励。我的一位朋友在美国工作，孩子上美术课老师根本不教什么技法，随你画，你在天空画上 10 个太阳他也说很好很好，到 15 岁以后，才有老师教一些简单的线条、色彩和透视原理。

是的，美国人很实际，他们不觉得这有什么不好。

当年“五月花”号载着 100 多英国清教徒远涉重洋抵达北美，迎接他们的不是鲜花和掌声，而是恶劣的自然环境和饥饿的威胁，潇洒、气度、仪表、派头，什么都可以扔下，生存才是头等课题。从那一刻起，讲究实际就注定是美国人性格中重要的一部分。

移民里面的智者也号召大家讲究实际，用稍微学术一点的话说就是鼓励“实用主义”加“功利主义”。富兰克林为此撰写了唯一的书——《自传》来警醒大家，开篇第一句话就是，这本书可能对他的儿子有用。他甚至相信信仰上帝也是有用的，因为上帝能够褒奖德性而惩罚恶行。

有用就是硬道理。美国人在作出重大决定时，往往首先便会考虑这样做是否行之有效。他们不是很哲学化（philosophically oriented）或理论化（theoretically oriented），并为此感到自豪，如果你硬要说美国人也会尊崇一派学说，那么，只可能是实用主义（pragmatism）。

注重实际的结果是，美国几百年来出了无数的发明家、实干家，却出不了理论大师，即使有，也没有人理会，没有人关心他是谁。

比如说，18 世纪的哲学家乔纳森·爱德华兹在美国国内就属“无名之辈”，在他的笔记《论存在》中，爱德华兹吸收了巴门尼德的存在的必然性论点，认为，绝对没有这样一个时间，在这个时间内，绝对存在（Being）不存在。总之，绝对存在是永恒的。

与之相反，法国存在主义大师让·保罗·萨特在法国无人不知，我在巴黎访问时，法国外交部的陪同人员指着路边的咖啡厅说，这是当年萨特经常来的地方，你一定要进去坐坐，而美国国务院的翻译带着我在华盛顿游玩时，只能指着五角大楼说，你知道吧，这是世界上最大的办公楼群，可以容纳 20000 多人办公，自豪之情溢于言表。

看看，同样是哲学家，遭遇竟如此迥异，法国人崇拜大师，尽管他们从来不看或者说看不懂大师的著作，充其量听说过几句大师名言，而美国人呢，采取不在乎的态度，他们注重实际，心想，管他什么大师呢，有用吗？他们宁愿去看那些如何投资、如何管理企业的书籍，因为这些有用。

当然，重实际轻理论没有什么错误，相反，正是这样的精神促进了各项发明的诞生。可怜的富尔顿拿着蒸汽船的模型找法国皇帝拿破仑，换来的是无情的嘲笑，而拿回美国后试着投入运行，改写了人类海上运输的历史。富兰克林发现闪电，爱迪生发明留声机，这些都是一遍一遍实践的结果，实践、实际、实用、实验，这几个不同的词汇其实有着相同的内涵。

发明家重视实践，而普通老百姓也是喜欢自己动手，多数美国人都懂得怎样使用机器、修理电气设备、油漆家具和粉刷墙壁。他们认为，做这些生活中的粗活理所当然，绝对无损体面。相反，那些书呆子、假绅士才会被人取笑。据说，美国人有个判断男人的标准：不会给汽车换机油的男人不是真正的男人。而在中国，自己亲手换机油的才少之又少呢。当然，有一个重要原因是美国人工成本高。自己动手更省钱，为了省钱自己干，不也是追求实际、不追求面子的表现吗？

做人方面直爽、直白、直截了当，做事方面快速、高效、说干就干，这就是讲究实际带来的正面效应。

脚踏实地的另一个副产品是快乐。他们没有太多历史的负累，没有太多对未来的担忧，也没有太多不切实际的幻想，因此可以快乐的生活。美国人喜欢说“Catch today”，即抓住今天，相比过去和未来，今天才是最重要的、最有实际意义的。

讲求实际的最直接体现是对数字的迷恋和极度重视。你如果参加一个美国公司总裁的演讲，他口中肯定是一大串让你头晕眼花的数据。公司年产值多少、每年增长多大比例、在多少个地区设有办事处、多少员工等，总之，一切都是数字。

美国的经济学家，个个都是数学高手，总是喜欢用数学模型来讲解经济问题，不仅如此，崇尚数字之风还从自然科学延伸到社会科学。美国的社会学研究也是靠统计数据来说明问题，而与之相比，欧洲国家的社会学更注重理论研究和逻辑分析。

即使评价一本书，也是以数字来定乾坤。美国人眼中的好书标准，就是卖出了多少本，卖得多的，就是好书，如此简单。

美国的数字偏爱，也影响了许多中国学者。比如说，历史学家黄仁宇先生在《万历十五年》中总结道，明朝之所以灭亡，很大程度上是因为缺乏详尽的“数目字管理”。

暂停一下，喘口气，先别忙着夸奖他们，讲究实际也带来了不良影响，美国人的优点是讲究实际，而美国人的缺点是太讲究实际，其直接后果是过于功利，或者说太势利眼。

在美国早期，势利眼的体现主要是瞧不起乡下人，或者蔑视社会地位不如自己的人。美国第二任总统约翰·亚当斯称财政部长汉密尔顿为“苏格兰小班的臭屁崽子”，安德鲁·杰克逊总统被当时的政治对手称为“田纳西的野蛮人”。

而今，人们常说，在欧洲，大家想知道你是谁；而在美国，大家想知道你是干什么的。一个明显的区别是，欧洲人觉得你的族谱你的家庭背景是重要的，而美国人觉得你的职业决定了你是什么样的人。在美国，你的职业决定你的社会地位，这是常常带着势利眼光的。

说这话的人不是我，而是散文作家、美国西北大学教授艾本斯坦，他在《势利：美国版本》一书中尖酸刻薄地批评了美国在职业、学历、政治、民主方面的势利眼。

美国人势利眼，听了这话许多人不肯相信。作为客人到美国，你的第一印象肯定是美国人真友好，真热情，初次见面，他就会亲切地和你聊天，向陌生人问路他也不会给你指个相反的方向。我好几次到美国人家里做客，也都受到超级大餐级的热情款待。可仔细想想，你在美国接触过的人还有多少保持联系，保持那一丝的温情，恐怕屈指可数吧。对美国人来说，时间宝贵，他不会浪费精力和一个无关的人交往。美国人的社交圈子讲究身份，讲究有用没用。人人生而平等，那是教科书上写的。当然，势利并非是表面上的侮辱和鄙视，只有没有教养的人才会那么做，势利是打内心深处发出的，是刻在骨子里的。

在国际社会，美国作为一个整体，更是实用主义至上，最近几年，美国外交的钟摆更加重视实用，把从前的理想主义抛之脑后。2003 年的伊拉克战争，打着解放伊拉克人民的旗号推翻了萨达姆，可中国国内的一些学者硬是宣扬美国惩罚独裁者的战争是正义的，连美国人自己听了都觉得吃惊。石油是美国经济的发动机，核心利益所在，打伊拉克正是能源需求的推动，加上一举扫平中东控制能源库的冲动。

对于中国，美国人也是功利主义至上，中国弱了，它看不起；中国强了，它担心。把艾本斯坦形容个人的话用在美国身上也比较恰当：势利眼只有一个标准，那就是比较，比较意味着竞争、对手和嫉妒。势利眼总要选个立场，他需要确定自己比旁边的人强。

美国就是这样！

“疯狂”的美国人

疯狂工作，是美国人的典型特征。

美国的大都市里，每个人都匆匆走过，伦敦、巴黎的悠闲和恬淡在纽约绝不会看到。在法国南部度假胜地尼斯游玩时，我曾碰巧和一位美国女孩“同居一室”。当时，我们住 20 美元一晚、不分男女的青年旅舍，晚上大家开“卧谈会”，她说自己当中学老师，每天工作 10 小时，周末还要另外打一份工，一番话说出，让在场的欧洲室友大为不解。在欧洲，每天 8 小时、每周工作 5 天都有人抱怨连连。

在美国，一个白领如果要完成相同的工作，那么他一周至少要工作 60 个小时，而且周末还得经常加班，而欧洲就完全不同。我 2007 年秋天在雅典访问时，下午 3 点钟出去买机票，愕然发现大多数店铺还没开门，大门显要位置写着“本店 5 点开门”。

美欧工作精神的差异在各国驻华机构也表现得淋漓尽致。

美国驻华使馆安排一些活动，常常是早上 8 点，或者 7 点半，通知媒体说某位大员要在国贸大饭店的工作早餐上发表演讲，欢迎大家去聆听，当然，演讲人和商界名流们有大餐，而记者们只能饿着肚子听了；而欧洲国家的驻华机构此类事情基本上不会发生。意大利某驻华机构的中方助理对我说，你要找我们老板，一定要试着上午 10 点后打电话，10 点前他不一定上班，10 点后一定不上班，能否找到，看你运气了。

的确，和欧洲相比，美国人过的日子异常紧张。有统计表明，美国人平均每人工作 1966 个小时，比欧洲人均工作时间最长的英国多 235 小时，比法国人均多 310 小时，也就是将近 39 个工作日。

换个算法也许更简单，更容易理解，美国人平均每年休息13 天，而意大利是 42 天，法国是 37 天，即便是一向被视为工作狂的日本人每年也有 25 天的假期。世界旅游组织的统计数据表明，在发达国家中美国人的带薪假期是最少的。

在我个人的海外采访过程中，也切实感受到美国和欧洲的不同。去法国、英国采访，一天最多两个项目，可以悠闲地享受午餐的乐趣，而在美国中午坐下来吃顿饭绝对是奢侈，常常是一天三个采访项目，晚上写稿，中午，对不起，麦当劳或者肯德基凑合一顿，陪同人员一下车就说，30 分钟吃饭的时间，要快。节奏之快让人抓狂，难怪麦当劳这类快餐的发源地在美国。

美国人为什么如此“疯狂”?

有人从宗教的角度来解释美国的勤奋。移民到新大陆的清教徒都必须立下誓约，要过一种勤劳节俭、清心寡欲的生活。按照新教的教义，所有人都是生下来就带着“原罪”，人来到这个世界的唯一目的是通过辛勤劳动来还债，然后死了就可以上天堂。

为了赎罪，大多数人都拼命工作，一个社会的大多数人如果都选择少吃多做不浪费，财富会呈几何倍数增长，资本的原始积累可以迅速完成，社会学家马克斯·韦伯正是读出了这一点，才写出不朽的著作《新教伦理与资本主义精神》。

现代学者们则从另外的角度进行解读。

2005 年约翰·霍普金斯大学的心理学家加特纳出版了其著作《轻症躁狂的优势》。加特纳发现，许多对美国人性格的描绘，如精力充沛、动力十足、近乎愚蠢的乐观主义、企业精神、宗教狂热、傲慢自大、救世主的情怀等，都和“轻症躁狂”的症状重合。其中最基本的特点，就是极度亢奋的情绪。这种情绪发作起来至少可以延续一个星期，患者在此期间觉得自己就是宇宙的主人，觉得自己了不起，并忘我地投入到工作或寻欢作乐之中（其中包括过度追求性生活导致婚姻破裂）。这实际上类似一种癫狂性抑郁症的初期症状。

我个人觉得，宗教精神和心理因素都有些道理，但更直观的原因是社会评价体系的压力和美国法律的缺失。

前面已经讲过，美国人讲究实际，有些势利眼，他们和人打交道也不会关心你的祖上有何丰功伟绩，而是关心你个人是做什么的。

在美国，谈起某人时最具侮辱性的一句话就是“你是个失败者”。有一份好工作，工作做得出色，取得成功，成了社会的核心评价体系之一。

美国人极为看重成功。成功不一定是物质上的回报，而是得到某种认可，最好是可以衡量的那种。如果一个男孩后来没有从商，而是做了布道的教士，那也没什么。但是他的教堂规模越大，教堂会众越多，别人就认为他越成功。

好多事情都说明，成功是美国人生活的重点。清教徒相信工作带来的好处，既有工作本身的乐趣，还因为工作的回报是上帝之爱的体现。一片富饶的土地到处都是机遇，等待着人们到来。在一个不固守陈规的社会，没有严格的等级和阶级，这样人就一定能通过成功提升自己的社会地位。从一无所有到百万富翁的“美国梦”故事更是激励着一代又一代的美国人白手起家。

英国的人类学家杰弗里·戈罗尔用弗洛伊德的说法来解释这一切。欧洲是被所有的移民抛弃的父亲，移民为了在美国过上新生活，背离了自己的文化。移民为了要成功从未停止过奋斗，因为目标的内容没有限制。同样，第二代移民拒绝接受移民过来的父母，因为后者无法适应美国标准。他能减轻压力的唯一方式，就是取得更大的成功。在整个美国，有意大利人、爱尔兰人、德国人或波兰人名字的律师、医生、教授和政治家，都能证明这种成功欲望的强烈。

既然成功如此重要，理应多花些时间努力工作。

另外，在这个法律多如牛毛的国度，对白领的保护不像欧洲那样严格。在许多欧洲国家，如德国，雇用一个人非常慎重，因为你要裁掉他是一件非常困难的事情，如果他已经在公司工作了10年以上，裁掉他几乎是“不可能完成的任务”，而在美国，波音裁员可以轻松完成。

每当全球经济不景气的时候，我们经常会看到波音公司、通用电气裁员数千人的消息，一到这时候，每个人都诚惶诚恐，生怕自己成为刀下之鬼，失去工作，老婆孩子怎么办？房子的贷款怎么办？更重要的是，失去工作也就失去了别人的尊重。

没有工作，就会失去一切；而不拼命工作，就有可能失去工作，这是现实的无奈。

既然失败如此可怕，更应该多花些时间努力工作。

另外还有个具体的原因。美国联邦政府没有法律规定公司必须给员工付加班费，探险者（Expedia）网站的统计表明，2002年，美国人13天的休假中，有1.8天在工作而没有得到补贴，给公司节省了200亿美元。

疯狂工作后，疯狂游玩，疯狂消费，也是美国人的典型特征。

近年，美国人已经学会玩，但是将玩也当成了工作。要是去滑雪，他们就在雪地上猛冲，那样子连马都会累死。如果去度假，他们就每天开车五六百公里，以每小时 60 英里的速度观光，沿途只停下来拍些快照。然后，发现了自己要看的东西是怎么一回事，就打道回府，回去看照片。

疯狂消费，就是使劲花钱，那么，美国人对钱的态度到底如何？

"拜金"的美国人

语言可以反映一个民族的特色。比如说，爱斯基摩人的词汇表里，有关雪的词最多，在其他任何语言里都无法找到相应的表述。

英语中，关于钱的成语不少，至少可以从一个侧面说明钱的重要性。下面就列举几个常见词语。

Money makes the mare go. 有钱能使鬼推磨。

Money is the root of all evil. 金钱是万恶之源。

Money talks. 钱能通神。

Money and treasures will be plentiful. 招财进宝。

Time is money. 时间就是金钱。

A man without money is no man at all. 一分钱难倒英雄汉。

It is easier to get money than to keep it. 挣钱容易攒钱难。

Money isn't everything. 钱不是万能的。

Wealth is nothing without health. 失去健康，钱再多也没用。

Wisdom is better than gold or silver. 智慧胜过金钱。

说美国人爱钱，美国人听了不会反对，其实，谁不爱钱呢？地球上的人能够摆脱金钱诱惑者少之又少。

拜金不是美国人的专利，但美国人对钱的热爱却与众不同。中美两国人民都爱钱，但中国古代的文人们喜欢自视清高，视金钱如粪土，视金钱如魔鬼，爱钱也不肯说，而清教徒的美国却把钱和宗教天衣无缝地结合在了一起，在对金钱的热爱方面没有任何心理负担。

绿色的美钞的背面，印着"我们相信上帝"，金钱和上帝竟然以这种奇特的方式结合在一起，这在全世界独树一帜。爱上帝和爱金钱，在美国人眼里不是矛盾体，而是完美地结合在一起，中国古代的知识分子认为“君子爱财，取之有道”，可华尔街的大亨们在做过虔诚的祈祷后，接着无所不用其极地榨取他人财物。

美国人对金钱的热爱，在日常生活中也体现得淋漓尽致。

毕肖普先生，我的一位老师，来自美国犹他州，大学第一节课给我们拿出一大堆美元的钢镚儿，一美元的，50美分的，一角的，应有尽有。第一次见到美元什么样子，大家还是很兴奋地翻来覆去摆弄，下课时，老师让我们自己留着，大家又是高兴了一阵子。

这位老师最有趣的一点是照相时候也喊钱。我们喊茄子，多数英语国家的人喊 Cheese，可毕肖普先生喊“Money”，可是让人大开眼界，哦，错了，对不起，应该说让人“见钱眼开”。

说到日常生活中的见钱眼开，小费可谓无孔不入。

小费，就是一点小钱，可天长日久也是一笔不小的支出。陪同我们的美国国务院官员千叮咛万嘱咐：“你们来美国，是你们自己国家的大使，要记得给小费，否则会损害你们国家的形象。”

恐怖吧？一点小钱和国家形象挂钩。看看我们中国，如果招待客人保证宾至如归，砸锅卖铁也要照顾好你。我们爱钱，也爱面子，当钱和面子二者选一时，南方人可能选择钱，北方人可能选择面子。可在美国，无论东部西部都是选择钱。他们是讲究实际的，不爱面子。

同美国人一起上饭店，除事先讲好谁请客外，都是各付各的账。如果你抢着付账，反而会使对方感到欠了人情，于心不安。如果在美国有人和你说一起吃饭，千万可别想当然地认为他要请你，一定记得带钱包。

说起美国人对钱的态度，美国当代著名财经作家保罗·艾尔德曼有句名言极为经典。他说：“美国人的本质就是首先希望赚钱，然后用这些钱来赚钱，然后用许多钱赚许多钱。”

美国人拼命工作、拼命赚钱的态度当然和对成功的渴求相联系。

德国心理学家休格·爱斯特伯格说：“美国人很看重他挖到的金子，主要是因为金子是他的能力的体现……因此把美国人定义为物质享乐主义者而否认他的理想主义，从根本上就是错误的……美国的商人为钱工作，伟大的画家为钱绘画，意义是完全一样的——都是对自己的工作欣赏的标志。”

如果还对美国人爱钱有疑义，不妨略微翻翻美国的历史。我们教科书上写的是美国革命是为了独立，可如果不独立就可以过好日子，谁冒着砍头的危险去闹革命啊。没错，革命前夕美洲殖民者的好日子被英王乔治三世给毁了。

在乔治三世时代，这位年轻的英国国王血气方刚，他的观点是：“不但要统而且要治。”

1764年，英国颁布《糖税法》，对过去每加仑征6便士的外国糖蜜税减为3便士，但撤销各殖民地原享有的某些免税待遇，对输入美洲的外国食糖和奢侈品（如酒、丝麻）收取附加税。

1765年，英国颁布《印花税法》，这是首次出现在美洲英属殖民地的新税种。但这个新生事物来势汹汹，举凡报纸、证书、票据、期票、债券、文告、历书及一切印刷品、小册子、法律文件，都得贴上半便士至20先令的印花税票，甚至连结婚证书和扑克牌都得交印花税。在新税种面前，新大陆上所有的英国臣民人人难逃。

在1765年年底，一个被称为“自由之子社”的秘密组织在波士顿诞生，其领导人是塞缪尔·亚当斯等人，这一组织发展很快，不久各殖民地几乎都有了类似的组织。

在“自由之子社”的领导下，城市居民放火焚烧成堆的印花，抢劫海关官员们的家，并迫使印花代售商辞职，1766年，《印花税法》宣布撤销。消息传来，十三殖民地一片沸腾，据记载，当时“灯火辉煌、篝火处处、彩坊林立、人群熙熙、火花满天，诚美洲之空前情景也”。

据历史学家房龙在《美国的故事》中记载，当时，只有10%的人坚持为原则而死，10%的人愿意为原则而死，但是他们提出，是不是能够用较少的暴力来达到他们为之战斗的目标，40%的人称自己是“注重实际的人”，他们坐等斗争见分晓，而后参加胜利的一方。这三者加起来是60%，其余40%坚决“遵纪守法”。由此可见，殖民地初创时期，坚持原则、理想的毕竟是少数，多数人还是为了自己身边那些看得见的利益。

当然，这并不是说英王不加税，独立战争就不会爆发，只能说，他的愚蠢行为大大提前了这一独立进程。

美国人爱挣钱，但是不爱存钱。经典的故事是，一位美国老太太碰到一位中国老太太，两人都拥有自己宽敞明亮的住房，都感到很幸福，美国老太太说，“我28岁就买了房，一直住着，去年刚刚还清贷款”，中国老太太听了非常郁闷地说，“我省吃俭用，攒了一辈子钱，去年刚刚买了新房子住进去”。

这个故事反映中美消费的区别，也可以说明2007年发生的次贷危机为什么会在美国上演，即使穷人，也敢于贷款买自己的房子，他们零首付买房，想当然地认为房价会不停地攀升，最后实在还不起房贷，卖了房子也可以挣钱。于是，这些人被金融公司忽悠，上套，金融公司再用同样的理论绑架银行、投行，当房价下跌时，这个资金链断裂，于是次贷危机爆发。

次贷危机，说白了就是寅吃卯粮，层层担保，最终从虚幻的神坛上摔下来。

买房子是消费，买车、买新产品，都是消费。美国个人消费开支约占国内生产总值的2/3，是经济增长的主要动力，而根据万事达卡组织发布的研究报告，2005年中国国内个人消费占国内生产总值的46.5%，到2014年，个人消费占国内生产总值的比重将上升到50%。

美国人住着大房子，开着大汽车，地球上的能源消费他们占的比例非常高。

以石油为例，根据国际能源署的统计数据，中美两国消费的原油接近世界原油消费量的1/3，中美两国每天消费原油2800万桶，而全世界每天消费8430万桶。但有数据显示，2004年中国石油消耗为每天668.4万桶，比美国少得多，仅占全球石油消费总量的8.3%，另外，中国人均石油消费小于两桶，远远低于美国人均消费25桶的标准。

美国的奢侈消费方式无法复制，美国人自己也担心如果中国复制他们的生活方式地球将无法负担，这也是美国国内总有人高喊中国威胁的原因之一。

不过，克林顿时代后，布什大搞反恐，美国贸易赤字和财政赤字都居高不下，中产们的日子越来越不好过，不得不节衣缩食度日，远不是我们某些人所想象的那样挥金如土。油价高涨，纽约、洛杉矶等大城市的上班族纷纷坐起了地铁，拒绝开车，省油就是省钱啊！

美国人对钱很爱很喜欢，但不是守财奴。到美国的人感到震惊的不是物质享乐主义的爱财和守财，而是美国人既喜欢赚钱又喜欢花钱。

事实上，钱的主人留着钱，不过好日子，不慷慨地捐款给大串的慈善机构，不接济家里没钱的人，人们也会不喜欢。美国各地活跃着许多民间基金会，他们的经费大多来自百姓的捐助；而老百姓给教堂捐款，更是一笔天文数字，2008 年中国四川发生地震灾难，美国政府只给了 50 万美元，可美国民间的捐款超过了 3000 万美元，对于老百姓的捐赠，我们将在后面有关大选和捐款的章节中详细描述。

“自私”的美国人

一般来说，动辄打引号是作者词汇贫乏的表现，可我在长久地思考后，还是决定用加引号的自私来形容美国。加引号，不是说他们无私，而是说他们的自私是积极的自私、聪明的自私，也是团结的自私。

自私前面加上如此多的褒义词，是不是普天下第一遭？且慢忙着反对，先看一篇美国女作家派特·费希的文章。顺便说一下，和她生活在一起的有四只猫、两只狗、她的孙女，当然，还有她的丈夫。

这位女作家引用她的叔叔威克的话来回答了美国人的性格这一挑战性话题。

“美国人自私，这毫无疑问，你让我用一个词来形容美国人的性格，我肯定用自私这个词。”尽管我皱着眉头表示反对，威克叔叔依旧侃侃而谈。

“美国人一辈子想干什么就干什么，干什么高兴他们就干什么，除此之外没有其他任何目的。如果他想当警察，他就当警察了；如果他想抢银行，他就抢银行；如果他想发明省油的汽车，最终他一定能发明。”威克叔叔一边挠头一边说。

“威克叔叔，美国人如果抢银行肯定会进监狱的，不是每个想这么干的人都能成功的。”我提醒他说。

“宝贝，你错了。大多数抢银行的都是自己想去抢，大多数谋杀犯是自己想要杀人，可不是谁逼他们去干。当然，他们要蹲监狱，这是因为我们有法律，大多数人能够区分好坏。可是，法律不能阻止坏蛋做坏事，因为这些人自私，他们打心眼里想这么干。”

“一个家伙决定抢银行是为了钱，如果他决定找份工作他肯定也能找到，因为他不必贿赂官员，也不必臣服于某个宗教或政治派别。议员们负责制定惩罚抢劫犯的法律，准备抢银行的这些人也可以成立一个游说团体，劝说议员们修改法律，减轻判罚，任何人都可以为了自己的利益来游说议员。”

“最终，议员们会尽力取悦这些自私的美国人中的大多数，使得这个国家得以运转。为什么这可以奏效呢？因为自私是这个地球上所有生灵的特点，也是驱动力。好的系统应该承认自私，允许自私在一定范围内存在。美国人也不例外，我们是自私的，我们都按照自己的日程表生活和工作，这个国家允许自私与秩序、和平同时存在，从而实现释放每个人的创造力。”

威克叔叔接着絮絮叨叨，“我知道，世界上好多人不喜欢美国，他们觉得美国这么自私，一定是疯了，我觉得不承认自私存在的那些人才真的疯了，他们只看到自私的负面效应，却忽略了自私的正面效应。如果每个国家的政府都建立一种处理人的自私性的机制，那么，世界上的冲突就不存在了，唯一的竞争就是奥运会时大家比一比谁拿的金牌更多”。

美国式的自私，其实就是个人优先的原则。美国人从小就有强烈的自我意识，我喜欢什么，我要学什么，父母都给予充分尊重；长大了，找什么工作，娶谁做老婆，都是自己说了算。

美国的可贵之处在于，认可人的自私性。安·兰德在《自私的德行》一书中有句经典的话：“你或许希望别人会偶尔为了你的利益牺牲自己，你也许会不情愿地为了别人的利益而牺牲自己。不过你知道，这种关系将带来互相憎恨，而不是彼此愉悦。”

这本书还以睿智的语言写道，攻击“自私”就是攻击人的自尊，放弃“自私”也就是放弃自尊。

遗憾的是，美国人的自私为我们所鄙视，我们所推崇的是讲奉献不计报酬、做好事不留姓名；我们认为美国人都钻到钱眼里，毫无温情。

其实，不然。

举个简单的例子，如果人人自私，美国的小费传统肯定就不存在了。

我们前面讲过在美国要处处给小费，可这事儿没什么强制措施，全凭自觉。如果某个人很自私，能省钱的地方就省钱，他可以省下不少小费。我曾经就小费问题咨询过不少美国人，他们都说大多数人给小费，不会偷奸耍滑，居住在加州的美籍华人吴瑞卿女士告诉我，那些服务生收入很低，他们就靠小费谋生，你怎么能不给呢？她住宾馆时会注意这家宾馆的服务生是不是加入了工会，如果是，她就省掉每天要放到枕头上的一美元，因为有工会的地方工人收入高些，也有保障，不是单纯凭借小费生存。

更能驳斥美国人自私说法的是义工。

自私，不是只考虑自己不管他人。美国人的家庭观念其实很重，动辄离婚的是纽约那些金融人士，美国中西部的模式是夫妻二人终老一生，养活一大堆孩子，每到感恩节，儿子闺女无论在哪里，都回到家中团聚，一起吃火鸡。

自私，也不是能帮助别人的时候视而不见。你在美国的马路上问路，绝大多数情况下会得到详细的讲解，有时候说不清楚，会有人干脆带着你走上一段，然后去忙自己的事情。我去华盛顿的乔治城大学采访时，在离学校不远的小巷中下车，拿出地图寻找目标，一位中年女士径直走过来，问："找什么地方？我能帮你吗？"我当然求之不得，被这种活雷锋精神大为感动。

相比起搭便车，给人指路绝对算是小事一桩。英文有个词叫"Thumb up"，意思是竖起大拇指，它的意思就是搭便车。以前，在美国的路边上，你背着包，竖起大拇指，就有人载你一程，两人萍水相逢，一路谈笑，到达目的地后分手，多数人此后不再联系。当然，搭车的人要适当地分摊一点汽油费。做好事的人也是出于"自私"——一个人跑长途，多闷啊，找个人说说话也好。可惜的是，这些年随着犯罪率的升高，有些人变得自私起来，不敢随便拉人。

现在该明白了吧，派特·费希女士笔下的自私，不是看见两个灯芯亮着非要掐灭一个才肯咽气的吝啬鬼，也不是莎士比亚笔下为了钱要割掉别人鼻子的夏洛克，而是赞颂美国的个人主义。

美国《独立宣言》起草人、第三任总统托马斯·杰斐逊被视为美国个人主义的第一位杰出代表。杰斐逊式个人主义典型地表达在他执笔的《独立宣言》里，它强调的是个人的权利，包括生命权、自由权和追求幸福的权利。

当法国人托克维尔18世纪30年代初在美国进行他那次具有历史意义的访问时，个人主义对他来说还是个新概念，是他那代人刚发明的。他写道："个人主义是个新奇的词汇，它表达了一种新奇的观念。我们的父辈只知道自我中心（自私自利）。"

在托克维尔看来自私自利是"一种强烈而夸张的自爱，它使一个人把每件事都和自己联系起来，要把自己放在世上每件事之上"。而个人主义则是"一种成熟而镇静的感情"。自从托克维尔作此观察，一个半世纪又过去了，在这段时间里，个人主义在西方已经确立了自己的正面形象，成为一种普遍接受的价值原则。

我们的文化比较教科书上讲，中国人是集体主义，以集体的利益优先；美国人是个人主义，把个人的利益置于集体利益之上。

我认为，这句话也错了。

美国的个人主义只是个性、思想、选择的自由以及个人优先，可不是无视集体。任何个人主义的极端分子，都会被毫不留情地排除掉。在NBA，每年常规赛结束都要评选MVP（Most Valuable Player），这个选项的标准不是个人得分，而是如何利用自己的力量帮助队友，提高球队成绩，个人要帮助集体才更有价值的理念在这项评选中得以彰显。同样，2007年奥运会篮球预选赛时，美国篮球队没有选择个人能力超强但团队配合意识差的艾弗森，就连一场砍下81分的科比·布莱恩特也为了集体的荣誉，在防守上下工夫，而不是贪功飙分。

体育运动需要团结，而不是单打独斗，这或许不奇怪，但在美国人的日常生活中，也绝不是单靠个人的力量。

最近几年的流行书在教导我们，美国的公司很尊重个性，比如说，谷歌的员工可以穿着T恤、短裤上班，桌子上可以随便摆放自己喜欢的东西，下属可以对上级提出不同意见，碰见老板也可以直呼其名。但这些个人主义的背后，是个人和公司文化的契合，是一旦作出决定后百分之百的服从。美国式个人主义的突出一点是，一件事情在作出决定之前可以充分争论，谁都可以提出自己的见解，但是一旦决定下来，就要认真执行。这和我们恰恰相反，我们常常在征求意见时一言不发，可事情启动后却牢骚满腹，觉得自己才是最正确的。

个人离不开组织，美国人信奉个人主义，但人脉的力量和组织的力量他们从来不忽视。如果你看过《坟墓的力量》，一定知道骷髅会这个精英组织，布什总统就是这个组织的代表人物，他在耶鲁上学时候，读书成绩一般，可结交好友无数，这为他日后进军政坛奠定了坚实的人脉基础。

美国的个人主义也不是不顾国家利益，美国人在爱国的时候表现出惊人的集体主义精神。珍珠港事件和“9·11”恐怖袭击事件，都是引发美国人狂热爱国的事件，这些，众所周知，无须详述。

美国人的性格造就美国式民主

性格即命运，国民性即国家的命运。

四年一度的总统大选来临时，美国人的性格决定了他们的选择。

美国人无知、傲慢，对外界缺乏了解，因此大多数情况下总统大选辩论的话题集中在国内问题，外国在选民眼里通通是遥远的、与己无关的，但是，一旦这个外国势力会威胁到美国人的利益，立即会成为大选的热点。1992 年克林顿和老布什竞选总统时，中国成了热点话题，当时，克林顿信誓旦旦地表示要取消中国的贸易最惠国待遇，借此来收揽那些对美国经济不满的人之心。

美国人的傲慢表现在总统大选问题上就是超乎想象的执著，他认为自己的选择是正确的，他不肯听其他不同的声音，或者，他不屑于理会这些，因此铁杆的共和党人得以存在。2004 年大选时，我在芝加哥曾参加过一次保守人士的集会，他们请来名嘴，大摆宴席，席间我问旁边的芝加哥郊区居民迈克·史密斯会选谁，他说：“共和党，共和党，我是共和党，绝不会选民主党人。我告诉你，我们家 30 年来从没有投过民主党人的票。”

看，多坚决，投共和党的票，让民主党去说废话吧！

美国人讲究实际，是工作狂，决定了大多数情况下经济是投票给谁的头号判断标准，老布什当总统时苏联解体，美国赢得冷战的胜利，接着在海湾战争中打败萨达姆，解放了科威特，声望可谓如日中天，可最终还是输给初出茅庐的克林顿，究其原因，根本在于经济不振，解放科威特如果不能改善美国人的生活，那等于什么都没做，没人会买你的账。

在有关经济的辩论中，失业率是重要的一环，在任总统会拼命宣传自己执政期间创造了工作机会，而竞争对手也会拼命指责，表明自己上台后会如何带来更多的工作机会，如何减税，如何让美国人生活更美好。

重实际，轻理论，不墨守成规，是美国人的特色，在他们看来，任何事情都是有可能的。具体到总统大选，他们在经济不景气的情况下求新、求变，脑子里想的是“不管黑猫、白猫、花猫，逮住老鼠才是好猫”。

比如说，2008 年总统大选，在初选阶段就是变革之声四起，两党候选人都大唱改革之歌，可以说，变革成了 2008 年初选的基调。

不管是黑人，还是女人，只要能给大家带来实惠，我就选他们，多数的美国人灵活处置，没有那种谁一定能当总统的刻板成见。当然，不是所有人都这么灵活，保守的宗教人士、3K 党就不会这么变通。

说他们自私也好，个人主义也好，个人在美国人中占到十分重要的地位，因为大选时候选人所属党派、政策倾向、个人能力都可以放在一边，但候选人的品德绝不能忽视。在国家危难的时候，总统候选人必须英勇无畏，个人品格必须值得信任。因此，总统大选时塑造候选人的形象极为重要。1960 年总统大选，天主教背景的肯尼迪击败尼克松，成为美国历史上最年轻的总统，他们两人的竞选中首次启用电视辩论，结果年轻、帅气、口才好的肯尼迪获胜，失败后尼克松也承认，如果没有电视，也许获胜的是他。相信个人奋斗而不迷信宿命的美国人愿意选择靠个人努力获得成功的总统，因此，像林肯这样的底层出身之人才可以当上总统，罗斯福也可以以残疾之身得到选民的信任。

当然，仅仅靠自身形象，不能打动选民的心也不行。

2000 年总统大选第一轮辩论时，布什代表共和党挑战戈尔，说话不太利落，戈尔在旁边不时皱皱眉头、叹口气，结果受到公众批评，说他不尊重对手；第二轮辩论戈尔吸取教训，装出认真倾听布什讲话的样子，不住地点头，样子很夸张，结果被指责为太过虚伪。不尊重对手、虚伪，这都不符合美国人的传统观念。反倒是布什总统诚实、可爱的样子受到选民欢迎。

4 年后的总统大选，布什对阵民主党候选人克里。面对耶鲁大学的最佳辩手，布什只有招架之功，没有还手之力，克里批评他发动伊拉克战争，说他“在错误的时间、错误的地点发动了错误的战争”，布什不断辩解，这句话重复了5次。

当时，我和十几位来自亚洲各国的记者在西雅图的一个酒吧观看了第一轮电视辩论，大家一致认定克里战胜了布什，可第二天和一个支持共和党的博客写手交流时，我们却受到了“侮辱”。

这位博客写手是个生意人，可出于个人爱好天天写东西，而且还小有名气，他询问了我们一下，发现我们一致认为克里胜，很是不以为然，他说：“克里在辩论中身体语言得体，动作洒脱，如果不懂英文，那么你肯定认为克里赢了；在你们这些英语是第二语言、水平还不错的人听来，克里也赢了，因为他逻辑清晰，用词得当，不像布什那样连拉登和萨达姆都弄混。但有些东西你们不明白……”

在他讲了半天后，意思是说你们这些老外理解得不对，克里实际上没占什么便宜。他认为，克里口若悬河、滔滔不绝，一说一大串排比，可是，太快，老百姓没记住他说了什么，可布什呢，不断地重复说克里是个两面派，结果老百姓印象深刻，成功地给克里贴上了“两面派”的标签。他告诉我们普通美国人不关心政治，对许多国家大事实际上不太了解，讲那么多时事政治，还不如让选民记住竞争对手人品不好。人品不好，意味着失败。

既然个人这么重要，那么要想竞选成功，就要抬高自己，打击对手。通常来说，抬高自己没有打击对手效果显著，于是，负面竞选从一开始就开始流行起来。1796年，约翰·亚当斯的支持者拼命打击他的竞争对手托马斯·杰斐逊，称他是胆小鬼、脆弱之人，不具备美国人的美德。

1828年，约翰·昆西·亚当斯和安德鲁·杰克逊竞选总统，杰克逊的支持者称亚当斯是“皮条客”，称他让一个妇女和俄罗斯领导人发生性关系。亚当斯的团队立即予以反击，说杰克逊的老婆是个妓女，而杰克逊本人是头“叫驴”，并且在报纸上画了一头驴用做插图。不过，具有讽刺意味的是，杰克逊本人采取拿来主义，干脆把驴的形象用于竞选中，后来，驴成了民主党的标志，后来共和党人把象当做自己的特征，四年一度的美国总统大选也就有了“驴象大战”的说法。好在美国人幽默，随意，不搞假正经，因此驴也罢，象也罢，都可以深入人心。

由于负面竞选的泛滥，美国人自己也说，我们哪里是选总统，分明是在两个魔鬼之间选择稍微好一点的人。

美国人不是我们想象的那样自私，他们会在大选时站出来，做志愿者，捐钱给自己支持的候选人，而不是只说不做。大选之际，人人为了自己的选择出力，通过这样“自私”的方式来达到最后的平衡。

美国人讲究个人主义，因此有时候候选人的宣传要传递给每个具体的人，在某些地区，有时候直投宣传品，而候选人也要找机会去拜访一些家庭，就像保险推销员上门推销一样拜访陌生选民。

这其实是我们中国人熟悉的，拿张名片，挨家挨户敲门。美国人警惕性挺高，会把门拉开一条缝，露出一只脑袋：“有事吗?”参选人就说：我是某某，要竞选总统，希望你支持。如果运气不好，主人一句“对不起”，就会把门关上；运气好一点的，遇上一个不热心但有风度的，会打开门，礼貌地握握手，接过竞选人递上来的宣传材料，说声“谢谢”之后关门；运气好的，碰上一个热心人或者支持者，会出来聊聊，或者请竞选人进门小坐一会儿。

无知、实际、拜金、自私，这些只是美国人性格诸多因素中的沧海一粟。我们还可以随口说出他们的一些特点，因为实际，所以美国人多数情况下是理性的民族，埋头于自己喜欢的事情，对于外界没有多大兴趣，但有时候他们又是十足的感性动物，一篇热情洋溢的演说会让他们热血沸腾地抄起家伙去战斗。这也能够说明，为什么大选电视辩论对选民的影响力如此之大。除了铁杆的民主党和铁杆的共和党外，大多数人模棱两可，他们经常等到最后的辩论结束后才作出决定。正因为如此，美国的政客都是能言善辩之士，作演讲时激情洋溢，说到动情处再掉上几滴眼泪，极具感染力。

10
我的 2004 美国大选日记

一个华盛顿出租司机的政治观

9 月 18 日

北京的出租司机是出了名的“侃爷”，华盛顿的出租司机也不含糊。当地时间 9 月 18 日晚，我从华盛顿杜勒斯机场到宾馆打车用了 45 分钟，司机聊起当前政局来眉飞色舞。

这位老兄戴着蓝色的头巾，一脸络腮胡子，一看就是印度裔的移民，果不其然，他从印度移民到美国，在华盛顿工作已经 30 年了。说起大选他倒是蛮有兴趣，用很官方的语气说“竞争很激烈，结果很难说，双方各有 50％的希望”，活脱脱一个白宫发言人的语气。

谈到要投谁的票，这位老兄可是毫不含糊，“我肯定不会选布什”，他说，接着就开始摆事实、讲道理。“布什上台 4 年了，都干了些什么？他只是为富人着想，不管我们穷人，这 4 年我们日子一天不如一天。他的外交政策也很糟糕，到处打仗，打伊拉克，不就是为了石油嘛！另外，2000 年的大选布什获胜是因为他欺骗了我们。为什么只有在他弟弟当州长的佛罗里达才有选票方面的纠纷？明显是在搞鬼骗人。”

“那你选克里？”我问。

“不是我愿意选他，而是不得不选他。”这位老兄耸耸肩，双手一摊，无奈地说（手离开了方向盘，幸好车速不快）。他说，克里很愚蠢，没有抓住布什的弱点，缺乏政治方面的技巧。

他不喜欢布什，也不喜欢克里，说起前任总统克林顿来倒是赞赏有加。“克林顿是个好总统，他真的为我们穷人着想，在任期间美国经济发展快。现在的政府只会花钱。”

这位司机颇有些政治敏感性，得知我是记者后，很警惕地问“你录音了吗”，确信我只是和他聊天后才又敞开话匣子，但不肯透露姓名。不过，他听到北京后的第一反应是尼泊尔，我重复了一遍后他才想起来北京是中国的首都，笑着说：“我们是邻居啊！”

说起中国的情况来他也不陌生，他说中国经济发展世界第一，是世界工厂，就连美国的国旗都是中国造的。“不过，美国对中国可没安什么好心。美国和中国做生意，把中国使劲往上推，然后把梯子抽走，这样中国就会摔下来。”

站在杰斐逊纪念堂前

9 月 19 日

托马斯·杰斐逊，一个伟大的名字。用最俗的话形容我对他的尊重，那就是“如滔滔江水，连绵不绝”。

如果说华盛顿靠自己的人格魅力征服了美国，那么杰斐逊靠的是思想的力量。每每想起他被新闻界虐待后说的话总是热血沸腾：“如若由我决定，我们是应该拥有一个没有报纸的政府，还是应该拥有没有政府的报纸，我将毫不迟疑地选择后者。”

托马斯·杰斐逊生于1743 年的阿尔培马尔县，他是一位种植员和检查员，从他父亲那里继承了大约 5000 英亩土地。母亲拥有很高的社会地位。他在威廉玛莉学院学习，然后读法律。在 1772 年，他与玛莎结婚。

1767 年取得律师资格。同年进入殖民地议会。1775 年参加第二次大陆会议。次年，参加《独立宣言》五人起草委员会，成为宣言的主要起草人。1776 年重返弗吉尼亚议会，制定宗教信仰自由法案。1779～1781 年任弗吉尼亚州长。1784 年出任驻法公使。1789 年任国务卿。1800 年当选总统。

托马斯·杰斐逊是美国独立革命运动的一位积极领导者和组织者，著名的美国《独立宣言》的起草人。他前后从事政治活动近60年之久，在美国人民的心目中是一位伟大的英雄。杰斐逊是资产阶级民主主义思想家，主张人权平等，言论、宗教和人身自由。他起草的《废止限嗣继承法规》，沉重打击了从英国带到美洲的封建主义残余。他起草了《弗吉尼亚宗教自由法》，并使这一法规在州议会获得通过，实现了政教分离。杰斐逊任总统期间，美国从法国人手中“购买”了路易斯安那地区，使美国领土扩大近一倍。他还派遣远征队西行，使美国的西部边界伸向太平洋海岸。他执政期间进行过一些民主改革，领导了反对亲英保守势力、争取保持资产阶级民主的斗争，起了积极和进步作用，为美国资本主义的迅速发展准备了条件。

杰斐逊好学多才，兴趣广泛。他是土地测量师、建筑师、古生物学家、哲学家、音韵学家和作家。他懂得拉丁语、希腊语、法语、西班牙语和意大利语。他还对数学、农艺学和建筑学，甚至提琴等感兴趣。人们称他是天资最高、最多才多艺的美国总统。杰斐逊一生著述很多，涉及问题很广，后人为纪念他而出版了他的文集，共20卷，杰斐逊作为美国资产阶级民主派杰出代表，与华盛顿和林肯齐名。

1804年连任。离职后，他开始了退隐生活。此间，他创建了弗吉尼亚大学，担任了该校第一任校长。在《独立宣言》50周年纪念日的前几天，杰斐逊已病得很重，处于昏迷状态。一次他清醒后问医生：“是不是那一天?”他指是7月4日。就在这一天，他与世长辞，与亚当斯同时西去。

杰斐逊一生乐善好施，甚至不惜借债以赠乞丐。但是，他的生活方式及其慷慨程度，远非囊中财力所及。就任总统的第一年，他花掉了32634美元，仅酒水一项就花了2800美元，而其薪俸只有25000美元，加上他每年出售烟叶所得3000美元，还要借债4000多美元，在白宫的任职时间越长，各种应酬越多，开销也就越大，欠债自然越多，他真的有点害怕了。虽然在总统任内，他大力倡导节俭之风，打造清廉朴素的政府形象，大幅减少国家的债务，但他自己的债务却有增无减。在杰斐逊80岁生日的时候，他欠的债务高达4万多美元，去世前超过了10万美元。为了还债，他把自己最珍爱的藏书全部卖给国会图书馆，卖掉了大片的森林和土地，还计划出卖自己经营一生的庄园蒙蒂赛洛。

杰斐逊的精彩在于贫困之中，依然慷慨如故。1818年，他向中央学院慷慨捐助1000美元，而一年后，他就向夏洛茨维尔商人借了100美元，以便去蓝岭山的洛克菲什山口，参加推荐弗吉尼亚大学校址的委员会会议，不仅如此，他的客人源源不断，他不愿人们说他小气、吝啬，因而大方接待。他从不自怜，从不抱怨自己对国家所做的一切没有得到应有的回报，也不愿向自己的朋友们求助。他曾经对他的继任者说过："我愿死于贫困，不愿失去尊严。"但他的窘迫处境还是被人们知道了，人们开始自发地捐资帮助他，全国各地都伸出了援助之手，许多地方组织了募捐大会。纽约市的居民很快捐献了8500美元，费城人捐献了5000美元，巴尔的摩捐献了3000美元……两个月后，杰斐逊苦心经营了一辈子的归宿蒙蒂赛洛保留了下来，同时，他颇感欣慰的是可以有一块属于自己的墓地了。

如今，站在他的纪念堂前，看着那些让世人永远敬仰的文字，一切语言都成了废话。纪念堂对面是华盛顿纪念碑，两位伟人隔着一个人工湖遥遥相望。往远处看去，还有林肯纪念堂、白宫、国会山，我的美国之旅就这样开始了。

美国普通老百姓关心外交政策吗？

9月21日

2003年年初，在美国陆军某营地，几个接到命令要到伊拉克打仗的美国大兵在一起，对着地图比划，想找找伊拉克到底在哪里；一个中年妇女去欧洲旅行受到警察的不公正待遇，回国后四处发牢骚，说欧洲不好，但别人问在哪个国家时，她却说记不清了。

美国人就是这样，对身边的事情很在乎，对自己的权利很重视，但对美国之外的事情却不太关心。"二战"时期，日本偷袭珍珠港后，普通美国人才关注"旧大陆"的战争。在冷战时期的某些时候，美国人民对外交政策极度关心，越南战争成了美国人关注的问题。

毫无疑问，"9·11"恐怖袭击事件将使外交政策成为2004年选举中的一个重要问题。世界贸易中心和五角大楼遭受的恐怖主义袭击使美国人民明白，他们并不像想象的那么安全，大多数公民都对布什总统提出的先发制人的主张作出非常积极的反响。

"9·11"恐怖袭击事件使美国人懂得，国内安全与对外政策息息相关。美国公众对布什总统支持率大幅度上升，都是基于他的外交政策行动，而不是由于他的政府在国内问题上的主张。

"9·11"恐怖袭击事件发生后，共和党在民意调查中取得了巨大优势，被认为是信得过的处理国家安全政策问题的政党，而保持这一优势便是总统连任的关键之一。努力缩小共和党的这一优势肯定是民主党要重新入主白宫所必须达到的一个目标。

以美国为首的联盟在阿富汗和伊拉克取得决定性的军事胜利后，遇到了战后重建这一更为复杂的挑战，这给批评政府的一派带来机会，把这个问题变成一个竞选议题。

于是，2004 年的大选中安全问题和传统的经济问题一道，成为双方角逐的两大战场。“外事”上升到如此高的地位，也是近几次总统大选所罕见。

投票机见证美国大选路

9 月 22 日

中国的博物馆和美国的博物馆最大的区别之一，我想，就是一个收钱，一个不收钱。

想进位于华盛顿特区中心的美国自然历史博物馆看一看，只要推开门就可以了，当然，首先要过安检关，不过不用像在海关那样还要脱掉鞋子，简简单单地打开包，把相机等电子产品拿出来晃悠一下就可以了。然后呢，你就可以优哉游哉地看了。饿了、渴了怎么办？博物馆里面有餐馆，有各式各样的快餐，面包、烤肉、薯条等都可以尽情享用。毫无疑问，这些是要掏钱的。

自然历史博物馆近期开办了名为“民主机器”的展览，展示 200 多年来投票机器的演变过程，总体看来是从粗糙到复杂，从一个普普通通的箱子到所谓的“高科技产品”，直到现在，各个州还使用不同的投票方式。

当然，投票最简单的方式是往一个箱子里面扔下有自己支持者名字的纸条，然后组织人点票就可以了。

事实可不是这么简单，变戏法可以用一个杯子变出飞鸟鱼虫，这个箱子自然也可以做文章了。所展出的箱子就是下半截有个活动的板，可以拉开，漏下部分选票，而外面做得却天衣无缝。这样的诡计当然是民主之初的小儿科了，在传媒发达、监督众多的今天，这套把戏自然不会得逞，也没有人敢冒险一试。展出当然也不会放过 2000 年大选时备受争议的佛罗里达州选票，导游讲解说，每个人在投票箱前面只有 5 分钟，而选票让人难以判断到底选了谁，最终许多选票作废，布什侥幸在佛罗里达获胜。

博物馆还专门展出历届总统的介绍，以及他们在白宫用过的物品。有罗斯福穿过的裤子和“二战”时对美国民众“灶边谈话”用的麦克风，有克林顿的萨克斯，有卡特给爱犬建造的小房子，还有1979年邓小平访美时白宫准备的菜单：海鲜百花卷、烧烤小牛腿、芷红花香饭、翡翠甘蓝花、生拌莴苣西洋菜、起司和巧克力点心。

一个椭圆形的墙上，依次展示着历届总统的画像和任期介绍，时任总统布什已经写在上面，任期一栏写着2000，但破折号后面空着，是以2004结束，还是以2008结束，再过6周就可以揭晓。然而，无论谁当选，在享受荣耀和权力的同时，也面临一大堆的国内、国际问题，恐怕他的感觉就会像这个展览的名字一样——光荣的负担（Glorious Burden）。

如果克里输了，只能怪自己

9月23日

如果克里输了，只能怪自己……

我在和华盛顿各界人士交流、讨论的过程中，不止一次听到这样的说法。后面省略了什么，已经是不言自明了。

本次大选民主党可以说是空前团结，党内气氛比1992年克林顿竞选时好得多，但克里在民意调查方面依旧落后于布什，克里的弱点在哪些方面呢？

首先是个人问题。克里这个人出身高贵，有着十足的绅士风度，然而却亲和力不够，总是一副很严肃的面孔出现在人们面前，美国人对他的评价用得最多的词就是刻板。可别小看这个特点，这一点就足以致克里于死地。美国的文化不同于英国的贵族传统，而是具有强烈的平等、自由色彩，这个社会不迷信精英，选总统时人们也不会过多考虑候选人的“智商”如何。布什总统就是一个明显的例子，他靠着高干子弟的身份上了耶鲁大学，可在学校里不好好学习，最大的优点是交朋友，这已经广为人知。当上总统后，被人诟病最多的是读错单词。但他还是当选了，而且这次还有希望连任。为什么呢？除去其他因素外，招人喜欢是重要因素。一位为布什助选的咨询公司负责人说，人们即使知道布什撒谎，也还是会选他，因为大家喜欢他。

其次是在伊拉克问题上表现不佳，左右摇摆。布什一则打击克里的负面广告指责说，克里支持伊拉克战争，却以教育、保险等问题反对给前线士兵拨款的方案，自相矛盾。对此，克里长时间没有实质性的反击。9月20日才想起来，在纽约大学发表演讲反对伊拉克战争。对此，乔治·华盛顿大学的高登·亚当斯表示，现在即使改变策略，想让人们忘掉以前的形象也已经不可能了。

最后，他的金钱后盾也没有布什丰厚，已经被迫取消了一些电视广告。这在金钱开路的美国大选中，已经是很大的劣势。有统计显示，筹款多的候选人获胜几率在90%左右。

当然，现在不能说克里完全没有希望。盖洛普的调查显示布什领先克里12～13个百分点，但专家分析说，盖洛普的抽样不太合理，有倾向，和事实有些出入。

克里咨询公司的一名普通员工也认为克里表现不好，他说，在伊拉克问题上前后表现不一致，克里可以说“我投票支持打伊拉克是犯了错误，后来我意识到不对，马上改正了。而总统布什把美军送入伊拉克泥潭，让上千士兵死亡，却至今不肯改正错误”。

一个普通工作人员都想到了，克里怎么没想到呢？

在美国国会当VIP

9月24日

9月22日晚8点我离开华盛顿，乘美航的飞机从里根机场出发，飞往芝加哥。飞机上很少人交谈，我前面的几位旅客在读《纽约时报》，我右边的几个人拿出笔记本电脑写邮件，我也按捺不住，拿出电脑，如实写下作为VIP游览美国国会的情形。

美国国会通常被称为“国会山”，这是因为它建造在一座小山丘上，可以遥遥地俯视白宫。美国奠基人华盛顿选中了这块地址，说明这位美国之父对国会的重视程度。国会和欧洲国家的议会不同。在欧洲国家，领导人可以解散议会，提前举行大选，而在美国，总统不可以解散国会，国会却可以弹劾总统，可以决定大法官的人数，可以任命大法官，在三权分立的政治体系中处于非常重要的地位。

乘地铁到国会南站，走两个街区，国会大厦就出现在面前。国会主体建筑经过7年的施工，于19世纪初完成，后来随着美国从最初的13个州迅速扩展，国会大厦也不得不向两翼扩军，国会周围也专门修建了几座供议员办公用的大厦。

说起国会，人们自然会想到“游说”，大公司、民间团体、行业协会等各式各样的组织都派人到国会对议员们进行游说。我们10点钟赶到国会大厦旁边的一座办公楼，在门口等待导游史蒂夫的到来。史蒂夫是美国国会历史协会的工作人员，对历史有深入研究，读大学的时候就为一位议员做志愿者专门带人参观国会。

史蒂夫急匆匆赶来，给我们每个人发了一个小牌子，据说有他的带领，我们可以享受优惠待遇。重要的是，他认识很多议员，在进国会前，他不时地和对面走过来的议员打招呼。这些人对美国人来说很重要，可对我们来说，一般的议员无异于天外来客。最可惜的是，史蒂夫只顾聊天，在新任中央情报局局长走过去好久才回过味来告诉我们，让我们错过了打个招呼、问个问题的机会。

美国国会大厦是仿照古罗马风格建造的，史蒂夫说是抄袭的意大利某地一个建筑物的风格。巨大的穹顶上面，有一个象征自由的女神雕塑。大厦里面，个人的感觉是和罗马的大教堂极其相似，只不过雕塑讲述的是美国历史，而不是古典神话。四周的油画有萨拉托加大捷，有清教徒乘“五月花”号抵达美国。史蒂夫介绍说，最感人的是华盛顿辞去总司令的那幅：华盛顿要求辞去大陆军总司令职务，他说反对英国统治的战役已经结束了，自己不能再指挥军队了。正是因为他言行一致，赢得了大家的信任，大家才在为了成立政府吵得不可开交之际请他出来当总统。除了他，当时没有人值得信任。史蒂夫说，如果不是华盛顿，当时可能美国难以形成一个统一的国家，也不会有今天的样子。

中午12点左右，我们在经过层层检查后进入众议院的会议大厅。里面人不多，观众也寥寥无几，议员就美国国内交通问题进行辩论，大家依次发言，争论并不是太激烈。坐在我旁边的一位女士是工作人员，因为是刚刚工作，所以特意听听辩论。她说国会的辩论对公众是开放的，任何人都可以进来听，不用交钱，但是不准拍照或者录像。辩论太多了，有些议员对没有兴趣的话题干脆拒绝参加，在办公室里看看 C-SPAN 的现场直播，到投票的时间再穿过一个街区，到大厦来投票。我们离开的时候，看见一些议员急匆匆从马路对面赶来，史蒂夫说他们是来投票的。

史蒂夫所在的历史协会相当于国会的创收机构，给我们担任解说是收费的。这个协会也是通过“游说”成立的，得到了许多议员的支持。他们可以编写关于国会的书籍，如果国会翻修，旧砖、旧大理石他们享有独家收购权，年复一年，这些旧物品也就成了“稀世珍宝”。史蒂夫说国会下面只有他们一家机构，许多人想把他们弄掉，但一直没有成功。

访问国会前，知道自己是 VIP 游客，感到有些荣幸，可从头至尾根本没有发现哪些地方比别人获得优待了。唯一的区别是，我们的导游史蒂夫比别人年龄更长，更博学。

听美国人讲政治

9 月 25 日

美国人很讲政治的。朋友之间辩论讲，在公共场所说起来也是慷慨激昂。

在乔治·华盛顿大学，我们和主修政治学的几个本科生聊了一会儿。我们这些记者都被这些口若悬河的大学生吓了一跳。45 分钟的座谈，十几个人一共问了三个问题，如果美国国务院发言人也这么健谈，那该多好。

6 个参加座谈的学生有 4 个是共和党的支持者，2 个是民主党的支持者。支持民主党的凯西·杜顿是个 19 岁的女孩，上大学四年级，主修政治学，还兼修法语、俄语和政治传播。她的政治观念就是看电视形成的。她介绍说，她们获得新闻不是从 CNN 或者 ABC 等所谓的主流媒体，而是看 MTV 知道的。“我们喜欢看娱乐节目，好玩，也顺便看点新闻。”她说。凯西坚决反对布什，她说：“世界上有很多坏蛋，很多像萨达姆这样的独裁者，难道我们要一个个都清除掉？这样做太危险了。因为伊拉克有大规模杀伤性武器就发动战争也不对，我们有核武器，如果有人到白宫搜查，我们肯定不会同意的。”她向共和党的支持者提出挑战：你们觉得我们在帮助伊拉克人，以为别人会感谢我们，其实根本不是。

面对凯西连珠炮一样的发问，共和党支持者马克·哈里斯站起来予以还击，这位19岁的大学二年级学生说："我们国家处在十字路口，为了安全，我选择布什，在安全方面我不相信克里。现在困扰美国的问题就像是'第22条军规'：在国际上如果美国什么都不做，别人会生气；如果美国做一些事情，别人也会生气。"他的结论是，无论美国做什么，都会受批评，因为美国是超级大国。

学生们各有自己的看法，辩论极其激烈，而他们的老师相对来说更理性。外交和安全事务教授高登·亚当斯告诉我，他这学期开了一门新课，主要讲的问题就是"德国为什么恨我们"。

这几个人的思想大都受父母的影响，有的是在中学时期形成的独立的政治观点。19岁的尤金·库佐博说："政治观念的不同不影响我交朋友，我支持共和党，我有许多民主党的朋友，我们在一起经常辩论。我喜欢辩论，喜欢和他们在一起。"

在芝加哥，我参加了独立智库哈特蓝德研究所举办的晚宴，和一些与会嘉宾聊天。嘉宾们对自己的观点毫不隐瞒。来自芝加哥郊区的保罗说："你要采访我吗？我告诉你吧，我绝对支持布什，绝对不会投票支持民主党。"

晚宴进行期间，主办方请到《华尔街日报》的专栏作家约翰·方德，这位常常到CNN露面的名嘴兼名作家发表长篇演讲，非常幽默，台下的人不断叫好。这是大选期间研究机构组织的聚会，有将近700人参加，举办地点是芝加哥希尔顿饭店富丽堂皇的大宴会厅。哈特蓝德研究所是保守派，支持共和党，这也算是共和党一方的一个集会了。在芝加哥，在伊利诺伊州，在美国，大选之前会有多少集会？没有统计，也没有机会统计，研究所一位编辑说，数不清，这太常见了，这是我们生活的一部分。

听美国人讲历史

9月26日

记得有个笑话，大概是富兰克林做驻法国大使的时候发生的吧！法国人嘲笑美国没有历史，说"美国人不知道自己爷爷是谁"，富兰克林反唇相讥，说"法国人不知道自己爸爸是谁"。我们中国人也一直认为美国没有历史，无法和我们灿烂悠久的文明相媲美。不过，今天泛舟芝加哥河，听美国人讲历史，别有一番滋味在心头。

能抽空游览一下，实在难得，感谢美国人周末不喜欢加班的好习惯！这也可以解释美国人为什么不像其他国家那样，大选投票在星期天举行。因为在这个多民族国家，必须尊重各个民族的生活习惯，星期天举行投票，意味着和某些宗教的习惯有冲突。因此，美国人把总统选举日定在了11月第一个星期一后的第一个星期二，听起来有点拗口，可人家就是这么规定！那么为什么不选择星期一呢？这是因为1845年确定这个日子的时候，美国还是一个农业国，当天有人很难赶到投票点，又不能让人星期天就启程，于是就给大家预留了一天的“赶路时间”。

好了，既然休息，就少说点大选的事情，继续我们的游览。我们每个人花20美元，就开始巡航芝加哥河了。

我们乘坐的船是模仿20世纪20年代的游艇风格建造的，名字很酷，叫“第一夫人”，还有一条船叫“小妇人”，巡航的组织者是芝加哥建筑基金会，目的是向游客展示芝加哥的大好风光和历史悠久的建筑。船上的游客来自巴西、印度、韩国，再加上我们来自亚洲的这些记者，各色人等都有，只有一个小姑娘举手大喊“我是芝加哥人”。

两岸的建筑鳞次栉比，有19世纪的古典建筑，也有后现代风格的建筑，只有极少数玻璃幕墙建筑，导游说我们看到的丑陋的玻璃幕墙建筑遭到了各界的批评。我们出发的地点后面不远就是密歇根湖，芝加哥河河水本来是流入这个大湖，但美国人愣是把河水改变了流向，让它流向密西西比，以供那里灌溉和饮水。导游说工程的花费和修建巴拿马运河差不多。

当然，导游讲起每个建筑的历史时显得蛮兴奋，看得出来，他真的为这些建筑感到骄傲。但与华盛顿的古典相比，芝加哥这个“风城”也太现代了些，让人难以产生亲近感。好在多数建筑有些年头，在钢筋混凝土中间还略有一点古典主义色彩。其中受到政府保护的一座建筑是《芝加哥论坛报》的办公大楼，而《芝加哥太阳时报》的大楼相比来说就现代了许多。

在心底里，不承认芝加哥有多悠久的历史，这些最多建于19世纪的建筑也无法让人激动。可想想在北京乘游艇从玉渊潭到颐和园的风景，却有些惭愧，我们那一路除了一个古庙（记不清名字了）外，其他都是超现代的建筑。芝加哥，不管有多少年的历史，它都保存了下来，而且，如果不出什么意外，我相信它们也会继续保存下去。

我住的宾馆是希尔顿，位于市中心地区，窗外就是芝加哥最高的建筑西尔斯大厦，它以443米的高度直冲蓝天，两根白色的巨型天线格外显眼。可以想象，在北京的CBD地区，摩天大楼的密集程度和高度很快就可以和芝加哥一争高下，然而，如果我们带外国人参观，可以讲述什么历史呢？沿途这么多建筑，导游说只有一座是外国设计师设计的国际建筑，而我们又有多少建筑是自己的设计师设计的呢？我们的子孙又将怎样向人讲述历史呢？

没有历史，也就没有将来。

在美国看大选，越走越糊涂

9月27日

9月25日下午，我们告别大厦林立、气势恢宏的芝加哥，乘巴士赶赴底特律。

恰逢秋季，一路绿意尚浓，偶有一些叶子透着红色，显示着秋的信息。转眼一周过去，我默默总结这些天的收获，也思考下一步的工作重点。

当局者迷。真的置身其中后，发现要作出判断其实很难。关于大选，有人说得佛州者得天下，有人说三场电视辩论决定生死，有人说伊拉克局势会改变大选结果。都对，又都不对。美国大选不是单纯的总统选举，还有参议员、众议员的选举，各州政府、法院的选举，其实是民众对社会发展趋势的一个选择。每一个细节都可能影响大选，而每一个细节又都不是决定因素。因此，每一个人的投票都可能改变结果，这也就是双方都动员一切力量进行宣传、鼓励大家投自己一票的原因。

2000年大选，布什的得票不如克里多，但由于选举人票多，还是赢得了大选。选举人票是怎么回事呢？我们活动的组织者乔·布克宾得在路上详细进行了讲解。然而，这位被称为“记忆先生”的绅士总是在大讲一通背景后，忘了回答我们的问题，让我们不得不一再提醒。如他自己所说，被叫做“记忆先生”是因为总是找不到路，所以忘了问题倒不是什么新鲜事儿。不过，他的讲解的确精彩，6个小时的路程走了不到1/3，我们就对许多不解的问题明明白白了。

明白了选举的种种细节，和民主党、共和党的各阶层人士接触后，反而更糊涂了：千万别因为我采访了大选就问我谁能赢。迄今为止，我的答案除了不知道，还是不知道。

顺便说一下，乔·布克宾得的中文名字叫周书龙，我们有时讲几句中文，让其他人听来听去不晓得我们在说什么。

刚才说过，选举人票的多少决定大选的成败。每个州都有一定数量的选举人，比如说加州 55 个，纽约州 31 个。选举人的数量是根据国会议员的人数确定的。每个州的选举人数量，等于该州在国会的参议员和众议员的总数。华盛顿哥伦比亚特区没有参议员，只有一个众议员，但鉴于特区的人口情况，它得到了 3 张选举人票。目前，美国一共有 538 张选举人票，如果两个人竞选，赢得 270 张就可以了。但是不一定要赢得多数，根据规定，赢得选举人票最多的人获胜。

那么，参议员和众议员的数量是怎么产生的呢？参议员代表的是各州的利益，平均分配，每个州两名，美国 50 个州，因而有 100 个参议员；众议员是按照人口数量确定的，平均每 66 万人口有一个众议员，全国有 435 名众议员。美国的立国者们推出这样的架构，是为了维护平衡。当然，这种架构也是经过各州的激烈争吵形成的。这样，人口多的州选举人票多，随着人口的流动，根据人口普查的结果，众议员的席位发生变化，选举人票的数量也相应变化。

介绍到这里，周书龙先生歇了一会儿。他说为了安排我们的行程，头发都掉了许多，我们除了说谢谢还有什么选择呢？他笑着说这叫抛出香饵钓表扬（Fish For Praise）。

还有一点需要注意的是，周书龙告诉我们，美国大选是以州为基础，赢者通吃。比如说，佛罗里达有 27 张选举人票，在大选中，得普选票总数第一的人就会赢得这 27 张选票的全部，比对手多一张选票和多 100 万张选票没有任何区别。在这种情况下，候选人在有把握的州不肯花钱费力，而是在一些摇摆不定的州下力气，于是出现了“摇摆州”（Swing state）这个名词，还有人叫“战场”（Battle state）。因为 2000 年佛罗里达的选战风波，人人都知道那是一个关键地区，甚至有了“得佛州者得天下”的言论。除了佛罗里达，还有宾夕法尼亚、俄亥俄、明尼苏达等地方在摇摆，我们即将访问的密歇根也是摇摆不定的州。

周书龙告诉我们，密苏里州其实很重要，该州是大选结果指南，历史上看，谁赢了这个州，谁就能赢得大选。是真的如此，还是封建迷信思想？天知道！

大选结束后一个月左右，选举人就聚集在一起，正式投票选举总统。有人问，这些人是怎么产生的？如果这些人改变主意怎么办？从历史上看，曾经有人改变主意，但没有改变结果。一般说来，选举人是由候选人任命的，是自己的家庭成员，或者是自己的铁杆兄弟。他们聚集在一起投票只不过是一个仪式而已。他们去投票，然后回家，就像旅行一样，只不过机票、住宿、吃饭不用自己掏钱而已。

说到这里，有点离题太远了。我想说的是，美国的政治机制就是一个可以自我平衡、调整的体系，不是人多说了算，也不是州大有决定权，而是在一个有效的框架内调整。布什的对外政策和经济政策遭到批评，很多人不满意，但到目前为止仍在可接受的范围内，能调整最好，但也没到非要立即调整的地步，布什的保守主义政策还有一定市场。但是，如果未来4年经济继续恶化，反恐不见起色，单边主义继续招致盟友反对，调整真的会不可避免地到来。

4年，在历史的长河中只是一瞬，选举争夺的也只是一时，谁胜谁负不是最重要的，最重要的是通过选举，通过调整，这个国家可以走一条略有蜿蜒但伸向前方的路。

落寞底特律

9月29日

非常非常不喜欢底特律，因为它的市区太破败了；看了郊区的奢华后，更加不喜欢这个贫富如此悬殊的地方。

这里是福特、通用、克莱斯勒三大汽车厂商的根据地，或许是因为汽车太多的缘故吧，这个城市的公共交通差得出奇，几乎可以说没有。有一条高架轻轨从我们住的宾馆旁边经过，可惜只是单行线，不是往返。据说很少有人乘坐。更可怕的是，底特律被称为“谋杀之都”，害得我们晚上都不敢出去溜达一下。

这里曾经异常繁华，可如今却是人去楼空的情形。在市区，好多建筑物无人居住，大门紧闭，街道上行人很少。只是每到棒球比赛或者篮球比赛时，才有一点城市的迹象。底特律曾经一度有1700万人，而今市区只有不到100万人，就连图书馆也因为预算不够关门歇业了。

与此形成鲜明对比的是郊区的富足。我到一个叫格罗斯地带的富人社区做客，感觉和市区是两个世界。典型的美国式木头住宅，两边树木环绕，草坪修剪得整整齐齐，对面是圣克莱尔湖，湖对面就是加拿大。夜幕降临，月亮徐徐升起，一幅迷人画面。主人说，这栋房子花了100万美元。再往远处走，福特家族的住宅每栋至少价值400万美元。

底特律失业率高达6.7%，而且谋杀不断，居民牢骚满腹。失业，是因为汽车厂商把工厂转移到其他地方，这里缺乏工作机会；谋杀，大都是和毒品有关，因为对岸就是加拿大，贩毒集团活动特别猖獗。就在我做客的“格罗斯地带”，前不久就抓住一个意大利黑手党的头儿，名叫帕克罗尼。我的司机在经过帕克罗尼家门口时还特意停下来，让我欣赏了一下。他说帕克罗尼家有地道，可以通到他的同伙家里。

面对颓势，底特律在努力。它的女市长特别能干，受到许多人的尊重。为了振兴城市，通用集团准备投资5亿美元对沿岸地区予以整修，市政当局也打算让底特律更加国际化，其中的一项活动就是每年一度的车展。另外，他们还在体育比赛上下工夫，欧美高尔夫锦标赛就在这个城市举行。

在这个非洲裔人占84%的城市，本次总统大选共和党几乎没有什么获胜的希望，但他们也没有轻言放弃，在准备着一场没有希望的战斗。

“我见到了爱德华兹”

9月30日

在美国，想见高级官员不太难，尤其是在大选期间。当地时间9月26日，在底特律郊区的教堂，我领略了民主党副总统候选人爱德华兹的风采。

9月25日，乘坐巴士经过6个小时的旅程赶到底特律后，已是人困马乏，入住酒店、办完手续已是11点。星期天大家都休息，自己也想放松一下。12点，在临睡前习惯性地打开电脑，上网浏览新闻，无意中发现民主党副总统候选人约翰·爱德华兹要到底特律的一座教堂发表演讲的消息，一下子兴奋起来，睡意全无。查具体地点，找地图，一通忙活。

演讲时间是10点30分，为了尽快抢占"有利地势"，我9点准备打车出发，以防堵车误事，没想到，作为汽车城的底特律星期天交通状况良好，仅用15分钟就到达目的地，大大出乎预料。唯一不爽的是路面有些颠簸，路边草坪有些乱，偶尔有纸屑飞出，和其他城市干干净净的情形大不相同。

教堂坐落在穆斯林社区，在高速公路边上，名字叫新圣保罗礼拜堂。一进门，立即有负责登记注册的人热情地迎上前来，请我们写下名字和地址，没有安全检查，也不用出示护照或者驾驶证，一位黑人服务人员说："哈，你来得早，可以往前面座。"当我说明是来采访的记者时，她更加热情了，笑着说："记者？我们有专门的记者席，在二楼。"

二楼的记者席人不多，在签到簿上写下自己的名字后，工作人员递上本次采访的记者证，这时候，一位膀大腰圆的保安过来，叫我拿出相机、录音笔，翻过来掉过去看了又看，说了声OK，算是通过了安检。

9点40分，十几个小孩子开始学习《圣经》，很认真地读，稚嫩的童声整齐地在教堂回响，他们背诵着上帝造人的故事，背诵着诺亚方舟和亚当夏娃。

10点，孩子放学，20多名基督徒，多数是黑人走上讲台，在一名修女的带领下高声歌唱上帝的仁慈，每个人都很认真。我是个无神论者，趁这个机会溜下楼，找到了爱德华兹的新闻官，请求进行采访，哪怕是问一个问题也好。这位新闻官也是黑人，当他得知我来自中国时很是兴奋，大声夸奖中国经济的快速增长，但说到采访还是不肯放行，在我的软磨硬泡下，他终于答应给我通报一下，"我报告一下，但我现在就可以告诉你，爱德华兹没有时间。"略带失望回到二楼，遇见当地媒体的一个记者，他说这种情况下他们也没有专访的机会，总统候选人太忙了。

10点30分，掌声响起，爱德华兹准时出现在教堂。坐在台上左侧的一把椅子上，后面是一些穿白衣的基督徒。主持人开始介绍民主党的竞选方案，大屏幕上出现了爱德华兹的照片。这位主持人说，克林顿总统在1992年大选投票前10天到过这个教堂。

我拍了几张照片后，感到不过瘾，跑下楼，在教堂左前方给爱德华兹来了几张特写。

掌声不断，口哨声不绝于耳。“美国政府不能仅仅是一部分有钱人的代表，它应该代表普通人民。”爱德华兹的演讲一开始就赢得大家的高声喝彩。他没有过多讲具体的政策，而是勾画着一个民主党执政后大家有好工作、有医疗保险的美好图景。

虽然掌声不断，但我前面的一个孩子还是躺在妈妈怀里睡着了，我后面的两个小女孩也在一起叽叽喳喳地说着什么。我站在爱德华兹演讲台的正对面，拍照，往前走；拍照，往前走；在距离 5 米时，被人拉了一下，一个保安过来说，你只能在后面拍照，无奈只好退下。后来在教堂门口这名保安还专门就此道歉，说这是他的工作，不得不这样。

演讲时间不长，在爱德华兹挥手告别之际，我和一群当地记者不约而同地冲出教堂，奔向后门，准备把他堵在门口。后门两侧停着四五辆车，其中一辆大型客车上面写着“旅行媒体”，许多记者扛着摄像机，陆续上车。一个 30 多岁的安保人员告诉我，这些记者专门跟着爱德华兹南征北战，别看今天的听众只有 100 多人，当天的电视台就会播放，明天的报纸也都会刊登爱德华兹演讲的消息。他来这里，不在于他说什么，而在于他来了，表明了他对密歇根州的重视，对底特律市非洲裔美国人的重视，对基督徒的重视。

一分钟，两分钟，五分钟过去了，还是不见一个人影，问保安，他神情古怪地摇了摇头，表示不知道，还不断提醒记者不要太靠近门。又是五分钟过去，还是不见人影，这时候大家都明白爱德华兹肯定是另有秘密通道，于是纷纷离开。

在教堂门口，碰到一个卖大选纪念章的小贩。他的一枚纪念章上写着：“儿子随老子，只有一任就下台”，意思是说布什和他的父亲一样，不会连任成功，而爱德华兹和克里所做的，正是让布什下台，自己取而代之，能否遂愿，要在一个月后才有答案。

直击美国总统大选电视辩论

10 月 1 日

美国西部时间 9 月 30 日晚上 6 点，美国总统候选人布什和克里的电视辩论开始，在西雅图的一家酒吧，记者和当地人一道，从头至尾观看了 90 分钟的辩论。

辩论的主持人是美国公共电视台资深记者，他第一个问题抛给了克里：你认为你会比布什总统做得更好，让美国更安全吗？克里毫不犹豫地回答是。他说自己知道如何领导联盟，有更好的国内安全计划，有更好的伊拉克计划，可以更好地和穆斯林接触。而布什则还击说，他将继续寻求自由，遏制大规模杀伤性武器的扩散。

被问及“9·11”恐怖袭击时，布什认为自己作了强硬的决定。“我有计划，我们有击败敌人、保护后代的责任。我们保持强硬，我们会赢。”布什说。而克里则认为，打击恐怖分子，应该去打本·拉登，而不是伊拉克，打击伊拉克的理由不成立。“判断是很重要的，美国需要一个会判断的总统。”他说。克里还反对抛开联合国对伊拉克动武。他说：“战争是最后的手段，但布什没有寻求一切其他可能的手段。”

毫无疑问，伊拉克问题处于辩论的中心。在伊拉克问题上，布什坚持认为一个自由的伊拉克对美国的安全至关重要。克里则认为应该寻求盟友的帮助。克里受到的指责是不断改变立场，但他就此作出了解释：“我在谈论战争时犯了错误，但布什在入侵伊拉克这件事上犯了错误。”

由于朝鲜几天前宣布已经拥有核武器，朝鲜问题也成了辩论的话题。克里认为美国应该和朝鲜举行双边谈判，而不是多边会谈。布什则坚持六方会谈的正确，并特别指出中国的帮助。但朝鲜拥有核武器显然对布什不利，克里说：“克林顿执政时期美国和朝鲜接触，但后来布什改变了政策。朝鲜拥有核武器，可是在布什总统的监视下实现的！”

辩论时，克里显得胸有成竹，说话底气足，逻辑清楚，而布什总是习惯性地说话前先叹一口气，犯的错误不多，但还是不小心把本·拉登和萨达姆弄混了，好在马上改正了。不过，他显得有些啰唆，仅仅“错误时间、错误地点、错误战争”这句话就说了不下 5 遍，而且总是在处于被动的时候批评克里“总是不断改变立场”。

辩论对于时间，内容，双方可以做什么、不可以做什么有明确的规定，两个人也没什么犯规之举。布什在回答问题时还没忘记恭维对方：“克里为国家服务多年，他还是一个好父亲。”评价自己时，布什说“我知道这个世界是个什么样子”。

辩论中间，两人提到的国家分别是伊拉克、阿富汗、朝鲜、伊朗、叙利亚、俄罗斯，在讲朝鲜问题时提到了中国，布什赞赏中国在朝鲜问题方面的努力。

辩论过程中，尤其是布什犯错误的时候，酒吧笑声一片。两人有精彩话语时，不时有人拍手，但整体比较安静，和美国平时看球时的兴奋全然不同。当天上午采访华盛顿州民主党竞选委员会的负责人时，他说这一天和平时没有什么两样，在西雅图，基本上没有公共的广场供大家看辩论，人们大都在自己的家里看。

辩论结束后，我立即在酒吧进行了采访。

两个中年妇女桌上的饭吃完了，正在一起聊天。对记者关于电视辩论的问题他们没有任何答案，因为她们只顾聊天了，根本没看；旁边桌上的一名叫杰夫的男子说克里做得太好了，被问及是不是因此改变印象时，他说：“不会，因为我本来就是民主党的支持者。”

克里斯蒂小姐是个电工，她倒是在酒吧从头至尾仔细看了，她还没有作出决定选谁，也不会因为这次辩论作出决定。“外交政策和我没什么关系。我要看下一次的国内政策辩论才能决定。”她也注意到了布什的口误，但她不在意：“你知道，克里曾经是个律师，政客，善于演讲。布什犯错误，没关系。公共场所演说，谁都会犯错误。”

欧洲和谐社会是如何建成的

1 中国官员出国考察现场实录

明明没接到邀请，却通过旅行社购买国外单位邀请函达到公费出国旅游的目的，名曰“到某国进行考察学习”，却把“考察”和“学习”地点改到各大风景度假区……这些公款出国旅游的不良现象有望2010年在安徽省得到遏制。据安徽媒体报道，安徽省委、省政府出台重要通知，从出国审批、经费来源、中介市场、监督检查等多个环节，对公款出国（境）旅游行为进行严防死堵。

看到这则新闻，想起当年在德国的一段经历，那时，新疆的一个代表团访问柏林夏洛登堡—威顿多夫区，我有幸在现场得以目睹，见识了他们的官本位思维。当然，这样的考察，至少比拿着纳税人的钱纯旅游，还要高那么一点点。

会见定于下午1点开始，地点是区政府办公大楼，我12点50分抵达大楼后长驱直入，没有盘问，也不需要登记，只是在一楼大厅的左边有一个问讯处，一位老太太和善地告诉我应该怎么走。二楼会场外空无一人，恰遇一位中年女士抱着厚厚的一摞资料出门，令我惊奇的是，她张口就是一句你好。接下来交换名片，赫然发现她就是这个区的区长兼财政、建筑和文化部长莫妮卡·西曼。该区地位相当于北京的西城区。也就是说，我没有出示任何证件、没有进行任何登记就见到了一位“局级干部”。

几分钟后，负责经济和社会事务的部长本哈德·斯克罗斯基和负责媒体事务的新闻官都出现了，此时是12点58分，德国人的守时果然名不虚传。感谢上帝，中国考察团的官员迟到了，使得我有机会和这几位官员多聊几句，可惜，他们和我聊天时不断地看表，显得很焦急。

该区30.9万人口，区一级的官员一共6位，由区议会选举产生。区议会共有55名议员，均由选举产生，他们都有自己的本职工作，算是兼职做议员，做议员的收入只是从政府领取数量不等的津贴。区级官员的任免来自选民选出的议会，和上级政府没有隶属关系。也就是说，柏林市长或者德国总理想指手画脚，区官员即使不理会他那一套，也不存在被撤职查办的危险。

1点15分，十几位来自中国新疆的官员终于到场，或许是语言不通的缘故吧，没有人为迟到而道歉。会见立即开始。一番基本情况讲解后，区长莫妮卡·西曼公务在身告辞而去，中国客人向斯克罗斯基先生抛出了自己的问题。

一位官员自称主管财政多年，他关心的是区的财政状况。主人介绍说，区财政由市里说了算，平均每年拨款3.6亿欧元，最近由于经济不景气，拨款逐年递减，区工作人员也由3000人减少到2500人。会后我向斯克罗斯基先生确认后得知，这个数字包括所有人，甚至看门人、清洁工也包括了，也就是说，平均每300人养活一个政府工作人员。另外，区政府也收取摊位费、停车违章费等，每年入账约1000万欧元左右。

本来这个问题答案已经很清楚了，可这位主管财政多年的官员依然穷追不舍，他在那里念念有词地说，3亿多，2500人，平均每个人每年5万，不太够吧（如果区财政预算平均到每个工作人员头上是10万欧元）？他们这也算是吃饭财政啊！然后他催促翻译说："你问问他，政府还有什么其他经费来源，靠什么创收？"

政府创收，这也算是中国特色思维吧。翻译无奈之下的发问让主人没办法解释。每年3亿多，除了养活工作人员，修建学校、建设维护文化设施、修建道路，所有公共事务的支出都来自这些钱。他们无法理解的是，来自一个发展中国家落后地区的官员还认为这些钱远远不够，竟然认为政府应该努力创收，这事儿，打死他们也不敢干。

然而，在中国情况不同，交警有罚款指标，政府部门各有小金库，在贪污和清白之间有广阔的灰色地带，主宰这个灰色地带的是一套大家熟悉的潜规则。久而久之，不正常现象成了正常，政府没有创收渠道倒成了咄咄怪事。有此背景，才有此官员一问。

让我惊愕、也让德国人惊愕的是第二个问题。

问题出自一个年轻企业家，他问题的第一部分显得很专业，博得几位领导的赞许——区政府如何和企业联系，怎样帮助它们成长？主人回答说，他们尽力给企业提供信息，企业有需要的时候他们提供帮助。比如说，该区有一条著名的商业街，圣诞节前购物高峰来临时，区政府组织商户在大街上挂满彩灯以吸引游客，一般来说店家均摊这笔费用，但是最近几年经济不景气，店家掏不出这么多钱，政府就和店家协商，政府出一部分钱，商家出一部分钱，共同制作彩灯，吸引顾客。

此刻，年轻企业家的第二部分问题来了，这也是本次会见最经典的一个问题：政府为什么这么做？这位企业家还补充说，国家和市政府收税，商铺发达了你们的收入也不会增加，这样做对你们有什么好处？

这个问题同样博得领导的赞许，这个问题背后的逻辑和政府创收息息相关。对我们的某些官员来说，没有花纳税人钱的概念，政府的钱是公款，理所应当，而公款不够怎么办，要创收，要挣钱；至于帮助企业，那就要考虑考虑了，没实惠，为什么去做？

此时，场面有些混乱，有人睡觉，有人激烈地讨论，讨论几乎淹没了主人的声音。主人解释说，国家的税收来自商业，它们不景气，国家财政预算不足，我们相应也会预算不足……

"那么说，你们促进企业发展有间接的利益，没有直接的利益？"这位年轻企业家很执著。没等主人回答，那位主管财政的领导大手一挥说，"不用再问了，他们这叫凭良心办事"。

凭良心办事属于道德范畴，我不同意这位官员的论断。政府是纳税人的钱养活的，理应为纳税人服务，这在德国是公理，无须证明。而他们的所作所为也受着人民的监督：是人民选出的区议会，而不是上级政府决定他们的任免。

从这次考察的名单来看，也可以理解年轻企业家的问题。名单包括许多企业的负责人和政府工作人员，他们迟到的原因也是上午逛街时间过长。这种构架的出国考察属于"常态"，谁来买单是很明显的事情，大家都明白。这样的考察对这些官员有好处，可以借考察之机游山玩水，自然愿意做，自然也愿意以这样的方式和企业联系。

现场还有人问区里年度经济增长指标是多少？这个问题对德国人来说同样不适合，作为市场经济国家，政府只能用经济手段来调节经济，而不能依靠行政命令下达增长指标，在中国推行市场经济十几年后，这应该是一个常识，一个主管经济、财政的官员不应该不清楚这些。

好在这位官员熟悉中国的情况，解释说两国制度不同。然后他总结说，感谢各位来考察，从各位的问题中我也理解了你们的思维方式。的确，一个人提出的问题，足以反映他的水平和思维方式，但愿这几位在考察后能真的有所收获。

2 我所认识的德国市长和将军

碰到过这样的场景吗？一群游客在一位退休将军的带领下，在某旅游城市的繁华街区参观，街角忽然转出一个衣着普通的人，笑着自我介绍说："我是这个城市的市长。"

这不是杜撰，而是我在德国开会时的亲身经历。

2007年9月8日，我到德国波恩市参加一个国际会议，会址坐落在风景秀美的莱茵河畔。一天半的会议结束后，一位满头银发的老先生笑着走过来自我介绍说，他是我们的导游，要带我们在波恩逛逛。

经这位鹤发童颜的老先生讲解，我们才知道我们开会的房子原来是前联邦德国总统的住所，我们开会的小屋子，曾接待过各国元首。"二战"后，德国匆匆定都于原本不起眼的小城波恩，政府花钱从一位富商手中买下了这所房子。1998年德国迁都后，这座房子成了波恩市的财产，时常用做会议场所。

老先生瘦瘦高高的，带着我们围着院子绕来绕去，讲解着发生在这里的一个个故事和传闻。然后，就在好多人都累得弯下腰之后，他硬是带着我们走了4站，穿过绿意盎然的大学区，到了市中心的商业区。

在商业区的中心广场，老先生停下来，指着四周的建筑眉飞色舞地讲解着，周围的小商小贩也许是看惯了这样的场景，对我们这群肤色各异的外国人"不屑一顾"。就在一位来自非洲的听众正要举手提问时，一位穿着德国巴伐利亚风格服饰的中年男子走了过来，和老先生亲切地握手。

老先生笑着告诉我们，这位衣着怪异的先生就是波恩市市长。在场的中国人你看看我、我看看你，都有些发愣。我连忙向四周观望，发现没有跟班，也没有警卫，更没有闪着警灯的警车。我有些怀疑，要派头没派头，要排场没排场，难道这就是一个拥有30万人口的、曾作为首都的城市的市长？

是，他是市长，毫无疑问。我们被请进市政大厅，市长发表了一个简单的演说。他说，迁都后，波恩市遇到了转型的困难，如今，这座城市已经发展成了国际化的都市，每4对新婚夫妇，就有一个是跨国婚姻。

有趣的是，这位市长演讲的材料不是打印整齐的发言稿，而是几页凌乱的纸。讲话时，他站着，我们大伙儿也站着。十几分钟后讲话结束，服务生端上饮料，宾主开始随意地攀谈起来。我问市长，你一个人上街，街头的小贩们认识你吗？这位市长笑了笑说，应该认识吧，他们选的我啊！

我又找到导游先生聊天儿，惊奇地得知，他以前在德国军队服役。"你退休前是什么军衔？"我问。老先生回答说："将军。""德国军队有多少将军？""具体不清楚，大约是200多个。"老先生回答说。

退休的将军当导游，在任的市长一个人上街，我们这群来自世界各地的记者也算是享受了一次贵宾待遇。一位同伴小声嘀咕道："真有面子，这放在国内，可是部级官员啊！"

其实，这样的官员在西方并不罕见。我的一位同学在瑞士伯尔尼留学时，曾经在公共汽车上碰到过市长；纽约市长朱利安尼坚持乘坐地铁上班也是尽人皆知的事情。西方的官员随时要面对议会的质询，随时要接受媒体的监督，也随时都要争取百姓的支持。即便是一百个不情愿，也要摆出一副"为人民服务"的模样。

市长敢一个人上街，将军退休后当导游，德国的总理出门访问也让我们吃惊。2007年8月底，德国总理默克尔访华，创造了外事新闻的一个特例。有些新闻报道把中德关系放在一边，浓墨重彩地报道了她的衣食住行，比如说为了节省纳税人的钱没住总统套房，比如说吃饭时一块面包掉到地上也捡起来吃掉。我把中国人的感慨告诉德国朋友时，意外地听到了反对声音——面包掉在地上，不应该捡起来，有损形象。

当然，他的话不能代表德国人的意见，更重要的是，他不知道中国人到底为什么感慨万千。

3 德国动车和地铁里的安全与尊严

在德国境内旅行，对于我们这些没车的外来人口来说最好的交通工具便是火车。德国的子弹头列车，和中国的动车长得很像，当然，他们拥有这个东西已有多年，肯定不是抄袭中国的。和中国的动车一样，每节车厢的门口上方都会显示速度，我从柏林到汉堡旅行，多数路段显示是时速200公里左右，比较平稳，火车上也很安静，很多人捧着书看，即便说话也轻声细语，唯恐打扰了别人。

准时是德国火车的一大特点。我在德国旅行没有碰到过晚点，即便是公共汽车站的站牌，也标着几点几分到哪个站点。老式的车站里，就连大屏幕都还不是电子显示屏，依旧是老掉牙的翻页式显示，一翻就噼里啪啦作响，但精确度分毫不差。每个火车站，都会在明显地方有表，而且不会出现哪个表停下不走的现象。

欧洲有些国家的人爱罢工，比如说法国和意大利。有一次我从维也纳乘车回柏林，本来晚上11点发车，可11点40了，还没有发车的迹象。我们跑下火车，问工作人员到底怎么回事儿，工作人员轻描淡写地说，工人罢工啦，你们就等着吧。后来12点多，火车出发，不知哪位大侠搞定了这些罢工的工人。

我问柏林的朋友，德国的铁路工人怎么不像奥地利人那样。朋友告诉我，德国人敬业，即使罢工，也是在下班后搞个集会，表明自己的态度，工作时间都要坚持工作。也就是说，德国人罢工要下班后搞，你说，这是傻呢，还是聪明呢?

德国的火车是开放式的，买了票进站上车，一路畅通无阻。多数时候车上有人检票，也有时候没人检票，更没有防止有人不买票进站的层层铁栅栏。德国的地铁更是特别开放，比如说，在柏林，进站口两台检票机，你在上面一打，就算检票了，两个小时内，随便乘车；超过两个小时，就需要再买一张。如果花上 40 欧元买张月票，就可以一个月内畅通无阻，随便乘车。

这里面，有着对人的基本信任和尊重，政府或铁路部门不像防贼一样防着乘客，而乘客也不会为了那点车票钱撕毁这种信任。这种状态，让地铁里成了无人值班区，有个司机开车，然后就万事大吉，极大地降低了社会成本。

当然，也不是没有人管，偶尔地铁里也有人查票。我碰到过两次，但没见到过因为不买票挨罚的人。我自己，也着实地倡导了做老实人的好处。那年在柏林，我 7 月 1 日回国，月票 6 月 30 日失效。7 月 1 日那天，拉着行李箱乘地铁往机场赶，老老实实买票入场，果然碰到查票的人。我在想，假如贪便宜，因为一个月没有人查票而这一天逃票入场被抓，该是多么丢人的事情？

回头想来，这种信任是政府、服务机构和人民共同构建的，哪一方不遵守契约，也无法形成高度信任的社会。

还有一点，德国的火车和地铁是高度连通的，坐火车到站台，有时候无须走一步，就可以换乘地铁或城市轻轨，不像北京的地铁一样，换乘一次能把大活人累得半死。这，就是人性化；这，就是对乘客的尊重。

当然，德国的火车不是完美的，1998 年德国高速列车撞上陆桥，导致 101 人死亡。但德国彻查事故，避免了以后类似事故的发生。再有就是德国的列车也会晚点。我们在柏林开会，从汉堡赶来的同事迟到，大家特别惊讶，这位同事说，火车在半路上耽搁了 40 分钟，因为有人卧轨自杀。大家都揪心地问人怎么样了，她说幸好刹车及时，人没事。对于一个占地面积那么小的人，列车员都可以得到信息及时刹车，而我们连那么大的火车都看不到，这，就是差距。

4 世博会上感受中德差距

走进德国制造区域，扑面而来的是精致的创意，每一个细节都是精心设计。它不是简单地用大屏幕给人以震撼，不是把展台分给几个公司各行其是，也不是靠文物古迹吸引观众眼球，而是靠设计来打动人。

对，就是这个味儿，这就是世博会的味道！从德国馆走出，我产生了参观世博会以来从未有过的兴奋。

没有理由不兴奋。一进德国馆，踏上自动步梯，进入隧道，开始浪漫而神秘的德国馆之旅。光与影相互交融，形成一种美妙的体验。

是的，这是一个充满创意的空间。在高至屋顶的大架上，陈列着众多来自德国的日常生活用品和与众不同的发明、设计作品。大厅的一切都处于运动中，传输带在半空穿梭往来，满载着 90 多件展品，LED 灯、独特的带闹钟半导体、玩具拖拉机、自行车安全帽，还有德国的混凝土产品……

最后，便是德国馆“镇馆之宝”——动力之源。这其实是一颗重达 1.23 吨、直径 3 米、装有 40 万根发光二极管的金属圆球。球内装有感应装置，随着参观者的掌声和呼喊声摆动、旋转。和身边的参观者一道，我也放开嗓子喊叫，喊声推动它旋转，可谓球随心动，科技的魅力尽在其中。这，才是世博会的真正意义之所在。

离开德国馆，利用最后一段时间，我跑到最佳城市实践区。一眼看到创意大厨房，心中一喜，想看看国人的创意能否和德国人一较高下，问过工作人员后大失所望，无他，那只是一个餐馆而已。当然，在厨房技艺方面，中国人远胜于德国，那个放味精都要用天平的国度，不是盛产厨师的地方。

创意大厨房旁边是一座电厂改造而成的城市未来馆，满怀期待地进入，很快满怀失望地走出。这里哪里是对未来的想象，分明是对当下的复制粘贴。在城市地球馆、城市人文馆参观时，满眼望去也都是对现实的描述，只是借助了现代化的声光电等手段而已，缺乏让人眼前一亮的创意。可以说，中国建设的展馆在技术、工艺、数据方面占据先机，在建筑的宏大方面当仁不让，但缺乏灵魂深处激发的创意，缺乏真正用创意打动人心之处。

这是因为，德国早已经进入"德国创造"的年代，而中国却还在"中国制造"上徘徊。这就是差距。一字之别，百年差距，从制造到创造，注定是一条漫长而艰辛的道路。制造，买来设备、图纸，把工人安置在流水线前即可，而创造则需要一系列的准备，绝不是仅仅靠喊口号和政策鼓励就可以做到。

要做到"中国创造"，需要有创造力的中国人，可我们当下的教育还是应试教育，从孩提时代起就扼杀着创造力，能过五关斩六将考上大学且保留自身原始的创造力者，少之又少。要做到"中国创造"，需要尊重有创造力的人才。在德国，对教授的崇拜发自内心，无论你是多么邋遢的老头，递上印有教授头衔的名片，马上便赢得尊重；在德国，技术熟练的老技工的收入，比大报记者、白领职员的收入要高，没有"劳心者治人，劳力者治于人"的现象。我曾经在博世的工厂了解他们的设计流程，高校毕业的技术员和工人一道进行研究，互补短长，工人的意见得到切实的尊重。

对知识的尊重，对劳动的尊重，对创造力的尊重，乃是创造之源。在中国目前还做不到这一点，不得不承认，我们的社会风气不乏对权力的膜拜和对财富的贪婪，"学好数理化，不如有个好爸爸"，对权力和资本的追求，远远超过对知识和劳动的认可与尊重。加之急功近利之风盛行，拼拼凑凑、抄袭仿造之风盛行，全方位扼杀着本来就匮乏的创造力。

诚然，中国的国内生产总值超过了德国，中国的出口超过了德国，雄踞世界第一，但大家必须明白，廉价的呜呜祖拉和汽车的核心技术根本不是一个档次，中国和德国之间从制造到创造的差距，还需要全方位的努力和上百年的坚持。

5 法国科技比中国强在哪里

2005年，在法国驻华使馆的安排下，我用了10天的时间参观法国的高科技竞争园区。一路走下来，我不但没有发现多少令人震撼之处，而且还曾一度有些失望地想：法国高科技也不过如此。

不过，最令人感到自豪的一个细节是，我在萨瓦省以新能源为主的科技园区访问时，主人安排了当地的一家太阳能设备批发商和一家太阳能设备的零售商。这两位热情地介绍了他们对设备质量的控制和营销的先进手段。当展示进入技术阶段时，批发商帕斯卡尔·塞万提斯先生说，他批发的设备来自中国，是来自无锡的尚德太阳能电池板。

为了进一步弄清原委，我和他聊起他对中国产品的看法。塞万提斯先生说，这是中国人独立设计、制造的太阳能设备，质量好，价格低。这时候，我对法国的高科技产生了一点轻视：新能源基地卖的竟然是中国产品，难怪法国人在科技领域投巨资呢，看来的确是落后了。

法国科技到底多强？世界排名第几？我带着这个简单的问题到处问。在法国生活了20多年的华裔教授冯钢告诉我，法国在核电、火箭制造、航空、医药卫生、高速铁路方面世界领先，除了这几项拳头产品，其他一般。这位老先生还说，法国人现在谈中国色变，很是担心自己的未来。

听了这话，我产生一丝自豪之情。不过，随后两个人的话又让我改变了原有的看法。

一位是在法国教书多年的萨瓦大学教授罗灵爱女士。为了说明法国财务监管的严格，她讲述了一个自己亲身经历的事情：她的一位朋友应邀访问法国，在宾馆垫付了一夜的住宿费。恰好她要到中国出差，就提出给朋友捎去这笔应由法方花费的钱，但遭到拒绝。有关方面表示，钱必须直接汇给本人，而且要汇到家庭住址，不得由其他人代领。

她的话和从里昂到萨瓦的访问都让我了解到，法国科技的投入很纯，科研的钱就是用于科研，谁要是想拿来买车买房几乎不太可能。可以说，他们的科技投资含金量是很高的，这和中国国内有了投资先盖楼买车形成鲜明的对比。

另外一位，是巴黎第十一大学前校长格扎维埃·夏皮萨先生。他告诉我，法国在数学领域具有深厚的根基，仅次于美国居世界第二。著名的菲尔兹奖获得者中，法国数学家占了总共 44 人中的 11 人。但让我吃惊的不是这些，而是夏皮萨当校长时干的事情。当时，一位普通老师找到他，说准备攻克一道数学界的难关，暂时放弃教学。夏皮萨先生立即同意，于是这位老师 7 年没有给学生上课，潜心研究，最终大功告成，获得了 2006 年度的菲尔兹奖。这位老师叫维纳，2010 年只有 36 岁。

为什么慨然应允一位普通老师的近乎无理的要求？回答这个问题时夏皮萨先生显得很平静，他说，作为一名科学家，他知道科学需要全身心的投入，不能耽搁，于是很自然他就答应了。他补充说，大学校长必须是教授，不一定是专业管理人员。

罗灵爱教授让我明白法国科研的钱用在了刀刃上，夏皮萨教授让我明白科研人员可以发挥百分之百的能力，专心搞科研。有了这两点，有着良好基础的法国科技不会落下，我的骄傲是“夜郎自大”了。如法国使馆一位外交官所说，法国人的担忧是在高水平上的忧虑和不安。实际上，我们是在后面追，前面的人底子好，机制好，我们要想赶上，需要付出数倍的努力。法国科学技术到底哪里比中国强，这不是最重要的，最重要的是为什么比中国强。

6 享受高福利的瑞典人担心什么

在瑞典，自杀不是什么新鲜事儿。

我陪几个瑞典朋友在北京闲逛时，他们告诉我，瑞典每年有2000多人自杀。有报道称，瑞典是世界上自杀率最高的国家之一，研究表明，瑞典人自杀的原因之一是当地阴冷加极昼、极夜的气候让人抑郁；原因之二则是生活太过稳定。生下来就不愁吃穿，不用上班、干活，于是他们就会问，上帝要我干什么，因为想不通，所以就自杀了。

因为生活太美好而自杀，虽然听起来不可信，但瑞典的高福利的确让人可以无忧无虑地生活。瑞典人享受着从摇篮到坟墓的福利保护，像生活在蜜罐里一样。

说是从摇篮到坟墓，一点也不夸张。比如说，新生婴儿的父亲有权9个月不上班，婴儿的母亲也同样领全薪在家看孩子。孩子16周岁以前，父母均可获得生活津贴；年满16周岁以后，完成9年义务教育的青年，如继续深造可获得学习津贴；病人所享受的病假补助，其数额视病假长短而定，相当于工资的75％～100％；医疗费用和经医生之手的药品开支，大部分由国家负担。

失业对瑞典年轻人来说也不是啥可怕的事情。我到瑞典游玩时，和一位瑞典小伙子聊了一路，他没有工作，靠每个月1.3万克朗的救济金为生。尽管不愁吃喝，可也不能天天无所事事啊，于是乎，他跑到一所大学念书去了——既然大学免费，何乐而不为?

瑞典克朗和人民币比价大约可以按照一比一计算，也就是说，失业者的救济金超过北京、上海的普通白领。相比而言，瑞典的物价不高，1.3万克朗可以保证基本的生存需要，而且可以做到营养充足。

我在瑞典游玩时，对这个环境优美、生活富足、社会文明的国家印象颇深，一位长期在瑞典居住的朋友笑着说，看，和谐社会就应该是这个样子的。回来后，我一直思考一件事情：瑞典人到底有什么担心的事情。

我问这几位来北京游玩的瑞典商人，我们中国人担心的是医疗、住房和教育，你们瑞典人福利健全，到底担心什么？

40多岁的凯尼斯笑着说，我们当然不担心吃不饱穿不暖，也不担心找不到住所，但是，你知道，按照马斯洛的需求层次理论，在衣食无忧之后，人有更高的精神需求。按照马斯洛的理论，人首先是生理的需求，也就是俗称的吃喝拉撒睡以及生理需求，其次是安全的需要、社交的需要和尊重的需要，最高层次是自我实现的需要。显然，对瑞典人来说尊重和自我实现最为重要。

凯尼斯告诉我，如果你到瑞典做个调查，问大家担心什么，十有八九的人会说担心环境恶化和全球变暖这些全球性的课题，这也足以解释为什么瑞典是全世界名列前茅的捐赠大户。听到这些，我们只有羡慕的份儿。然而，任何事情都是过犹不及，过于优厚的福利给这个国家带来的副作用近年来日渐凸显。

首先，老年人增加，劳动力减少，国家无力负担如此庞大的福利系统。自1936年社会民主党上台执政以来，瑞典实行社会福利政策，建立了比较完善的社会福利制度，社会福利支出占国民收入的30%左右。20世纪90年代初，世界范围内的经济衰退使瑞典深受其害，金融危机、高失业率更暴露了原有福利体系的缺陷。财政赤字达到国民生产总值的13%。公共部门出现许多问题，于是政府推出改革措施，目的是削减和控制社会保障费用的支付。采取的手段一是减少国家支付的补贴数额，二是增加一些福利项目中个人应付部分的额度。

改革让瑞典人或多或少地改变了对生活的态度。按照瑞典人的概念，根本不需要存款，因为政府支付的退休金足以保证老有所养。改革后，养老金由企业和雇员各支付一半。具体而言，每人工资的18.5%留做退休附加金部分，而且其中的2.5%将作为“储备保险金”存入自己的账户，个人可决定投资方向。平均算下来，退休人员可以拿到1.3万克朗左右的退休金，靠这些钱可以维持生活，但肯定住不起大房子，不能自由自在地消费，于是，好多瑞典年轻人开始攒钱防老了，不再像以前那样当“月光族”。

其次，瑞典失业者待遇优厚，懒汉也能过日子，这导致整个社会缺乏生气，也缺乏斗志。尽管瑞典人素质高，比较诚实，多数人还是老老实实工作，不想偷奸耍滑，可还是有人利用这套制度谋取私利。比如说，有人领着失业保险，打份不用交税的零工，日子过得十分滋润。

显然，这不利于国家的发展，于是，2006 年的瑞典大选中，社会民主党打出改革的旗号，宣布让每个人都工作，当时这个倡议得到了多数瑞典人的支持，该党从而上台。可有些事情说起来容易做起来难，要减少或取消失业救济金，自然遭到“既得利益者”的反对，他们不断地搞些示威或者抗议，让政府有所顾忌。除此之外，就业市场不景气，有些人想工作而不得其职也是严峻的现实。

美国学者福山有本书叫《历史的终结》，根据他的理论，高福利、低失业率的资本主义模式是人类可以享受的最好生活，历史发展至此已是最高阶段。根据他的说法，瑞典模式的确是世界的楷模，然而，900 万诚实、聪明的国民生活在一个资源丰富的国度这个现实不可复制，这种模式不是所有国家都可以效仿的；而瑞典自身，也在高福利后不堪重负，遭遇困难后开始调整，这也是西欧大多数国家面临的同样课题。

历史，并没有终结，而是在起起伏伏。瑞典人的担心固然和我们不同，却也给我们以启示。在社会高速发展之际推进福利固然重要，如何考虑长远一些，让这个制度得以长时间维持运作更是值得深思的。

7 以色列强大的秘密

说以色列强大应该没有多少人反对。

打开世界地图，如果不细心察看你很难找到以色列的所在。这个人口700万、实际控制2.5万平方公里土地（比北京市略大）的国家，半个多世纪以来面对10倍于己的敌人，历经5次中东战争而不倒，堪称奇迹。

军事的强大只是以色列的一个侧面。这个资源匮乏的国度，人均国内生产总值超过了2.5万美元，低于主要发达国家，处世界第28位。但别忘了，中东多年的不平静打击了它的旅游业，为了应对战争，它不得不把至少10％的国内生产总值投入到军队，考虑到这些因素，这个成绩不简单。

对于以色列的成就，历史学家、社会学家均有大篇幅的巨著。比如说，军事方面的强大离不开美国的支持，这个以色列人自己也承认；再比如说，以色列在教育上的投入使其人民素质高，每1万以色列人当中，就有140名科学家和技术人员，要比美国的80人和日本的75人还多。

人口的高素质得益于教育，和民族传统也息息相关。以色列是犹太人在散居世界各地2000多年后建立起的国家。社会科学的大师马克思、自然科学的泰斗爱因斯坦，以及心理学的鼻祖弗洛伊德等大名鼎鼎的人士，都是犹太人。有个令人咋舌的统计数据：从1901年诺贝尔奖首次颁奖到2001年的100年间，在总共680名获奖者中，犹太人或具有犹太血统者共有138人，占了1/5；而犹太人占全世界人口的比例，不过是1/500。

超级大国的援助加上国民的高素质，构成了以色列在强敌环伺的中东立足的重要原因。但这不是全部，这个弱小民族强大的背后一定有着一个“超级秘密”。多年苦思不解，我在碰到阿摩司·奥兹后才恍然大悟，原来秘密是如此简单。

阿摩司·奥兹，当今以色列文坛的最杰出作家，也是最富有国际影响的希伯来语作家，以色列本·古里安大学希伯来文学系终身教授。迄今已发表了12部长篇小说，多部中短篇小说集，杂文、随笔集和儿童文学作品。他的作品被翻译成30多种文字，曾获多种文学奖，包括法国“费米娜奖”、德国“歌德文化奖”、“以色列国家文学奖”、西语世界最有影响的“阿斯图里亚斯亲王奖”，以及诺贝尔文学奖提名等。

觥筹交错间，奥兹先生讲述了他亲身经历的两个故事。

奥兹除了写小说，还积极参与政治活动，组织了著名的“现在和平”运动，主张巴以和平，并时常在报纸上发表自己的见解，提出反对政府决策的主张。不久前，他收到总理府的来电，说总理读了他的文章，邀请他一起喝咖啡，交流意见。“我去了，和奥尔默特总理喝咖啡，聊了一个半小时，结果呢，我们谁也没有说服谁。”

第二个故事是他打车的经历。一上车，出租车司机就认出了这位经常上电视发表见解的学者，对他说：“我读过你的书，但是我不同意你的观点。”然后，这位司机先生滔滔不绝地陈述自己的观点，奥兹先生只有听的份儿。

学者见总理，激辩一番扬长而去；出租车司机见到学者，不是崇拜，而是亮出自己的观点。从司机、学者到总理，以平等的态度讨论、交流，这就是发生在以色列的真实故事。用奥兹先生自己的话说就是：“我来告诉你吧，以色列强大的秘密就是怀疑和辩论。”

以色列俗话说“两个犹太人有三个脑袋”。在这个国家，每个人都在思考，个体之间的观点强烈碰撞，于是整个社会在不断修正中平稳地前行。借助发达的媒体，各种思想、见解都可以传播。正因为如此，当以色列总理实在是难，每个人都可以侃侃而谈，认为自己比总理更聪明，自己的主意比总理的想法更高明；正因为如此，才有面对和平进程的进一步、退两步。

怀疑和辩论有时候意味着内耗，极端的例子就是拉宾总理的遇刺。对此，奥兹先生认为这是必要的代价。有了这些痛苦的内耗，未来的路才更平稳。

8
以色列无敌是因为尊重生命

1等于1027，1等于4600，1等于5000，这是幼儿园的小学生都知道的错误，但却发生在一向以精明著称的以色列人身上，而且，他们不以为是错，还认为“无比伟大光荣正确”，甚至最高法院也要为了让这个等式成立修改法规。

此事说起来并不复杂。2011年10月初，以色列决定释放1027名关押在以色列监狱内的巴勒斯坦囚犯，以换取2006年被哈马斯俘获的以军士兵沙利特。

其实，此举并非首创，以色列为拯救本国国民从来不遗余力，即便双方战俘的交换人数比例大为失衡，也在所不惜。以色列特工沃尔夫冈·洛茨就是一个例子。20世纪60年代，以色列情报部门曾经以包括9名将军在内的5000名埃及战俘为筹码，将他从埃及换回；1983年11月24日，巴方曾以6名以色列士兵换取4600名巴人员。

2011年10月18日，沙利特获释，走出飞机的那一刹那，迎接他的是内塔尼亚胡总理的拥抱，此刻，用1027个人换回来的以色列人，哪里是什么被俘人员，分明是一个凯旋的英雄。

这，就是以色列人对人的尊重，对生命的尊重。在我多次和以色列人接触的过程中，深感这个国家对尊重生命这一信念的执著与坚持。以色列的朋友常和我说，在他们眼里，一个人就是一个世界，每一个生命都无比珍惜，他们不会放弃任何一个以色列人，无论何时何地。

如果是发生在遥远的中东的不对称交换显得有些抽象，那么，我最近经历的一件事更加具有说服力。

以色列使馆新闻助理李燎原先生，工作勤恳，从中以建交开始就在使馆工作，人称老李。2010年8月他退休，收获了一份特殊的礼物。

正式退休那天中午，大使携使馆官员请老李和太太吃饭，下午，使馆邀请在京媒体、专家，为老李举办了一个送别新闻发布会。

使馆的这个新闻发布厅的主角，从来都是以色列的高官，从总理到部长、副部长，来华访问时都是在这里接待中国记者。而今，站在聚光灯下的，不是以色列的高官，不是使馆的大使、公使、参赞，而是一个普通的中国雇员。

新闻官柯楷仪特意制作了一部片子，让来自中国各地和以色列各地的新老朋友向老李道别，送给他祝福，其中包括以色列外交部的副部长。那一天的老李，成了世界上最幸福的人，泪水涟涟，几度哽咽。

有哪个机构，会为一个普通员工的退休付出如此大的心血送别？可曾有哪个普通的中国人退休时得到如此的尊崇？这种对人的尊重，多少钱也换不来；这种尊重带来的效应，会从老李的家人、朋友那里扩散开去，一圈一圈，形成一个向心力大得出奇的场。危急时刻，这个场就会迸发出异乎寻常的力量。

这，就是以色列区区小国在22个阿拉伯国家环顾之下依旧强大的重要原因之一。中国古语说得民心者得天下。民心，不是靠喊口号得来的，不是靠发钱得来的，不是靠加官晋爵得来的，而是靠点点滴滴对生命的尊重得来的。尊重生命者，无敌。

中国国内媒体，对以色列的这笔以1027换1的赔本买卖进行分析，有媒体认为这是内塔尼亚胡为了换取国内、国际同情，其功利性的出发点跃然纸上。而以色列人，对政府的决定持支持态度者居多。以色列电视台“第10频道”新近展开的一项民意调查结果显示，69%受访以色列人支持换人协议；同时，以色列《新消息报》的调查结果显示，66%的以色列人不相信能与巴勒斯坦最终达成协议。就此可以推断出，以色列人民也是因为尊重自己同胞的生命而支持这笔赔本买卖，而不是为了中东和平这样的现实目标。

值得反思的是，我们中国到什么时候才能真正尊重每一个鲜活的生命？值得深思的是，如果中国政府作出类似的决定，我们有多少人支持？我们有多少人站在尊重生命的角度予以支持？

9 以色列副外长午餐会上的启示

前些日子，参加了以色列副外长阿亚隆的午餐会，一直有些想法，可忙于杂事，竟然没记录下来，而今好容易周末有点时间，记录一下。

这种午餐会的交流方式有助于更深层次的理解，参会者包括几位鼎鼎大名的中东问题专家和几位主流媒体资深人士。当然，大家都明白，对于外交官而言，任何场合都是外交，这样的午餐会只是气氛上宽松、随意，可以稍微比那些正襟危坐的发布会放松些，但也不会说太多。

按照要求，午餐会的话题属于“Off the record”，不能见诸报端，对此我已习以为常。这些年，每次以色列使馆的活动都获邀参与。当然，要守约，不得透露午餐会上的主要谈话内容。我想，对于涉及中东局势、中以关系的话题，自然要遵守保密原则，可对于副外长先生随口提到的一些场面话，还是可以说几句的，因为有几句话让我很是感慨，这也习以为常，因为以色列人经常说些睿智的话。

第一句，以色列 1948 年建国的时候 30%的人务农，现在呢，只有2%，在 2%的人务农的情况下，还实现了农产品的出口。

第二句，我们的邻居们都有石油，可我们没有，但我们有脑子。犹太人的确有着聪明的大脑。中国人其实应该和以色列成为最友好的国家，因为中国人所尊奉的马克思就是犹太人，另外，爱因斯坦、弗洛伊德都是犹太人。

第三句，“Think out of the box”，这是句老话，意思是说要跳出固定思维，不要受条条框框的限制。而我们中国人，纵有聪明的大脑，可受制于太多的条条框框，模仿一流，发明短缺，到现在造假流行，创造缺失。这一点，要向以色列人好好学学。阿亚隆副外长说，今后困扰世界的大问题是水。按照以色列科学家的设想，今后随着海水淡化技术的发展，他们家家户户的自来水管都可以直通大海，中间只需安装一个过滤装置即可。

这样水就无穷无尽了。不要管这多久以后能实现，而是首先要敢于这样想。

另外一个例子，就是电动车。阿亚隆外长告诉我们，困扰电动车发展的一大麻烦是充电费事，以色列的解决方案是，每隔 100 英里建设一个充电站，因为电动车目前的最大续航能力是 100 英里。车子到站，不是充电，而是直接换电池，这样一分钟之内就可以搞定，比加油还快，一举解决了充电费事的弊病。这很简单的思路，可我们目前为止怎么没人这么想呢？

第四句话，中国和以色列都是重视教育的国家。听了这话，我汗颜，我们重视教育？我们教育的投入、教育内容都降低到什么程度了？

为了验证以色列重视教育，我到以色列《国土报》的网站看了看。网站 10 月 20 日的一则消息很有趣，“*More money for defense, and education*”，即“把更多钱投入国防和教育”。文章的数据显示，以色列政府 2011 年财政预算 3482 亿谢克尔，其中，2011 年教育投入 349 亿，占政府财政预算的 10％多一点，2012 年预计投入 363 亿，再度增加。

反观中国，2010 年 7 月 13 日，第四次全国教育工作会议在北京开幕。会上通过的纲要信誓旦旦地表示，逐步提高国家财政性教育经费支出占国内生产总值比例，到 2012 年这一比例要达到 4％。

按理说，4％并不是个高不可攀的比例，可据历年《全国教育经费执行情况统计公告》和国家统计局网站相关数据对比发现，国家财政性教育经费占国内生产总值的比重 2003 年是 3.28％，2004 年是2.79％，2005 年是 2.82％。看来，4％的目标还遥不可及。这比起新中国成立前可是大大倒退。据考证，延安时期中国共产党教育方面的投入一度占到了国内生产总值的 25％。

至于每年政府财政预算中教育所占的比例，一向是个秘密，好在 2010 年有了进步，得以公开。数据显示，中国政府 2010 年教育支出 2159.9 亿元，平均每人不到 200 元。以色列的，349 亿谢克尔约合人民币 620 亿元，绝对数量上只是中国的 10％，可你别忘了，以色列只有区区 760 万人口。如此算下来，以色列政府的人均教育支出达到了近 10000 元人民币，是中国的 50 倍。

而中国呢，仅仅每年维稳的支出，就达到了 7000 多亿元，是政府教育投入的 2.5 倍。悲哉！

正因为如此，以色列才屹立于中东，有人才，有创造力，有“Think out of the box”的能力。这个小小的盒子，背后是整个民族对教育的重视，仅仅靠祖传文化和一些小聪明是远远不够的。真的，不要和我说美国的支持。美国的支持固然重要，但“二战”后美国支持的国家有许多倒台的例子也是活生生的现实。关键在自己，关键的关键在自己的教育。写到这里想到一个笑话。中国的一群官员讨论是把钱更多地投入教育，还是监狱，好多人慷慨陈词，说应该更多地投入教育，最后，一位老兄慢悠悠地说，诸位，你们今后进学校的机会大，还是进监狱的机会大呢？大家哑口无言，纷纷举手表示支持建设好的监狱。

回到正题，正因为对教育的如此重视和由此带来的丰硕的成果，阿亚隆先生才说，以色列是个小国，同时还是个伟大的国家。

此言不虚！

第四章

复杂局面考验中国外交

1 要中国出钱就要听中国的声音

家家有本难念的经，联合国这个超级大家庭也不例外。

为了会费问题，各成员国几十年来吵了一轮又一轮：美国试图以会费为武器逼迫联合国改革，而日本则把安理会当成理事会，把会费和“入常”挂钩，作为负责任的国家，中国这些年所承担的会费不断增加，7 年涨了近三倍。

中国会费 7 年涨了近三倍

2009 年 10 月 5 日，联合国方面又传来了中国会费增加的消息。

据中新社报道，中国常驻联合国副代表刘振民大使在第 64 届联大负责预算的第五委员会会议上发言表示，中国的会费比额已从 2000 年以前的 0.995%上升到 2001～2003 年的1.54%，2004～2006 年的 2.053%，2007～2009 年的 2.667%。

也就是说，在仅仅 7 年时间里，中国的会费涨了近三倍。

中国会费的增长还在继续。刘振民说，根据会费委员会提供的按照现行比额表计算方法计算出的数据，中国 2010～2012 年会费比额将增至 3.189%，较 2007～2009 年上涨 0.522 个百分点，增长近 20%。

据联合国网站的数据显示，2009 年中国的联合国会费净额为 6498 万美元，上涨 20%意味着中国的会费将超过 7000 万美元。

然而，这 7000 多万美元仅仅是为联合国的经常性预算所支付的款项，中国为联合国财政的贡献远不止于此。

联合国每两年一个财政年度，2007～2009 年，联合国的经常性预算为 27.195 亿美元，约合每年 13.5 亿美元。而每年整个联合国系统的花费大约是 120 亿美元，其中维和支出是重头。2009～2010 年，维和行动的预算高达77.5亿美元。根据维和预算的分摊原则，中国作为安理会常任理事国，是A类国家，负担维和费用的3.2375%，约合2.5亿美元。

除此之外，中国还有其他各项捐赠。比如说，联合国副秘书长沙祖康主管的经社部有一个统计司。他上任后，中方向联合国捐资400万美元，设立为期5年的统计能力发展信托基金。另外，中国每年给世界粮食计划署250万美元的经常性捐款，2008年粮价飞涨，该署缺钱，中国额外捐赠了200万美元。

如此来看，中国对整个联合国系统的贡献虽然绝对数字不是最大，但如果对照人均国内生产总值，肯定是贡献较大的国家之一，是负责任的国家。

花这些钱，值不值？答案是肯定的。“对于大国来说，这是小钱，关键是具有政治意义。”外交学院专门研究联合国问题的牛仲君先生对我说。牛仲君补充说，每年中国从联合国得到的各项捐赠加起来有6000多万美元。也就是说，我们的付出除了政治意义外，在经济上也有所回报。

联合国的会费是如何算出来的

中国支付联合国会费的节节飙升让国内一些人不满，而有些国家（如日本）却认为中国是经济大国，又是安理会常任理事国，所承担的会费太少。

究竟孰对孰错？要想弄清，需要对联合国的预算体系和会费分摊办法有所了解。

联合国是目前世界上最大的非营利性的、由世界各主权国家组成的政府间国际组织，其经费大多来源于各会员国所缴纳的会费。会费主要由经常性预算、维和费用和国际法庭费用三部分组成，由会员国按照“能力支付”的原则分摊。

这是个异常复杂的公式。大体而言，联合国成员国所缴会费的比例是根据每个国家的国民生产总值、人口以及支付能力等因素确定的。负责行政和预算的联合国大会第五委员会和会费委员会每三年进行一次核查和调整，会费定有上限和下限，现行的上限为22%，下限为0.01%，即最富国家的会费额度不得超过联合国总预算收入的22%，最穷国家的比例不得低于总预算的0.01%。

支付能力的计算方法是某个国家的国民生产总值除以联合国所有成员国的国民生产总值之和（约20万亿美元）。假如某个国家的国民生产总值为2万亿美元，那么用这个数字除以20万亿美元，等于0.1，即10%，这就是该国应缴纳的会费份额。

原则性问题各国争议不大，但计算的细则却各有说法，希望以对自己有利的方式计算。

2006年9月23日，联大通过2007～2009年的会费分摊方法。联合国会费比额编制方法的制定依据支付能力、同时给予人均国民收入低的国家适当宽减的原则。

2009年的联大上，刘振民大使说，“支付能力”原则的决定性因素应该是人均收入水平，国内生产总值只是基础。但他表示，尽管中国经济也面临较大困难，但只要会费比额是按照现行编制办法计算出来的，符合支付能力原则，中国仍然愿意考虑接受。

联合国网站上，列出了2009年缴纳会费最多的10个会员国，中国位列第9；如果按照新的分摊方式，中国将超越西班牙和加拿大，名列第7。根据联合国网站2005年的数据，按照人均国内生产总值计算，卢森堡、瑞典和日本则分列前三。

有的国家缴费多，有的国家却欠费。截至2009年9月4日，有7个会员国拖欠会费，分别是中非共和国、科摩罗、几内亚比绍、利比里亚、圣多美和普林西比、索马里。《联合国宪章》第19条规定，“凡拖欠本组织财政款项之会员国，其拖欠数目如等于或超过前两年所应缴纳之数目时，即丧失其在大会投票权。大会如认拖欠原因，确由于该会员国无法控制之情形者，得准许该会员国投票”。

美国是欠债大户

小国欠费，联合国可以照常运作，而大国欠费，却会严重影响联合国的正常运作。这里的大国，指的是唯一的超级大国美国。

2009年，美国应缴会费近6亿美元，加上历年拖欠款，共积欠10多亿美元，成为“超级拖欠户”。

美国拖欠联合国会费早已不是什么新闻了。“二战”后，作为联合国最早的创立者和参与者，美国对联合国一直持积极的态度，虽然支付的会费比重占联合国会费的近40%，但却一直没有拖欠。但是，到20世纪70年代，随着众多发展中国家的加入，美国在联合国的发言权受到很大的影响；80年代开始，美国便以承担比例过大为由开始拖欠部分会费；90年代，美国分摊的会费比额已经下降到25%，欠债却在克林顿政府时期达到了顶峰。2000年，经各方协调，美国的会费比例下降到目前的22%，但美国的拖欠行为却没有多大改正，经常以各种理由来拖延。

美国这么做，是因为包括联合国会费在内的政府财政预算都需要国会的审核和批准。国会的很多议员出于对美国国民“负责任”的精神，经常找各种理由否决联合国会费预算；美国政府也以国会的反对为借口，表达对联合国的不满，并以此要挟联合国在改革、维和以及众多国际事务的审议上“唯美国马首是瞻”。

奥巴马就任后，美国重视多边外交，对联合国的态度有所转变。2009年8月5日，美国驻联合国大使苏珊·赖斯在安理会举行的维和会议上表示，美国政府将清还2005～2008年拖欠联合国的维和费用，并按时缴纳2009年的费用，两者总计约22亿美元。

赖斯称，美国政府决心从自己开始，为支持联合国维和工作做出更多努力，美国已准备好从经济上支持联合国的维和行动。

9月23日，美国总统奥巴马在联大一般性辩论上发言，完成他在联大的首演。他表示，美国愿意通过联合国这一平台实现国际合作。在会费问题上，他颇有底气地说：“我们重新和联合国合作……我们付了会费。”

这番话引发在场听众的掌声。

日本把会费和入常挂钩

日本是继美国之后的第二大会费缴纳大户，2009年所缴会费占经常性预算的16.62%，2006年之前，日本所占比例更高，达19.47%。这次变动和日本申请成为安理会常任理事国有关。

2005年，日本动用庞大的外交资源，谋求成为安理会常任理事国，多年是缴费大户成为其中的一个理由。日本还威胁说，如果不同意其入常请求，将削减联合国会费。

时任安理会秘书长的科菲·安南明确表示，不应将会费和入常联系在一起，当时，中国网民掀起声势浩大的反对日本入常的签名活动，中国政府也行动起来。当时的外交部发言人孔泉对日本入常的表态至今听来还掷地有声：第一，联合国安理会不是公司董事会，不是按照会费的多少确定其组成；第二，一个国家如果希望在国际事务中发挥负责任的作用，必须要对涉及自己的历史问题有清醒的认识。

入常失败后，日本明确提出削减会费，并要求中俄增加会费。日本2006年3月向第60届第五委员会提议，减少日本承担的比例，同时对安理会常任理事国承担的比例设定3%或5%的最低限额。

对日本的方案，中国和俄罗斯政府均提出了批评。中国外交部发言人秦刚指出，日本是企图以所谓“支付责任”概念否定各国公认的“支付能力”原则。几番争吵后，各国妥协。2006年12月，第61届联大作出决定，中国的会费比额由2.05%上升至2.67%，上涨幅度在各国当中位居前列；俄罗斯从1.1%上涨到1.2%，而日本从19.4%下降到16.6%。此外，德国为8.57%，英国为6.64%，法国为6.30%。

要中国出钱，也要听中国的声音

会费的多少，有时候无法完全在纸面上反映出来。

如果从纸面上计算，美国、欧盟和日本等发达国家缴纳的会费占联合国经常性预算的70%多，看似吃亏，其实不然，因为缴费后的经济回报也不少。一些主要工业国交给联合国系统的钱有一大部分以联合国在这些国家中花钱购买材料、支付工资和业务费用的形式又还给了它们。联合国系统2000年购买的37亿美元的货物和服务中，有64%来自工业国，总数近24亿美元。美国公司得到了其中的5.27亿，比第二大货物和服务供应国多一倍以上，并远远超过大多数会员国。2004年，联合国系统采购花费64.4亿美元，59.5%来自工业国，其中美国的公司获得6.37亿美元的订单。

其次，缴纳会费也可以给本国公民创造就业机会。联合国工作人员全部来自成员国。成员国公民在联合国的任职人数，是根据成员国所缴会费、人口和会籍三大因素确定的。中国自改革开放以来国力不断增强，向联合国缴纳的会费也随之不断增加，中国公民到联合国工作的机会越来越多。据联合国统计，截至2010年1月底，在联合国工作的中国雇员人数达到了358人，而1985年只有50多人。

对于这个数字，联合国副秘书长沙祖康并不是十分满意。他在接受新华社记者采访时说，这是一个标志，是好事，但是，“我们的起点不高。在联合国的中国人并不多，职位并不高，在敏感、重要的部门中国人很少，甚至没有”。他还说，中国的会费在上升，因此，当然要增加人数。

另外，随着中国国力的增强，国际上普遍的看法是，中国对国际事务会有更大的影响，同时也要承担更多的责任和义务，联合国会费的增加也是这一思路的客观反映。沙祖康认为，包括中国在内的广大发展中国家，在国际事务中并没有得到其应有的发言权，“如果只想着让中国出钱出人，而不听中国的声音，这是不可接受的”。

2
看中印如何争夺斯里兰卡

“这里的男人瘦弱不堪，而他们卖的鱼更加瘦骨嶙峋。”美联社记者描述的这番凄惨景象发生在汉班托塔，一座位于斯里兰卡南端的港口城市，2004年那场触目惊心的海啸让它满目疮痍，迄今仍在重建中。而在《纽约时报》记者看来，中国的投资正把这个小渔村变为生意兴隆的新港口。

以任何理性的分析和推断，都可以判定这是一件好事，至少对当地人如此。然而，中国援建汉班托塔港的举动，却引发印度的不安、猜忌和警惕，以及西方媒体的歪曲。

港口建设被歪曲为海军补给港

2007年，中国进出口银行提供主要贷款，中国的公司以3.6亿美元的价格击败了来自印度、新加坡和美国等国的投标，赢得斯里兰卡汉班托塔港的第一期建设工程。2009年2月，斯里兰卡政府港务局宣布，一期工程预计将提前在2010年10月完工。总承建商中国港湾工程有限责任公司总经理孙子宇也在2009年11月表示，在中国驻斯里兰卡大使馆的大力支持下，港口工程进展良好，公司正在争取提前完成一期工程。

通过竞标赢得港口的建设权，在全球化的今天本应是正常之举，可汉班托塔港的建设却引发印度的种种质疑，而西方媒体也进行歪曲报道。

汉班托塔位于斯里兰卡南端，正对着印度洋，距离来往于中国与中东和非洲地区之间的油轮航线只有几十海里，前往印度洋和亚丁湾打击海盗的中国海军舰只也会在附近海面经过。据此，印度外交部和国家安全委员会顾问穆尼教授对《美国之音》说，中国显然看重了汉班托塔港对中国在印度洋上的商业和军事战略的潜在意义。

穆尼说：“从目前来看，这是一个商业设施，但是不能排除中国在这里寻求海军军港设施、至少为印度洋上的中国海军官兵提供服务的可能性。印度国防分析人员和国防力量会密切注视这个设施将如何发展。”

除汉班托塔港之外，中国还以类似的方式兴建了巴基斯坦的瓜达尔港、孟加拉国的吉大港和缅甸的实兑港。观察人士说，中国的印度洋战略上的一串“珍珠链”正在悄然成形，而它的对手印度刚好被夹在中间。

穆尼教授说：“这涉及中国在印度洋上的总体活动。中国海军仍然主要在南中国海活动，但是很显然他们在扩大自己的活动范围。对能源和贸易的需求使得他们在印度洋各处需要许多中途靠港的地方。因此，不仅是汉班托塔港，中国还在兴建另外三个港口，而且这些港口都会联系在一起。”

这位教授还说，此时此刻，印度国防部门正在观察汉班托塔港是否会为中国海军日后的使用建造相关设施。其意是说，汉班托塔港今后可能是中国的海军补给港。对此，中国予以驳斥。中国外交部发言人马朝旭说，中国企业承建汉班托塔港工程是一个“正常的商业行为”。

中国靠成本优势竞标成功

究竟是正常商业行为还是军事战略？还是让事实说话为好。

首先，港口的兴建不是孤立的，而是汉班托塔宏大的重建计划中的一环。这个距离首都 230 公里的城市在 2004 年的印度洋海啸中损失惨重，斯里兰卡政府决定把这个全国第九大城市发展为仅次于首都科伦坡的第二大城市。2006 年，斯里兰卡政府决定在汉班托塔营造一个新的国际机场，并建设科伦坡通往当地的铁路，2009 年从国际货币基金贷款 26 亿美元用于恢复建设。按照官方计划，还将修建一座会议中心，一个政府综合办公楼和一座板球场。

其次，港口的修建不是中国和斯里兰卡的秘密交易，而是公开竞标的结果。更关键的是，斯里兰卡最初有意把项目给印度，可遭到拒绝。透露这一重要信息的不是别人，而是斯里兰卡总统拉贾帕克萨。斯里兰卡驻美国大使威克拉马书苏瑞亚接受《纽约时报》采访时披露，斯里兰卡曾经到美国寻求投资，也满世界找资金，但中国给出了最合适的条件。“我们一视同仁，没有偏好。”他说。

再次，港口的承建商中国港湾工程有限责任公司业务遍及世界各地，在南亚国家竞标、中标，实属商业行为。该公司是中国交通建设股份有限公司的全资子公司，代表中交股份在国际工程市场开展业务，业务涵盖70多个国家和地区，在建项目合同额约75亿美元，全球员工总数超过6000人。中国港湾经过30年的风雨历程和不懈努力，开辟了广阔的海外市场，目前在世界各地设有30个分公司和办事处。

据我了解，中国港湾不仅负责建设汉班托塔港，还中标了汉班托塔国际机场一期工程。机场一期工程总投资约2.1亿美元，占地面积800公顷，预计3年完工；另外，斯里兰卡南部的高速公路项目、斯里兰卡科伦坡外环高速公路项目也都被中国港湾揽入怀中。

外界对汉班托塔港项目狐疑的原因苍白无力且十分牵强。一是中方的投标价“如此之低”，以至于中国政府一直称这个项目是汉班托塔港援建工程，而斯里兰卡官方不透露其他竞标方的出价，更加剧了猜疑。斯里兰卡著名经济学家哈沙·德·席尔瓦认为，中国从斯里兰卡获得大项目，是因为中国从来不附加诸如“改革”、“增加透明度”等政治条件，而印度、美国和世界银行经常这么干。而摩根士丹利的中国战略分析师娄刚则认为，中国劳动力成本低，中国公司在大型基础设施建设方面也积累了丰富的经验。

二是中国驻斯里兰卡大使杨秀萍2009年至少两度到工地看望港口建设项目的工程技术人员和劳工。她强调中国和斯里兰卡两国领导人都高度重视汉班托塔港的建设，并以祖国和人民的名义感谢远道而来的中国技术人员和劳务人员。据此，《美国之音》援引南亚问题专家们的说法，中国如此重视汉班托塔港的建设，显然不只是行善、帮助斯里兰卡人民重建被海啸损坏的港口设施。如此看问题，倒是以小人之心度君子之腹，不值一驳。

印度贸易保护主义妨碍与邻国关系

说中国不只是行善还算客气，印度鹰派直接说中国“疯狂”。印度前外交秘书（相当于外交部副部长）、现任国家安全委员会顾问的坎瓦尔·西巴尔称，中国这些行为是“疯狂的，是意图破坏印度在该地区的自然影响力”。

这番话有着多重含义。第一重，南亚是印度的“势力范围”，印度是南亚的龙头大哥，和南亚国家打交道，需要先过印度这一关；第二重，说中国“疯狂”、“破坏”，是对于中国的极度不信任。1962年中印边境自卫反击战让印度的鹰派梦想“复仇”，而领土争端也是悬在两国关系间的难题，再加上国际社会盛传的“龙象之争”，使得印度处处要和中国比一比、争一争，从而心态有些失衡。

从数据看，中国和斯里兰卡的合作属于正常的商务往来。2008年，双边贸易额16.83亿美元，其中中国出口16.23亿美元，进口0.59亿美元，同比分别增长17.5%、17.3%和23.7%。截至2009年4月底，中国在斯累计签订承包工程与劳务合作合同额33.0亿美元，完成营业额15.4亿美元。而中印之间2008年双边贸易额517.8亿美元，同比增长34%，中国超过美国成为印度第一大贸易伙伴。

其实，中国在南亚“有机可乘”和印度自己的政策有关，除了老大哥心态和傲派外，印度的“贸易保护主义”也妨碍它与邻国的关系。虽然印度、巴基斯坦、斯里兰卡、孟加拉、尼泊尔、不丹以及马尔代夫南亚7国签有《南亚自由贸易协定》，但印度为保护本国企业拒绝降低关税。

中印在亚洲的竞争无处不在，中国在斯里兰卡建港口，印度则到缅甸建港口。2008年4月，缅甸与印度签署了价值1.2亿美元的合同，在缅甸修建港口和运输系统。而旨在围堵中国的所谓“民主国家同盟”，印度也是积极的参与者。

斯里兰卡欢迎中国的投资

真正让印度不安的，是中斯之间的军事接触。

2008年12月，《简氏防务周刊》报道说，2008年12月，中国防务制造商与斯里兰卡签订一份价值3760万美元的秘密军事合同，为其陆军和海军提供雷达与导弹系统。印度认为这项合同是对印度国家安全的重大威胁，是中国对印度势力范围的严重侵犯。

有消息称，2009年斯里兰卡政府军攻陷泰米尔猛虎组织首府时，就有中国制造的歼7大显神威。《印度时报》分析认为，中国对斯里兰卡的支持并不是孤立的行为，因为中国政府此前采取了一系列旨在影响斯里兰卡政府的举动，其中包括2008年向科伦坡出售大量军火并将政府援助金额提高了近5倍，达到10亿美元。事实上，中国现在已经成为斯里兰卡最大的援助国。

印度国家安全顾问纳拉亚南出言强硬。他表示，斯里兰卡不应该向中国或巴基斯坦采购武器，而应该来印度采购。

印度《每日新闻与分析报》则直言不讳地点中了要害。在国防采购问题上，印度和斯里兰卡的接触“不合常理”。一方面，印度不准备给予斯里兰卡所需要的、对付泰米尔猛虎组织的进攻型武器；另一方面，它要求斯里兰卡不要从别处获得所需。印度一直不积极响应斯里兰卡的需求是因为这牵涉到政治敏感问题，印度与泰米尔纳德邦的DMK党是合作伙伴关系。DMK不赞成帮助斯里兰卡武装部队获得可用于对付泰米尔人的武器。

该报分析认为，如果中国和斯里兰卡的关系得到强化，那中国试图在南亚从侧翼包围印度的意图就可能取得成果。讽刺的是，印度自己的态度和狂妄可能进一步把斯里兰卡推到“龙”的怀中。

对于中国在斯里兰卡的关系，印度十分关切。前新加坡驻印度大使施泽文说，印度的媒体和民众都相当警惕中国在南亚地区印度洋海域的举动，印度官员目前在言语上仍然表现得若无其事，但是在军事上正在采取应对措施。施泽文说，传统上，印度对斯里兰卡、孟加拉国和尼泊尔这些邻国具有很大的影响力。他相信，印度的这种影响力不会轻易被中国取代。

印度对中国的担心和斯里兰卡对中国的欢迎形成了鲜明对比。美联社早在2009年4月的一篇文章就指出，几个世纪以来，斯里兰卡一直警惕地盯着北方的强邻，而今，他们欢迎中国的投资。

“我们的生活即将改变，中国给我们做的事情非常好。”62岁的加亚塞纳·塞纳纳亚克说。自从汉班托塔港的建设开工以来，他就捕捉到了商机，在路边摆起了小吃摊。这，是他的生意。

3 中美在柬埔寨是如何斗智斗勇的

2010年4月30日晚，世博会中国馆里，柬埔寨首相洪森看着真人扮演的“杨贵妃”、“唐明皇”与高仿真机器人“杨贵妃”、“唐明皇”同台表演，心情不错，忙不迭地打听这段历史故事，工作人员提醒说午饭时间到了，他全然不顾，继续饶有兴趣地参观。

洪森有足够的理由高兴。他此次中国之行收获颇丰，不仅带走了货真价实的东西，还赢得了中国政府提供更多军事援助的承诺。

中国主动送礼

透露洪森访华此行收获的，是柬埔寨副首相兼外交部长贺南洪。

5月2日，贺南洪从上海乘机回国，在金边国际机场对媒体说，中国政府同意向柬埔寨提供256辆军车和5万套军服，总值1亿元人民币（约合1400万美元）。

1400万美元对于柬埔寨而言有着重大意义。柬埔寨军队总兵力约11万人左右，每年的军费支出不过8200万美元左右。也就说，这笔援助相当于它两个月的军费，可谓不菲。

贺南洪表示，中国领导人是在5月1日晚间与到访的柬埔寨首相洪森会晤时这样说的。洪森一行出席了上海世博会开幕式，访华行程为期三天。值得关注的是，这笔援助不是洪森开口索要，而是胡锦涛主席主动提出来的。贺南洪在金边国际机场对媒体说：“洪森没有索要，但是他们（指中国）知道我们的需求，胡锦涛许诺未来还将提供更多的军事援助。”

不过，中国大陆媒体在报道胡锦涛会见洪森时，依旧是一如既往地出言谨慎，并未提及此项援助，而是笼统地说“中方愿同柬方一道努力，不断推进两国各领域务实合作，实现互利双赢，促进共同发展”。

而按照美国的理解，中国对柬埔寨的援助事出有因。

美国国防新闻报道说，中国已经同意对柬埔寨军方提供大约1400万美元的军事援助，这些等价值军事援助，是美国军方以“处理过剩物资”为理由同意对柬埔寨的军事援助，但是由于柬埔寨政府日前“竟然”将20名维吾尔族人士返还给中国政府处理，因此遭受五角大楼的制裁。

对此，柬埔寨官方亦不讳言。

一位随同洪森访华的柬埔寨高官说，中方提供的新援助是对美国暂停军事援助的一种补充或替代。美国在多余防卫物资项目之下承诺向柬埔寨免费提供大约200辆军车和拖车，但后来又撤销了这一项目。

因为柬埔寨向中国遣返维吾尔族人士，美国制裁；在美国制裁时，中国又提供了等值的军事物资作为补偿。此事传达了一种微妙的信息：柬埔寨准备利用一个大国制衡另一个大国，或者说，中美在柬埔寨的争夺日趋激烈。

柬美有诸多军事合作

一向喜欢以制裁作为手段的美国，这次对柬埔寨也是态度强硬。

美国国务院助理国务卿菲利普·克劳利说：“柬埔寨不仅没有响应我们的号召，加速履行国际责任，就连一个国家应有的责任都没有履行。”

他说，这让美国觉得“深度不安”。对于制裁，克劳利说：“我们说过会有后果，这就是直接的一步。”

此事的时间点也颇值得玩味。2009年12月，柬埔寨同意向中国遣返20名中国的维族人士，就在当月，中国国家副主席习近平访问柬埔寨期间，两国签署了价值12亿美元的协议；2010年3月初，美国作出反应，对柬埔寨进行上述制裁，而仅仅过了一个月，中国就予以补偿，速度不可谓不快。

可谓见招拆招，毫不含糊。

不过，中美双方驻柬埔寨的外交官都无意多做评论，美国外交官表示“无可奉告”，而中国外交官否认中国的援助和美国的制裁有联系。

其实，美国对柬埔寨只是小示惩罚而已，对此柬埔寨军方发言人也心知肚明。

4 月 6 日，在美国取消援助军车、拖车项目后，柬埔寨国防部发言人素切特召开新闻发布会。他说，美国的行为只影响两国军事合作的一小部分，柬埔寨和美国的其他双边军事合作项目进展顺利，没有任何变化。

美国驻柬使馆发言人约翰·约翰逊也说，取消的项目笃定是取消了，但不会再有其他的惩罚措施了。他说："我们深入评估此事，并没有考虑其他惩罚措施。"

经查，柬埔寨和美国之间，确有诸多军事合作项目在积极推进。

2004 年，美国取消诸多限制和柬埔寨直接军事交流的规定，第二年，美国在柬埔寨的安全交流行动大幅增加，其中包括军事法律交流、军事医疗交流和军事专家交流。

2007 年，美国"加里"号护卫舰舰长约瑟夫·戴龙率舰抵达柬埔寨西哈努克港，标志着美柬两国军事关系步入新的阶段。

美国太平洋总部接受了将近 40 名柬埔寨海军军官，以进行国际海军规则培训及海上救援合作，同时美国海岸警卫队向柬埔寨海军提供多艘内河巡逻艇，以提高其在暹罗湾打击海盗和走私的能力。美国联邦调查局也在资料收集和分析方面给柬埔寨警察提供了支持。

在反恐领域，两国建立了更深入的合作，2010 年柬埔寨将主办东盟国家的反恐演习，届时将有 2000 多人参加，其中美军 1500 名，占绝对多数。

另外，美国 2008 年给柬埔寨捐赠了 31 辆军用卡车，2009 年捐助了 36 辆，2010 年继续扩大军车援助，因柬遣返中国的维族人士，未果。

两国走出阴影

用美国前任太平洋总部司令法伦上将的话说，柬埔寨已经走出"20 年的印度支那战争阴影"，重新成为美国地区安全合作的"亲密伙伴"。这话其实也可以理解为，美国走出阴影，重新回到印度支那。

近代以来，柬埔寨命运多舛。1867 年，越南沦为法国的殖民地；1883 年，老挝和柬埔寨成为法国的保护国；1887 年，法属印度支那联邦成立，柬埔寨被划入这个联邦之中。

"二战"期间，日本军国主义的铁蹄又肆意践踏在这块美丽的土地上。1945 年，西哈努克宣布柬埔寨独立；1953 年，柬埔寨成为完全的独立国家。

但是，法国力图重返印度支那，斗争又起。1954年，相关各方签订《日内瓦协议》，规定1955年在越南、老挝、柬埔寨以及法属印度支那的其他地区举行大选，但美国拒绝签字，而是支持在越南南方成立了吴庭艳任总理的新政府。

1954年9月，美国建立了"东南亚条约组织"，目的是要阻止越南北方解放南方，防止共产主义在老挝和柬埔寨蔓延。根据美国国务院提供的官方数据，1955～1963年期间，美国向柬埔寨提供了价值4.096亿美元的经济援助和价值8370万美元的军事援助。

1965年，为抗议南越军队对柬埔寨边界村庄的袭击和美国飞机的骚扰，西哈努克宣布与美国断交，直到1969年7月复交。

1970年，西哈努克亲王的政府被朗诺集团发动政变推翻，尼克松随即下令10万美军和南越军队侵入柬埔寨。至1975年，仅军事援助就达11.8亿美元，经济援助5.03亿美元。

1975年，美国外交官撤离柬埔寨，美国谴责红色高棉的血腥统治；此后，越南入侵柬埔寨，美国予以反对。1991年，柬埔寨实现和解，1994年,美国在金边设立大使馆。

2003年，美国国务卿科林·鲍威尔访问金边，两国关系从此"掀开了新的一页"。

2006年，美国参议院宣布撤销对柬军事援助的禁令，承诺提供100万美元援助；2007年，向柬提供6200万美元直接援助，其中大多数款项是通过在柬埔寨设立的非政府组织来运作，这一年，柬埔寨是亚太地区继印尼和菲律宾之后的第三大接受美国援助的国家；2008年，美国政府宣布向柬提供3430万美元无偿援助。

美援柬意在防范中国

美国对柬埔寨的各项援助，背后都考虑到中国因素。

美国智库认为，中国正在采取一种"珍珠项链"式的战略，积极在东南亚地区扩大海上影响力，而柬埔寨可能帮助中国修建一条从中国南部通向海洋的铁路线。

美国近来刻意突出与柬埔寨的军事关系，无疑带有防范中国的意图。而柬埔寨也利用了中美双方的需求，来获取自身最大的政治经济利益。

对柬埔寨而言，这，是个危险的游戏。对此，柬埔寨的观察家忧心忡忡。

柬埔寨的人权中心主席欧·维拉克在接受《金边邮报》采访时说："非常明显，中国这么做的意图是给美国传递一个信号，宣布它要取代美国在东南亚的地位。"他进一步站在柬埔寨的立场评论说："我认为，对于柬埔寨而言，直接陷入大国之间的争斗是个非常危险的游戏。"

欧·维拉克本人对美国的制裁持欢迎态度，他说制裁是"严厉的爱"，而在大国间玩平衡很冒险，就像象棋里的卒一样，随时面临大国"丢卒保车"的命运。

然而，柬埔寨首相显然不这么看。洪森首相说，两国老一代领导人缔造和培育起来的传统友好关系已经上升为战略合作伙伴关系。

中国是柬埔寨的最大援助国，2007年提供了6亿美元，2008年的援助额为2.6亿美元。2008年，双边贸易额为11.3亿美元，同比增长21.3%，提前实现前些年规划的2010年双边贸易额达10亿美元的目标。总共有67亿美元的中国贷款和投资，正用在柬埔寨基础建设中。他说，这些资金都投在发展项目上，包括6座水电站、道路重建以及改善农业和旅游业方面。

与此同时，美国和柬埔寨的贸易也非常密切，前者是后者最大的出口市场。2007年，柬埔寨向美国出口的衣服价值26亿美元。

但是，柬埔寨高层对中美的态度不同。除去历史、文化等原因，中国人不加任何条件的援助，也让柬埔寨领导人更愿意接受。

2009年9月，在中国援建的一座造价1.28亿美元新桥梁的揭幕式上，洪森说："他们（中国）默默地帮助我们，建造桥梁和公路，而且没有复杂的条件。"

这番话显然是在巧妙地讽刺西方国家提供援助时，总要批评柬埔寨的人权和腐败问题。

在距离金边北部50公里的布雷格达，洪森说："中国尊重柬埔寨的政策决定，我们相互理解并尊重对方。"

4 中国对外援助 60 年变迁史

中国商务部的预算让不明就里者有些吃惊。

2010 年 4 月 6 日，商务部公布了 2010 年度该部门的财政收支预算信息，支出总额为 151.57 亿元。其中，外交支出是占比重最大的支出项目，总额高达 140.6 亿元，而对外援助总额为 130.85 亿元，占财政拨款总支出的 89.8%。

几乎与此同时，联合国和美国政府在纽约举行了一个海地重建筹款会议，超过 50 个国家共捐助了 53 亿美元，但中国仅捐助了150 万美元，与冈比亚和摩纳哥差不多。美国《外交政策》(5/6 月号）揶揄说，这些钱甚至还不够买上海郊区的一栋别墅，中国花钱的方式与作为一个负责任的全球大国的地位越来越不相称。

中国数额巨大的对外援助，究竟去了哪里，起到了什么作用？这是个值得深入思考的问题。中国在世界上的政治经济地位在变，对外援助的思路和理念也应该与时俱进了。

对外援助曾是“严肃的政治活动”

中国的对外援助，从新中国成立的那一刻起就已启动。

据解密的外交档案显示，某国“要求中国提供”、“请求中国援助”、“请求我给予”、“要求我援建”、“要求我派”，是 20 世纪50 年代我国一些驻外大使馆来电及外交部上送报告中的常见字句。

1950 年 7 月，我国首任驻蒙古国大使吉雅泰到任不久，蒙古总理乔巴山就向他提出“要求帮助解决劳动力的问题”。这大概是向我国最早提出的外援请求。当时，中方的答复是：“因为国内解放战争尚未结束，动员工人出国是有困难的，这个问题容后考虑。”

1955年4月，在周恩来总理的关心下，首批8200名工人赴蒙。

在标明1951年5月15日的一份材料上，越方的要求开门见山："我们正处在青黄不接期间，如无援米必告断炊。因此，恳切要求你们再帮助我们1500吨至2000吨大米，以渡过此难关。"

到1960年年底，中国提供援助的国家还有：朝鲜、柬埔寨、尼泊尔、缅甸、马里、乌干达、刚果、喀麦隆、伊拉克、叙利亚、埃及、阿富汗等，一共22国。

1960年7月1日，时任外贸部副部长的李强向全国外事会议提交的报告称，从1950年起至1960年6月底，中国同某些兄弟国家和亚非民族主义国家达成协议，由中国提供的无偿援助和贷款总额为40.28亿元人民币，这个数字接近1953～1957年"一五"计划期间国家基建投资计划427.4亿元的1/10。

1960年1月，与外交部、外贸部平行的中国对外经济联络总局成立，专门负责向外国赠送现款、食品等。就在大饥荒最严重的年份，外援激增。

古巴的切·格瓦拉1960年11月访华，中国给了6000万美元的"贷款"，周恩来特别告诉格瓦拉，这钱"可以经过谈判不还"。

1961年1月，中国和苏联分裂，中国希望阿尔巴尼亚帮忙骂苏联的赫鲁晓夫，给了5亿卢布，还用外汇从加拿大买小麦送给阿尔巴尼亚。靠着中国的食品，阿尔巴尼亚人不知"定量"为何物。这一切都发生在大饥荒时期。阿尔巴尼亚跟中国谈判的主要代表希地说："在中国，我们当然看得到饥馑。可是，我们要什么中国就给什么，我们只需要开开口。我感到很惭愧。"

这段时期，中国对外援助的数额非常之大。1967年我国对外经济援助占国家财政支出的4.5%，1972年达51亿多元，占财政支出的6.7%，1973年更是上升至7.2%，超出世界上最发达、最富裕的国家对外经济援助的比例。

这些援助，都是作为严肃的政治活动进行的，美其名曰"国际主义"。

“绝不附带任何条件”是中国对外援助的“圣经”

改革开放后，中国的对外援助政策也进行了改革和调整，突出了“平等互利、形式多样、注意实效、共同发展”的内容，对外援助的经济意义超越了对政治利益的诉求。考虑到中国的经济实力和国内的实际状况，对外援助金额并没有相应大幅增加。

1995 年是中国对外援助框架全面改革的转折点，其目标是根据时任外经贸部部长吴仪提出的“经贸大战略”，把对外贸易、资本流动和国际经济合作结合起来，运用国内外资金、资源和市场来促进中国的经济发展。

为了实现这一目的，中国需要追求对外援助形式的多样化，同时兼顾受援国和中国双方的利益。此后，金融机构提供的优惠贷款成为中国对外援助的主要形式，合资合作项目开始受到更大的重视和鼓励。

而今，中国的对外援助主要由无偿援助、无息贷款、优惠贷款三部分组成。商务部的数据显示，自 1995 年开始对外提供优惠贷款以来，截至 2008 年年底，中国已向 74 个国家提供了优惠贷款，支持各类项目 252 个。

中国的对外援助在各个阶段表现出不同的特点，但从整体上讲，对外援助以平等互利、共同发展为基本指导原则，不附加任何政治条件。

奠定这一基调的是周恩来。1964 年，周恩来访问非洲 11 国途中，在马里宣布了中国对外援助的八项主张，其中第二条一直被奉为中国对外援助的“圣经”：中国政府在对外提供援助的时候，严格尊重受援国的主权，绝不附带任何条件，绝不要求任何特权。

不干涉内政做法遭质疑

然而，中国尊重受援国主权、不干涉内政的做法遭遇西方的质疑。

美国智库对外关系理事会高级学者费恩波姆在《外交政策》双月刊发文称，中国的援助或贷款与发达国家的不同。中国从不过分关心减少贪污，提高透明度，或者提高私营公司运营水平，相反，它通常要求受援国家购买中国产品或者雇用中国工人。例如，最近中国对哈萨克斯坦的 100 亿美元贷款，对土库曼斯坦的 40 亿美元贷款，以及对塔吉克斯坦的

6300万美元贷款，对推动这些国家的经济决策改革几乎没什么效果，对政府治理的提高就更没什么作用了。

文章认为，向世界其他国家捐款时，中国不遵守发达国家和国际机构制定的规则。中国的贷款通常是秘密协商，没有传统的附加条件，往往提供给那些西方国家资金害怕去的地方。中国既投资也捐助，比如2009年它对阿富汗的7500万美元贷款后来就变成了援助。

文章还批评说，中国一般喜欢单独行动，很少有与其他国家或机构的合作或协调。

对中国提供援助却不提附加条件的做法，美国官方也予以反对。

2008年3月18日，美国国会美中经济与安全评估委员会在华盛顿举办了一场以“中国日益增长的全球影响”为主题的听证会。应邀出席的美国国务院负责东亚和太平洋事务的助理国务卿帮办柯庆生在会上对中国“不附加任何条件”的对外援助政策提出质疑，称中国的政策可能阻碍美国、欧盟等援助方“促进发展中国家经济长期发展、保持政治稳定”方面的努力。

柯庆生表示，中国近来通过提供“不附加任何条件”的援助，在经济领域“大举进犯”第三世界，尤其在非洲、拉美和太平洋地区，并通过经贸手段加深与这些地区国家的政治关系。中国的政策与美、日、欧、世界银行和国际货币基金组织等援助方“以外援为杠杆，促进受援国改善人权、进行改革”的政策完全相反。

他说：“我们很担心与国际社会不协调的中国外援项目，将抵消其他援助方促进良政、提高透明度的努力。我们认为，提供附带这些条件的援助项目才是促进第三世界保持长期经济增长和稳定的最好方式。”

外界对中国对外援助不考虑人权的指责，集中在苏丹达尔富尔问题上。苏丹政府受到众多联合国决议的谴责，中国对苏丹给予了积极的对外援助，但由于中国注重平等、互利、透明和不排外的经济合作，并坚持不干涉他国内政的原则，一开始并没有对苏丹的人权状况予以特别的关注，后来苏丹人道主义危机升级，中国非常被动，奥运前夕，好莱坞大导演斯皮尔伯格宣布放弃奥运会闭幕式艺术顾问角色，引发全球舆论界哗然，原因就是中国对达尔富尔的人道主义危机“不作为”。

中国社科院美国所研究员周琪撰文指出，由于中国在近代所遭遇的百年屈辱，中国对西方列强侵略和干涉中国内政的行为记忆犹新，因此对尊重主权的外交原则更为重视。但是，如果中国要想向世界显示中国是一个负责任的国家，就必须在坚持不干涉别国内政的原则和在国际上促进人道主义危机解决方面作出适当的平衡。忽略人道主义问题而坚持完全不介入的做法，在冷战后的全球化时代不能得到国际社会的认同。

中国对外援助和贷款方式正在改变

面对外界压力，中国的对外援助也与时俱进。作为一个负责任的全球大国，中国与其他国家和国际机构的合作越来越多。在中国资金改变世界的同时，中国自身也在被改变。

1997 年中国开始主动参与国际组织的多边援助。2000 年中国又向世界粮食计划署、联合国开发计划署等 10 个国际组织提供了多边援助。参与多边援助表明中国对外援助观念的重大转变。

转折点在 2007 年。这一年，中国加入了国际开发协会的捐助国名单，该协会是世界银行下属机构，专门为最贫穷的国家提供无息贷款。

当时，此举引起西方媒体热议。BBC 评论说，中国在 8 年前还是国际开发协会的受援国，如今首次从受援国转变为捐款国，“具有很大象征意义”。而《德国之声》则认为，这种“象征意义”不可小看，这将是一个转折的开始，中国总的趋势是从受援国完全变成出资国。那么，中国就真正走出了第三世界。

当然，这些都是小变化。但是对长期以来一直在国际舞台“独舞”的中国来说，以前这是很难想象的。随着中国逐渐强大，它将会受到更大的压力放弃单打独斗。一方面，中国继续寻求在国际多边贷款机构中获得更大的影响力和投票权；另一方面，中国将面临自身贷款政策与这些国际组织规定的矛盾。实际上，中国的贷款在很多情况下已经推动了这些机构的改革。

“中国已经改变了他们的策略，”几内亚财政部的一位资深经济学家 2009 年对《纽约时报》表示，“他们不再会向一个不稳定国家的不确定市场中注入 50 亿美元。”这很重要，提醒人们，在中国迄今改变世界的同时，与世界更紧密的联系也在改变中国。

5 日俄北方四岛之争对中国的启示

中日因钓鱼岛问题针锋相对之际，中国不时有人提起日俄北方四岛之争，因为日本在北方四岛问题上对俄罗斯的软弱和在钓鱼岛问题上对中国的强硬形成了鲜明的对比。

北方四岛，主要是指俄罗斯堪察加半岛与日本北海道间的国后、择捉、齿舞、色丹四个岛屿，它们在地理上属于千岛群岛，因此俄罗斯称其为南千岛群岛。在中国出版的地图和中学地理教科书里，北方四岛属于日本，但标注了“俄占”。这是因为毛泽东时代中国政府坚决支持日本收回北方四岛，支持日本人民反修、反霸。当时，《人民日报》上经常刊登日本人头上缠着白布条，上面写着“北方四岛归还”的照片。

而今，在钓鱼岛事件刚刚结束后，俄罗斯总统梅德韦杰夫访华，中俄签署相互支持对方核心利益的声明，随之他宣布要登上南千岛群岛，震慑了日本。

和中日钓鱼岛之争一样，日本和俄罗斯的岛屿之争长达百年，也颇为复杂，到底谁占了谁的岛？北方四岛的归属是如何演变的？要理清这个问题，需要翻看和日俄相关的多份条约。

“二战”前北方四岛属日本

第一份需要关注的条约，是日本和俄国于1855年签订的《日俄和亲通好条约》（又称《下田条约》）。条约规定，“今后日本国和俄罗斯国的疆界应在择捉岛和得抚岛之间。择捉全岛属于日本，得抚全岛及其以北的千岛群岛属于俄罗斯。至于桦太岛（即库页岛），日本国和俄罗斯国之间不分界，维持以往之惯例”。

根据这个条约，北方四岛属于日本领土，库页岛主权模糊，为两国共管。因为两国在库页岛没有明确边界，移民不断发生摩擦。1874 年，日本派遣全权大使榎本武扬赴圣彼得堡与俄罗斯交涉，并于1875 年签署《圣彼得堡条约》，规定日本获得堪察加半岛以南的整个千岛群岛的主权、鄂霍次克海的捕鱼权和其周边俄罗斯港口10 年的免费使用权，条件为放弃整个库页岛的主权予俄国。

这是需要关注的第二份条约，它其实是日本用主权不明的库页岛换得北方四岛完全归属日本，这份条约签署后，两国在30 年的时间里基本相安无事，直到1904 年日俄战争的爆发。

这是一场中国人熟知的战争，是日俄在中国的土地上开展的战争，而这块土地的主人宣布“中立”。1905 年，双方签署《朴茨茅斯条约》，作为战胜方的日本得到了库页岛的一半。

“二战”的条约对北方四岛模糊处置

战胜了强大的俄国，日本的野心越发膨胀，此后一发不可收拾，终致“二战”的失败。“二战”期间的《开罗宣言》、《雅尔塔协议》和《波茨坦公告》，都涉及日本的领土问题。

中、美、英三国发布的《开罗宣言》规定，三国之宗旨在剥夺日本自1914 年第一次世界大战开始以后在太平洋所夺得或占得之一切岛屿，日本亦将被逐出其以武力或贪欲所攫取之所有土地。

在获得斯大林同意后，宣言以四国元首的名义正式公布。

1945 年的《雅尔塔协议》要求苏联对日作战，同时也更为具体地体现了苏联人的要求。协议规定，1904 年由于日本背信弃义地攻击而侵犯的俄罗斯的权利必须全部交还，库页岛南部连同与之相连的全部岛屿必须还给苏联。当然，这份协议让中国人痛心的一条是，外蒙古（蒙古人民共和国）保持现状，这也让中国失去了蒙古。

《波茨坦公告》第八条也重申，开罗宣言之条件必将实施，而日本之主权必将限于本州、北海道、九州、四国及我们所决定的其他小岛之内。

这三份文件有三点引发歧义的模糊之处。

第一，《开罗宣言》称，日本将被逐出其以武力或贪欲所攫取之所有土地，但日本认为，1904 年之前日本和俄罗斯就以法律方式明确了北方四岛的归属，因此这是日本的领土，不是靠“武力和贪欲”攫取的。

第二，《雅尔塔协议》规定，库页岛南部连同与之相连的全部岛屿必须还给苏联。据此，库页岛毫无意义地完全归属苏联，但在日本看来，北方四岛不是和库页岛相连的岛屿，因此不适于《雅尔塔协议》。美国总统杜鲁门曾就此致信斯大林，希望就北方四岛问题和苏联、日本共同开会协商，但斯大林并没有买账。

第三，《波茨坦公告》宣布日本主权限于本州、北海道、九州、四国及我们所决定的其他小岛之内。所谓“其他小岛”由谁来决定，具有相当大的不确定性。

1951 年，苏联、中国等社会主义国家缺席的旧金山会议召开，49 个国家签署《旧金山合约》。条约规定，日本放弃对千岛群岛及由于 1905 年 9 月 5 日《朴茨茅斯条约》所获得主权之库页岛一部分及其附近岛屿之一切权利、权利根据与要求。条约对北方四岛是否属于库页岛的一部分，依然没有提及，同时，苏联也拒绝承认这一条约。

美国不许日本退让

1955 年，带着北方四岛归属这一尖锐问题，日本和苏联开始进行“关系正常化”谈判，两个国家就此僵持不下，谈判停滞不前。

最后一轮谈判，苏联表示愿意让出齿舞、色丹两岛，但是日本在北方四岛的主权上却寸步不让，一直强调除非整个千岛群岛一并“交还”，否则“不可接受”。这个立场在俄方看来不可理喻，于是，两国的谈判以一份《日苏共同宣言》终结，而不是和平协定。

史料显示，日本其实对苏联的提议曾经怦然心动，有答应的意向，毕竟得到两个比一无所有强。但是，美国人介入否决了这个可能性。美国警告日本，由于《旧金山合约》没有规定北方四岛的归属，因而日本也无权签署协议把择捉和国后岛拱手让与苏联。

当然，日本内部也不愿意“因小失大”。北方四岛中，择捉岛最大，面积约3200 平方公里；其次是国后岛，面积约 1500 平方公里；第三大的色丹岛面积约 250 平方公里；齿舞是个小群岛，面积约 100 平方公里。可见，苏联以及后来的俄罗斯同意让出的，是两个小岛，而不是平分。

此后，俄罗斯多次重申让出齿舞、色丹的提议，但日本一直没有应允，以至于到“二战”已经结束65年后的今天，日俄两国仍未签订和平条约，没能真正实现双边关系正常化。

89%的俄罗斯人反对割让两个小岛

俄罗斯民族在领土问题上的强硬，世所共知。北方四岛对俄罗斯而言有着重大的军事、经济意义，通过战争到手的肥肉自然不会轻易给别人。

从地图上可以看出，从择捉、国后两岛朝偏东北方向绵延即北千岛群岛，整个千岛群岛北接俄罗斯堪察加半岛，南连日本北海道，由它和萨哈林岛一起把鄂霍次克海包围在怀抱中。俄国继续拥有择捉、国后的主权，意味着鄂霍次克海继续是俄国的“内海”，俄国可以继续在其“内海”为所欲为，进可以随意进出太平洋，退也可以拒敌于千岛群岛的岛链外，军事价值不言而喻。

同时，该地区拥有丰富的资源，大陆架煤气资源储量约16亿吨，黄金储量约1867吨，银9284吨，铁2.73亿吨，硫1.17亿吨。此外，择捉岛盛产比黄金还贵重的铼，储量高达36吨。齿舞和色丹岛虽小，但附近大陆架盛产海产品，年产量约80万吨。据统计，四岛及大陆架总资源价值达458亿美元。

1991年苏联解体，俄罗斯软弱无力，因此寻求改善与日本这个老邻居兼大富豪的关系，出于发展东部经济的考虑，俄罗斯人放下身段，旧事重提，先是外长于2004年宣布可能把北方四岛中的两岛交给日本，继而普京表示日本不应要求俄归还南千岛群岛4个岛屿，也就是同意俄罗斯外长的说法，可以归还南部的两个小岛。

不过，即使这样，天生就惜土如命的俄罗斯民众也不答应，俄萨哈林州青年甚至计划建战斗队阻止向日交出两岛。

无论是普通俄罗斯人还是精英，都强烈反对任何对日本的领土让步，即使是现实点的态度也是希望拖下去，等到俄罗斯国力强盛了再谈此事。很多俄罗斯人认为，占有这些岛屿是对俄罗斯“二战”末期根据《雅尔塔协议》对日作战付出的巨大牺牲的回报。

随着近些年俄罗斯国力的回升，俄罗斯人在领土问题上愈发强硬。根据全俄公共舆论调查中心的调查，1994 年，有 76％的人反对在南千岛群岛领土问题上对日让步，到了 2009 年，他们又做了一个同样的调查，反对的比例上升到了 89％。

日本人绝不放弃

尽管北方四岛被俄罗斯实际控制，但日本从不气馁，而是从细节入手，步步为营采取措施，坚持北方四岛属于日本的态度。

1945 年，日本把 2 月 7 日定为“北方领土日”，以后每年这天，日本各家电视台都会大量播放要求归还北方四岛的各种宣传片，在北部城市，当地电视台每次播报北方四岛的天气预报时，都会播放各种主张领土要求的宣传片。

60 多年来，日本政府都会任命北方四岛的官员，不过这些官员从未在北方四岛上过一天班。在北海道的根室市，市政大楼上用俄语写着“北方领土是日本领土”的标语；学生们必须学习俄语。当地官员表示，这样做是为了在北方领土归还日本后，好对岛上的俄罗斯人进行管理。

1983 年，日本颁布《促进解决北方领土问题特别措施法》，此后日本人可以将户籍迁往北方四岛。管理北方四岛户籍事务的根室市政府透露，在 2003 年前，将户籍迁到上述三岛的共计只有 68 人，但到了 2008 年，这个数字增加到 132 人。

自 1992 年起，日本北海道与北方四岛居民之间开始实施免签证互访。至今已有 1 万多日本公民重新踏上国后、择捉和色丹岛，他们多是原岛上居民及其子女和配偶。

对于日本的渗透，俄罗斯人心存警惕。据中国国际广播电台报道，生活在国后岛的托尼娅大婶已经 60 岁了，为了接待日本游客，托尼娅大婶学会了唱日本的《樱花之歌》。但她不无得意地说：“我总要先给日本人唱俄罗斯的《千岛之歌》，告诉他们四岛是我们的。”

而俄罗斯政府则更为强硬，面对日本的领土要求，总是以一句“日本应该遵守国际法和战后的现实秩序”应对。

日本崇尚强者的文化，1904 年的日俄战争后，日本曾在 1938 年、1939 年和苏联打了两场战役，一是张鼓峰战役，一是诺门罕战役，日军均以失败告终，“二战”结束前，苏联红军闪击日本关东军，更是让日本记忆深刻。面对强大的邻邦，即便发生日本的渔民被俄罗斯打死这样的事，日本也无可奈何。

但是，在关键时刻日本还是要有所作为，哪怕是象征性的。因此，当俄罗斯总统宣布登南千岛群岛时，日本冲绳和北方领土事务担当大臣马渊澄夫也于 2010 年 10 月 4 日采取行动——在北海道根室市纳沙布岬隔海眺望日本政府宣称的“北方领土”，即齿舞、色丹、国后和择捉四岛。

根室市一带当天降雨，马渊澄夫只能隐约看到“北方四岛”的轮廓，仅此而已。

6
亚洲国家爱美国，还是爱中国？

新朋旧友纷纷靠拢美国

21 世纪是亚洲世纪，中国将成为亚洲的领导者，这是自 20 世纪 80 年代以来观察人士不绝于耳的预测。美国陷入经济危机向中国抛出 G2 的橄榄枝时，中国距离“亚洲第一、世界第二”的梦想曾无限接近。

如今，中国手里依旧拿着数万亿美元的美国债券，美国经济依旧不景气，但在应对债务人时，债权人却显得处处被动；当美国高调重返亚洲之际，新朋旧友纷纷向美国靠拢，中国面临的周边态势，极不乐观。

亚洲大陆，中国和日本、印度、东盟国家的关系略显紧张，而朝鲜、缅甸、巴基斯坦这样的铁杆朋友，也正微笑着向西方打开大门。

中国援助力度最大、消耗外交资源最多的国家，莫过于朝鲜。但对于朝鲜而言，中国并不是铁哥们儿，而是已经“变修”的社会主义国家。朝鲜不甘心做中国的“小兄弟”，而是要和超级大国美国建立直接的关系，和美国签订互不侵犯条约，并和美国做生意挣钱。

中国扮演的角色是劝和、促谈，但对于拖延多年的六方会谈美朝都不买账，朝鲜更是利用“纽约渠道”频频抛开中国，和美国单线联系。有外交观察人士指出，从来没有一个大国，在盟友身上花费如此多的资源，却得到如此少的回报和尊重。

就长远而言，朝鲜维持现状是最佳选择，一旦朝鲜政权倒台，难民问题将给中国带来极大的负担。而朝鲜政权如果“变脸”，控诉“旧社会”苦难，毫无疑问会把中国视作罪魁祸首。当然，如果南北实现统一，即便不是唯美国马首是瞻，也会在偏向美国的情况下玩大国平衡游戏，对中国并无益处可言。金正恩接班，朝鲜在外交方面是否更多地买中国的账，还是未知数。

此外，缅甸也生变故。2011 年 11 月 30 日，美国国务卿希拉里对缅甸进行历史性的访问，送出“小礼包”，承诺将援助 120 万美元支持缅甸改革，2012 刚至，双方便互派大使，修好之快，令人侧目。

缅甸和美国走近，其实是水到渠成之举。2010 年 11 月，缅甸在大选后释放昂山素季；2011 年 10 月，缅甸军政府又解除对外国网络和异见电台的管制，并与昂山素季会谈；随之，又打出耐人寻味的一招——喊停由中国承建、造价达 36 亿美元的密松水电站工程。

缅甸这么做，一方面是借政治改革换取西方对其民选政府的承认，从而取消 20 世纪末开始的制裁；另一方面，权衡再三，通过停建中国大坝这样的决定，获取美国青睐。

如此发展，缅甸真要倒向西方怀抱，成为美国布置在中国周边的一枚重要棋子。众所周知，中国一直谋求在缅甸建立“三路”，即油路、气路和铁路。这三条路可以说是中国破局马六甲海峡，避免和美国在马六甲发生冲突的最佳方案。缅甸倒向美国，中国经营多年的能源通道计划即便不付之东流，也大打折扣。

和中国关系最好的铁杆朋友非巴基斯坦莫属，中国大使的车可以直接开进总统府，畅行无阻，目前看中巴还是亲密的兄弟，因此巴基斯坦也是美国的重点照顾对象。2011 年 12 月初北约轰炸巴基斯坦的军营，有网友评论认为，这实际上是明确告诉周边国家：“你们看着，巴基斯坦与中国的关系铁吧！我要炸就炸，谁能奈我如何？我就炸了，怎么样？”这就是美国用武力告诉中国的周边国家，谁才是真正的依靠。

当惯了亚洲老大的日本自然不甘心被中国超过，不仅加大对东盟等国的投入力度，更是借助日美安全同盟，遏制中国。日本把中国列为假想敌，在钓鱼岛争端上多次挑衅，最近更是计划派兵进驻与那国岛，监视、防范中国之举有增无减。

印度作为另一大国，在龙象之争中始终不服输，印度军方更是对 1962 年边境战争的惨败心怀怨恨，希望有朝一日报仇雪耻。中印进行了多年边境谈判，不仅没有进展，最近更是横生波折。比如说，2011 年年底，印度媒体报道说，印度政府计划未来 5 年招募近 10 万士兵，部署在中国边界以增强印度军队实力。

另外，随着中国与菲律宾、越南等国的海洋争端和摩擦增多，东盟国家对中国的忧惧不断加深，鉴于中国的实力，东盟各国团结起来对付中国的态势显露无遗。

这，就是进入 2012 年中国在亚洲面临的战略态势。

中国对邻国缺乏价值观的吸引力

中国在亚洲最大的优势在于经济，但经济上的强势并没有开花结果。盖洛普的调查分析认为，在全球经济低迷不振的情况下，虽然中国正实现快速发展，但美国仍保持对这些亚洲国家的影响力。

美国更是高调宣布“重返亚洲”。2011 年 11 月，美国国务卿希拉里·克林顿说，亚太地区将是美国今后外交战略的重心，21 世纪将是美国的太平洋世纪。奥巴马总统也表示，美国将加强并保持在亚太的长期军事存在。

美国重返亚洲的策略之一，就是加大经济整合。《泛太平洋战略经济伙伴关系协定》（简称 TPP）就是把美国重新引入到亚洲的经贸合作中，来抗衡中国的影响力。2010 年 TPP 成员国国内生产总值总量占世界的 27.2%，如果算上日本和韩国，将成为世界规模最大的自由贸易区。更进一步看，通过经济贸易合作，美国在东南亚的影响力可以从贸易深化到以贸易联系为纽带的国家战略合作，完全可以影响到政治和军事领域，强化美国在亚洲的战略存在。

其次，在军事领域美国也“重返亚洲”。刚刚进入 2012，美国便迫不及待地公布了新的军事战略。新战略明言，要增强在亚洲的军事存在，加强防范来自中国的威胁，包括阻止中国“支配南海的国际水域”。

对中国的防范，加强在亚太的军事存在，实在不是什么秘密，美国 20 世纪初就要这么干，只是由于本·拉登发动“9·11”恐怖袭击，美国把战略重点转向中东，转向反恐，可回头一看，它最大的竞争对手已经比 10 年前更强大，因此才亡羊补牢。

其实，从古罗马帝国到美国，任何一个超级大国，都会极力防范身后的竞争者。对“第二名”，总会采取拉拢、分化、威胁等策略。2009 年美国提出 G2，是拉拢；重返亚太、拉近和东盟国家的距离，是分化；而增强在亚太的军事力量，算是威胁。

对于美军的调整，中国需要淡定，需要静观其变，而不是针尖对麦芒。中美之间目前依然是你中有我、我中有你，政治、经济两方面都是既竞争又合作的关系，都是美国领先、中国追赶的态势，在较量中互有得失，各有几副牌可打。但在军事上，实事求是地说，差距甚大，中国军方所说的 20 年差距绝不是谦虚之言。

整体而言，中国与亚洲各国的关系，受各种因素制约。比如说钓鱼岛问题；殖民者制造的历史遗留问题，如中印边境问题；以及中国地处亚洲大陆、被大国环绕的不利地缘现实。

除了硬实力的差距，软实力也是重要原因。美国可以携自由、民主等普世价值观横扫全球，可以用好莱坞大片吸纳各国主流人群的关注，可以用 iPad 等产品让大家自愿打开钱包，但中国却没有这方面的撒手锏，中国和亚洲邻国之间，缺乏超乎利益的感召力和凝聚力。

古代朝贡体系之所以存在，不仅仅因为中华上国的经济实力和军事实力，而是文化上的吸引力，是蛮荒之国对华夏文明的滔滔江水般的仰慕。但今天的亚洲各国，对中国没有文化上的敬佩和尊重，也缺乏价值观上的认同，更多是期待通过合作得到更多贸易机会，中国可以在国力强势时大度一点，予以让利，但一旦自身经济发展受阻，就会失去这一优势。

其实，美国从来都没有离开过亚洲，中美应该考虑的是如何“共治亚洲”。在和邻国的关系方面，中国应该更多想想如何吸引它们，而不是让它们抛开美国。如美国国际战略研究中心的中国外交政策专家格拉瑟所言：“我预计，对于美国挑拨中国与邻国关系的举动，中国将通过保持与邻国的友好关系来吸引这些国家，而非寻求说服邻国弱化其与美国的关系，后者只会适得其反。”

7 中美领导人“私聊”泄露了什么秘密

中国人受到的政治教育，一是来自学校里的政治课，二是来自《新闻联播》，两者的共通之处在于，都是告诉大家政治是一件多么严肃的事儿。

《新闻联播》里，领导人会见都是程式化的，就连走路、握手的姿势也一模一样，好像不如此，就无法显示其重要性；每次会见外宾的词也别无二致，基本上都是宾主就什么话题进行了谈话，会谈气氛是友好的，结果是积极的。

千万别被这些表象蒙蔽了视线，国际政治绝不是这么玩的。

领导人也是人，也会聊些家长里短。2012 年 3 月底的首尔核安全峰会上，美国总统奥巴马和胡锦涛主席就拉起了家常。

“家里最近怎么样?”奥巴马一落座即首先向胡锦涛发出问候。胡锦涛笑着说“挺好”，并向奥巴马问道：“夫人和孩子们好吧?”奥巴马随即向胡锦涛转达了家人的问候。

两位领导人之间的对话，被中国国内媒体予以放大，头条位置处理。其实，领导人之间的这种问候，司空见惯，根本不是新闻。之所以当做新闻处理，是因为当所有会见和会谈千篇一律时，稍微有点正常的人情味反倒成了新闻。

这种充满人情味的“私聊”体现了中美之间关系的成熟，奥巴马和金正恩、内贾德不会这么说。其实，中美最高领导人之间一向有些有趣的交流。尼克松访华时，毛泽东和他谈的是哲学问题，而不是中美关系；邓小平访美时，和卡特说要“教训一下越南”；江泽民访美，应邀到小布什的农场，据说，一天早上醒来，江泽民和布什说，每天想着让 13 亿人吃饱饭，也不是容易的事，布什立即弦外有音地说，金正日如果也这么想，朝鲜问题不就好解决了。

总之，从古至今，国家领导人之间既要斗智斗勇，也要维系关系。而其中的关键在于，秘密谈话不要泄露，有些事本来无伤大雅，可一旦泄密，就容易招致麻烦。

同在核安全峰会上，问候过胡锦涛之后，奥巴马和俄罗斯总统梅德韦杰夫聊天时就被麦克风出卖了。奥巴马承诺，一旦他再次当选美国总统，将在反导系统等有争议的问题上采取更加灵活的政策，梅德韦杰夫说要把这话带给普京。奥巴马这番罕见直率的话因麦克风未关而被曝光，立刻在美国国内引发轩然大波，共和党给予了猛烈攻击。

仔细想想，奥巴马说得也没什么不妥，反导问题美俄折腾多年，互有攻守，美国采取灵活政策，不等于示弱，更不是卖国。可倒霉的是，奥巴马恰逢大选，这几句话被共和党抓住，就成了讨好普京，跳进黄河也洗不清。

站在中国的角度，至少可以看出美俄领导人还是有着深入的直接交流，可以就最为敏感的反导问题直抒胸臆，这至少可以保证双方不发生大的战略误判——如果有至关紧要之事，领导人直接通电话聊聊就清楚了。再往前看，梅德韦杰夫访美时，奥巴马还带着他去麦当劳吃汉堡，这交情，还真是不错。

当然，美俄领导人关系再好，也不是盟友间的无话不谈。2011 年 11 月G20 戛纳峰会期间，奥巴马和法国总统萨科齐聊天。萨科齐说再也不能容忍以色列总理内塔尼亚胡，并称他“是一个撒谎者”。而奥巴马则附和说：“你烦他，而我却不得不每天和他打交道。”

没承想，哥儿俩的这次私下交谈也因麦克风没关，被记者全程转播。美国国内的犹太人不愿意了，他们发誓选举时要把奥巴马赶下台。这倒应了那句老话，隔墙有耳。

对于受到伤害的内塔尼亚胡而言，除了忍气吞声也没别的选择。美国是以色列的恩主，给钱给枪，得罪不起。当然，也许奥巴马会泄密后给内塔尼亚胡打个电话，解释几句，或者送点 F-16 慰问他那颗受伤的心，这纯属猜测，无从考证。

和前任布什相比，奥巴马私聊泄密算是小巫见大巫。2006 年俄罗斯 G8 峰会期间，麦克风让布什和布莱尔之间的聊天泄密。

布什先是说联合国秘书长安南对中东问题想得太简单，接着抱怨说其他国家的领导人发表的讲话太长了。他说，“我不会像其他领导人那样说话那么啰嗦。有些家伙的讲话真是太长了”。

布什大力夸奖了布莱尔此前送给他的一件毛线衫。布什说：“谢谢你那件毛线衫，你真是想得太周到了。我知道，这肯定是你亲自为我挑选的。”布莱尔则立即说，“噢，绝对是这样。”

布什的话，让那些讲话啰嗦的领导人很没面子，不过，有记者问到这些对话时，布莱尔微笑着拍拍前边的麦克风机智地说，“这表明我们都是一个透明的政府。”

布莱尔只说了一半，这还表明英美之间的亲密关系。早在“二战”时，罗斯福找丘吉尔，恰逢丘吉尔洗澡。丘吉尔笑着说，亲爱的罗斯福，我没有骗你吧。我在你的面前一直是从来没有任何隐瞒的。

和“二战”前几个大 Boss 私聊便可以划分世界格局不同，当下的世界，日益扁平化，各国的沟通机制也逐渐增加，领导人层面，不需要为很多具体议题扯来扯去。他们所要做的，便是建立信任，为双方和多边关系定调。像 G20、核安全峰会这样的场合，越来越像一个大 Party。领导也是人，也需要正常的社交，而领导人之间借助这种活动，可以彼此联络感情，建立或促进私交。

这种 Party 的感觉，在欧美盟友之间尤其明显。东方国家和发展中国家的领导人，由于语言、文化传统、国家地位等因素，显得更严肃。西方领导人之间的喝酒、看球、猜拳、行令，至少说明他们之间还是有些交情的，至少说明他们背后的共同的文化基础。中国外交界奉为经典的“外事无小事”，很大程度上让精彩的外交变得刻板起来。其实，换一个角度理解，外事皆小事，即使是领导人，所需要处理的，也是小事。私聊也罢，私聊泄密也罢，都是关系好的体现。如果两国领导人没有私下的交流，完全公事公办，真正的麻烦也就来了。

8
从禅宗角度看中美关系“三境界”

看山是山，看水是水；看山不是山，看水不是水；看山还是山，看水还是水。不知为何，恰逢胡锦涛访美、中美关系成为热点之际，这句禅宗之语跃上心头。

此语出自宋代禅宗大师青原行思提出的参禅三境界。原文是，“参禅之初，看山是山，看水是水；禅有悟时，看山不是山，看水不是水；禅中彻悟，看山仍然是山，看水仍然是水”。

2010年，中美关系跌宕起伏。建交以来，中美关系有好有坏，但整体而言，不也是循着这三种境界而变化吗？

中美之间的第一重境界，看山是山，看水是水。这便是恢复邦交之初，大家怀着好奇与新鲜，对对方的一切都用一种童真的眼光来看待。以《河殇》为代表的文化激进主义者，直言要抛弃黄土文明，拥抱美国为代表的海洋文明；而中国在美国的形象，也曾如温顺的大熊猫一样，谦恭、可爱。

中美关系的第二重境界，看山不是山，看水不是水。中美密切交往后发现，对方不是想象中那样，在虚伪的面具后隐藏着太多的“潜规则”。

看到的，未必是真实的，一切如雾里看花，亦真亦幻。

能看到的，是胡主席和奥巴马总统已会晤8次，是中美之间高达3853亿美元的贸易额，是彼此互为第二大贸易伙伴，是300多万人次的人员往来；看不到的，是彼此对对方的猜忌和怀疑。美国的航空母舰在中国周边海域频频演习，虽宣称是威慑朝鲜不是针对中国，但无法不让中国警惕和紧张；同样，当美国国防部长盖茨在北京的当天听到歼—20隐形飞机试飞的消息后，他也不可能真的相信“这和本次访问无关”。

这种境界，让中美关系成为很难说清、很难定义的话题。即便知名学者也不愿空泛地谈这个话题，而是更愿意就其中一个侧面展开讨论。但是，任何一个侧面也要受中美关系这个大气场的制约。每个中美关系的亲历者、关注者、评论者都身居其中，看似清楚，实则却有时候雾里看花，不明所以。

这并非我辈愚钝，而是发展阶段的必然。可以说，中美不是朋友，不是敌人；也可以说，中美既是朋友，又是敌人。《经济学人》杂志把中美看做同床异梦的夫妻，可夫妻也会分道扬镳进而老死不相往来。

既然说不清，美国人就用“Complex”（复杂）予以表述，我们也找不出更好的词来形容。为了解决中美之间的麻烦，两国建立了60多个对话磋商机制，其中最重要的是中美战略与经济对话机制。可最终发现，几乎所有的战略对话都聚焦于具体事务，并没有完全达成建立互信的效果，也和战略没有多大关系。

受彼此政治制度、发展模式、民族文化的制约，这一境界将会持续漫长的时间。本次胡主席访美，是这个过程中重要的一环，我们不能简单地期待两国元首的会面会让中美更上层楼，那样的期待不现实，但可以期待的是，两位元首可以澄清一些误会，确立一些原则，让2011年的摩擦少一些。

其实，单就中美官员互访而言，双方就误解颇多。比如说，中国方面更注重形式，认为你给了国事访问、放21响礼炮就是高度重视；可美国人不重视这些，比如前总统布什曾经请江泽民到得克萨斯的农场小住，在他看来，我请你到我家，这才是最高礼遇。

再有，中美建立了60多个磋商机制固然可喜可贺，但人与人之间的交流不可或缺，不能靠制度解决一切，归根结底还是人的作用。领导人之间、外交部长之间能抄起电话直接沟通其实效果最好，过分依赖制度，也不足取。

如果真能做到领导人、部长们之间有些“私交”，那将会靠近第三重境界。领导人之间的私交，对于减少误判、增进理解非常重要。比如说，太平洋战争爆发后，美英盟国的军政首脑在华盛顿召开阿卡迪亚会议，拟定出标志着世界反法西斯统一战线正式形成的《联合国家宣言》。会议期间的一天上午，丘吉尔正在浴室洗澡。突然，美国总统罗斯福携带宣言的草案，坐着轮椅来到丘吉尔的房间，兴奋地大喊：“大英帝国有救了！”丘吉尔闻讯，兴奋至极，竟赤条条地从浴室冲了出来。罗斯福非常尴尬，连连道歉，示意要告辞。丘吉尔灵机一动，连忙伸手阻拦，幽默地说："不不不，大不列颠首相在美国总统面前没有什么可隐瞒的！"一席话说得罗斯福总统开怀大笑，气氛顿时轻松了许多。

鉴于文化和传统的不同，中美领导人之间，也许永远无法达到这种"无可隐瞒"，也就是说，达到第三种境界的可能性不大，但是，并非没有可能，可以尽力地通过展现人性的一面，让彼此的信任度增加。

如果做到这些，也许可以说窥见了第三重境界的门路。第三重境界是，看山是山，看水是水。此时，双方相互知根知底，知道自己追求什么、放弃什么。到那时，中美领导人之间会晤，就像毛泽东和尼克松见面一样，谈谈哲学问题，喝喝茶，谈谈 NBA 或者乒乓球，"看山是山，看水是水"，其他的，就让各部门负责人谈吧。订单？对不起，和我无关，让企业家们自己去聊吧！

9 世界各国政客的秘密武器

政坛即江湖，尔虞我诈，钩心斗角，若无撒手锏难以立足。当今政坛高手，均有拿手武器。一招出手，杀人于无形；或者日积月累，在岁月的惊涛中确立自己江湖大佬的地位。

古龙的武侠世界里有“七种武器”，我们就借助“人在江湖，身不由己”的古龙先生，看一看政客们的真面目。

微笑——长生剑

陈旧的剑鞘，根本看不出有什么杀气。然而它却锋利得可怕。这就是江湖中最可怕的一把剑——白玉京的长生剑。其实，白玉京最可怕的不是他的剑，而是他的笑。因为他的笑使许多江湖大腕败在了他的剑下，他的笑也无数次使自己从别人的剑下死里逃生。

“所以第一种武器，并不是剑，而是笑，只有笑才能真的征服人心。”

英国的政客善于微笑，当年丘吉尔的大笑成为经典，可他的后任却相去甚远。每逢举行内阁会议，英国的大臣们就会与记者打个照面，这个时候，他们大多摆好姿势，露出笑容，让记者们拍个痛快。不过，他们的笑并非发自内心。前首相戈登·布朗的面部表情相对稳定，没有显露出任何情感变化的痕迹，即使他内心活动非常激烈。他嘴唇紧紧闭在一起，眼帘下垂，从正面讲，这给人以一种可以信赖和可以控制局势的印象，从负面角度讲，这可以看做相当冷酷以及没有同情心。

这也没有办法，甜蜜的笑是女性的专利，男人当自愧不如。

乌克兰前美女总理尤利娅·季莫申科一嗔一笑，比戈登·布朗有魅力得多。她 36 岁开始掌控乌克兰的天然气、石油、航空、银行等命脉产业；她是乌克兰前总理，她曾掀起轰动世界的“橙色革命”。在事业上，她手段强硬，攻击性强，游走于充斥着西服领带的政坛之中；在生活中，她却和其他女人一样，精心打扮只为参加一个家庭聚会；她在老公和女儿面前露出的笑容，如此美丽温柔。当这些照片出现在她的个人博客，微笑的魅力超过了千军万马。

微笑在选举中的威力更是不可比拟，泰国美女总理英拉便是用微笑征服了泰国。

灿烂的笑容，优雅的合十礼为她赢得了上百万名粉丝，有着十足亲和力的英拉在 2011 年 8 月 5 日成功被选为泰国政府总理。当这位百万富翁顶着烈日站在稻田中，对上了年纪的农民恭敬地施合十礼的时候，征服了无数选民的心。美貌的英拉曾承诺要用女性特有的魅力为民谋利。她以“团队精神、精力过人、悟性高”著称。从她嘴里从来听不到一句批评别人的话，以自身特有魅力，英拉也轻而易举地让对手乖乖缴枪投降。

自信——孔雀翎

孔雀翎是一种暗器，美得让人忘乎所以的暗器。美丽是一种致命的诱惑，然而真正的美好只能是源于内心。孔雀翎是不存在的，即使出现也只能是稍纵即逝。孔雀翎代表的是一种必胜的信念，能幸福是因为忠于自己的内心，能胜利是因为能洒脱地面对一切。

2008 年大选，来自阿拉斯加的女州长莎拉·佩林成了有史以来最富娱乐性的候选人，她的许多愚蠢言行跟她的“辣妈”形象深入人心。2012 年大选将至，佩林准备再度出马。7 月 13 日，她说本次如果参选，自信能够击败奥巴马。不论别的，仅这份自信，就足以显示女中豪杰之气。

佩林告诉福克斯电视台的主持人，自信能打赢选战的同时，也考虑支持其他共和党候选人，前提就是她觉得对方符合“国际领导人”标准。她解释说，这名候选人应当有“丰富的行政经验”和“公仆的心”，“党派色彩不那么浓重”。

同样败给奥巴马的希拉里·克林顿，也是充满自信之人。和季莫申科、英拉相比，希拉里算不上美女，她所展现的是女性的另一面。她的服装永远不会多么时髦，甚至显得有些老土，但自信的举止让人不敢小觑。她如何与各国政要纵横捭阖无须多说，单从下面这个笑话，就可以看出她的自信：

一次，克林顿当总统时，夫妇二人驾车郊游，途中没油了，便来到郊外的一处加油点加油，其间发现希拉里跟加油工聊得火热，克林顿有点醋意地追问那人是谁，希拉里大方地说，是她以前的情人，克林顿得意地说，你嫁给我多幸运啊，不然你就陪着他在这儿加油了，没承想希拉里根本不买他的账，笑着说，我要是嫁给他，现在的美国总统将会是他，而不是你。

诚实——碧玉刀

闲适自如碧玉刀，如清风明月，云卷云舒。《碧玉刀》如同舒伯特缠绵的小夜曲，大珠小珠落玉盘；《碧玉刀》中的段玉是个不谙世事的少年侠士，不曾练达人情，却以他的天真和诚实赢得了一帆风顺的“运气”。

的确，有时诚实比任何心机都有力量。

2001 年 6 月 10 日，克劳斯·沃维莱特参加柏林市长竞选。他在演讲中大声宣布：“我是个同性恋者，这挺好。”尽管 300 多名社民党代表中的大多数，并不认同沃维莱特的同性恋者身份，但都被他的坦诚打动了。最后，他被全票推举为市长候选人。更奇怪的是，沃维莱特公开自己的性取向后，其民意支持率不降反升。两个月后，他顺利当选柏林市长。

他经常参加柏林的同性恋游行，还是同性恋酒吧的常客，并时常带着他的同性伴侣在公开场合高调亮相……2006 年 9 月 17 日，沃维莱特成功连任市长。在庆祝聚会上，他激动地给了同性伴侣乔恩·库比基“一个结实而温柔的拥抱”。德国的小报甚至大胆预测，他有可能当上德国总理。

诚实，得到谅解，反之，就会招来天怒人怨。克林顿担任美国总统时，曾被和白宫实习生莱温斯基的丑闻弄得焦头烂额。美国人之所以不饶恕他，并不单单是因为他偷情。在美国，男人偷情并非十恶不赦之罪。克林顿陷入麻烦的很大原因是他撒谎，当他对着《圣经》发誓说自己是清白的，很快又被强有力的证据证明确实和莱温斯基有染时，他的不诚实引发了美国人的反感。

哪里跌倒的，就在哪里爬起来。聪明的克林顿接受了公关人员的建议，决定诚实面对。克林顿发表电视讲话强调：“这个国家的孩子们，我希望你们能从我的错误中深刻反省并了解一个道理：尊严对一个人是多么的重要，任何自私的做法都是错误的。”克林顿说：“我衷心希望美国的家长们，能以我为戒，教育孩子们要做个诚实的人。”

这番表演，最终让克林顿赢得了美国人的原谅。

仇恨——多情环

江湖上双环门有一件神器，凭借它，双环门帮主盛霸天可以纵横天下。每杀一个人，都会在多情环上划上一条痕迹。直到有一天他被击败，从此江湖上只留下多情环的传说！

“仇恨的本身，就是种武器，而且是最可怕的一种。所以我说的第四种武器也不是多情环，而是仇恨。”古龙说。

金正日和卡斯特罗，就善于利用这种武器。

金正日治下的朝鲜，官方和公众心理中存在着程度极深的反美主义情绪，每年朝鲜都举行大规模的反美集会。朝鲜对美国的极端负面的情绪已弥漫到朝鲜社会生活的方方面面，并深刻地影响朝鲜的国内政策、对外政策和对外宣传。朝鲜在对外政策上所采取的种种强硬态度中，许多正是基于美国军事威胁论的政治逻辑。

利用对美国人的仇恨，金正日树立了自己的形象。近些年，朝鲜人食不果腹，朝鲜政府通过宣传，让百姓认为经济困难局面的主要原因是来自美国持续不断的封锁。因而，朝鲜的反美政策在一定程度上可以看做是朝鲜政府对自身状况的一种自我辩护和宣泄，同时也可以被认为是将人心重新凝聚团结起来的一种理性的策略。于是乎，金正日成为人民的希望所在。从朝鲜媒体对金日成的宣传中不难看出，金日成对抗大国的事迹往往成为着重渲染的焦点。金日成时期，朝鲜对美国的一系列强硬态度，可以说与金日成证明自己不屈服于外来压力，以获得更高的国内威望不无关系。

利用仇恨的，还有卡斯特罗。最近，上海《新闻晨报》派记者去古巴，一位接受采访的姑娘说，古巴的问题都是美国造成的。美国对古巴进行了半个世纪的经济金融封锁和贸易禁运，给古巴带来了上千亿美元损失。美国和古巴之间从来都只有一个问题，那就是美国一直想占领古巴。

这位姑娘说，还好，我们有卡斯特罗这样的领导人，可以领导我们、保护我们。

对外界的仇恨，能让一个国家更团结，能让一个政权更稳定，但如果过度利用这种仇恨，将会给社会带来异化，带来危险，将最终走向不归之路。

萨达姆、卡扎菲、穆巴拉克，便是明证。

抉择——离别钩

离别是为了相聚。离别总让人不舍，离别只是开始。离别钩因错而成，却又本该如此，每个人都有无可逃避的时候，离别只因必须得作出抉择。

最近作出抉择的，是菅直人。日本政坛现在变成了兵营，铁打政坛流水的相，几个月一换的首相成为一个个留守内阁。菅直人在自己提出的三个法案通过后，宣布下野，自民党很快选出新首相野田佳彦，不知此君任期能否超过菅直人。

“二战”以来，发达国家领导人任期以日本最短。日本首相任期平均是 26 个月，而德国总理是 88 个月。“二战”后日本换了至少 31 位首相，美国、英国、法国、德国，最少的是 8 个，最多的是 13 个。日本经济、文化和科技领域在世界上独领风骚，但是唯独在政治领域给人以侏儒的感觉，重要一点是首相更换频繁。物以稀为贵，而首相太多，就让人觉得日本首相不值钱了，不仅是中国人，连日本人恐怕都不知道首相是谁。

离别是为了相聚，或许下野是另一次政治生命的开始。每一次选出新首相是抉择，每一次旧首相下野也是抉择。

日本国的首相更新的速度是日本社会选举制度的缺陷，因为首相是在一部分人中间产生的，所以首相席位成为利益集团互相的争斗。所谓的引入西方文明，又使得日本政客以潇洒的姿态对待执政的去留，在天皇成为形式的日本社会环境下，首相成为受利益集团控制的演员。因此，每一次抉择，主人公都无力左右，也无力抗拒。

这又如何呢？首相无力抉择是坏事，但首相抉择的权力太大更是坏事。日本首相不过是国家领导层的代言人，缺乏绝对权威，日本不是靠一个人领导，而是一个领导体系，大政方针是相对固定的，由各省具体执行，任何一个首相上台下台，都不影响内政外交的根本性变化，即使政策变了，也不会牵一发而动全身，不影响国家稳定和民生百态。

如果首相的抉择权太大，又走马灯一般地换，国家非散架不可。首相更迭，而社会不乱，正是日本的高明之处，这在东方社会，绝对是个异端，一个值得学习的异端。

勇气——霸王枪

力拔山兮，气盖世。时不利兮，骓不逝，骓不逝兮，可奈何，虞姬虞姬奈若何！听到霸王枪这名字一定令你血脉贲张吧，可惜霸王使的却不是枪，使霸王枪的也不是什么霸王。

看到这段话，面前浮现出的是叶利钦。

苏联解体后，俄共把戈尔巴乔夫和叶利钦都当成苏联解体的罪魁，甚至要审判他们。他们二人对苏联解体的态度却有不同，戈尔巴乔夫强调自己一直是联盟的捍卫者，为苏联的解体感到惋惜；叶利钦则强调苏联解体是人民的选择，俄罗斯联邦放弃帝国的道路，不让苏联这个帝国继续存在，给各族人民以选择的自由，是一件好事。

后来，在北约轰炸南联盟时，叶利钦派200人抢占南联盟机场，让几万北约军队进退两难。

叶利钦小时候的勇气，更是被传为佳话。他小学时在同学中威信很高，但在有的老师眼中，他却不是一个好学生，甚至有好几次差点被开除，因为他总是喜欢出馊主意、鬼点子。在自己或同学受到老师不公正的处理后，他总是敢站出来辩论。

毕业考试结束后，他的考试成绩非常好，证书全是5分。学校举行隆重的毕业典礼，一个个毕业生从老师那里得到了毕业证书。轮到叶利钦了，他站起来要求发言。人们都想听听这个男孩说些什么，他对那些在生活和学习上给予自己很大帮助的老师表示了感谢，人们对他投来了赞许的目光。突然，他开始评判班主任老师，指出她的缺点，批判她的教育方式，弄得现场很是尴尬，老师大为光火。

第二天，学校通知他不能得到毕业证书，而只能得到一张“肄业证书”。叶利钦对学校的决定不服气，为了维护自己的权利，他到处奔走呼号。经过他的努力，引起了上级重视，成立了专门检查班主任行为的委员会，那位教育方式不得当的班主任还真受到了处理，而叶利钦最终还是得到了“毕业证书”。

不以自己出身贫寒而自卑，反而在涉及大家的利益上，敢于站出来发言，勇敢地去努力争取。这就是俄罗斯第一任总统叶利钦。

拳头

拳头代表没有，没有便能无敌。舒是掌，握成拳。拳头作为终极的武器，也是许多人所一直期盼和等待拥有的。每个人都有双拳头，但真正握得紧的又能有几个?

在抵达北京前，骆家辉就出现在中国的网络上。有照片显示，他在西雅图机场排队买咖啡，身边没有许多中国人认为官员应该有的保安和秘书。这张照片通过微博广为流传，引发啧啧赞叹声——看人家的官员!

无独有偶，2009年奥巴马访华时，也有一张照片被中国媒体不约而同地搬上报纸的头版。照片上奥巴马自己打着雨伞，出现在空军一号的出舱口。当时，我应邀参加凤凰卫视的《锵锵三人行》节目，就此调侃说，堂堂总统自己打伞，这让中国那些啥事都有人伺候的小局长、小处长情何以堪啊!

这两张照片，在不同时间、不同地点传达了同一层意思，即美国的官员不像中国的官员那样官僚；更深一层的意思则是，中国民众对官僚主义的盛行不满，不好骂自己的父母官，只好借助美国人的表现，来指桑骂槐一番。明着是夸赞骆家辉，实际上是埋怨自己的官员们干嘛那么高高在上。

此刻，美国人没有锋利的武器，只是伸出自己的拳头，你可以理解为作秀，可这作秀背后，是立国以来的文化凝结。

美国的官员不是上级任命的。贵为总统的奥巴马，也无法对某个州长的任免指手画脚；同理，州长也无法对下属的某个县的县太爷的任免作出决定；而县长当然也不能决定镇长的升迁。决定这些升迁与否的，都在于官员治下的选民的选票。

由于对下不对上，因此官员就不必刻意媚上。上级领导来就来，我欢迎，但我也不会当成老佛爷一样供着；上级也知道自己职责何在，因此也不会对接待鸡蛋里面挑骨头。可中国就不同了，上级领导视察，稍有不慎，就捞不到提升的机会了，因此，照顾好领导是最重要的，领导满意一切都好。

和不必媚上相对的，是美国官员必须媚下。可以得罪天，可以得罪地，但不可以得罪辖区内的选民。这才是乌纱帽的供给者。他们可以用选票把你送上高位，也可以用选票把你拉下来。在美国，何须上访，忍上几年，投票把不满意的领导投下来就是了，没有必要越级去找总统，即使找了，总统也没啥办法。

也有人持不同意见，说这是美国人搞的公众外交。假如按这个逻辑，这个公众外交便是拳头，不是秀出来的，而是背后有基因。习惯了摆谱的领导，是不会这么干的，即便干了，也显得矫揉造作。

第五章

西方，无需仰视

1 老外为什么爱北京

2012年春节前，与一群媒体人聚会，巧遇一美国女士王太太。之所以唤他王太太，皆因聊到网络时她说不喜欢微博，喜欢微信，于是，我们拿起手机摇一摇，找到了眼前这位王太太。

王太太生于纽约，洛杉矶长大，如今却在北京做一本向外国人介绍北京吃喝玩乐的杂志。聊起吃，共同话题自然多了起来。

利群烤鸭，知道不？我问。王太太笑笑说，当然，全聚德的师傅出来做的，烤鸭，还有大董、小王府，便宜坊也还不错。

红色经典，知道不？我继续考她。王太太琢磨半天，似乎有点被问住了。我提示说，就是服务员打扮成红卫兵的样子，吃饭时表演“文革”样板戏的地方，她这下恍然大悟，连说听说过、听说过。

像王太太这样对北京的小吃、名吃、特色菜如数家珍的老外，还真不少。我这几年在北京吃过的印象深刻之处，很多都是驻外使馆、外企的朋友们带着去的。有一次，和法国使馆的新闻官桂永华（已调新加坡工作）吃饭，选了三里屯附近一家私房菜馆，席间聊起流行影视剧，不知怎地说起王刚，可说着说着，一抬头，王刚正围着围脖走进来。

说来惭愧，就连利群烤鸭，也是在美国访问时，一位美籍华人美食家告诉我的。

不止这些“北京通”，即便是初到北京的游客，也会拿着地图，穿梭于胡同间，发现那些我们自己习以为常甚至不屑一顾的美，而不是止步于故宫、天安门和长城。

旅游，就是从一个自己待腻了的地方，到一个别人待腻的地方，有人如是说。可我们很多人，不仅无视身边的美好，旅游时也是上车睡觉、下车拍照，一心向着山顶，可对爬山过程中艳丽的山花野草视若不见。

或许，有人说老外有钱有闲，这才可以尽享北京之美食。此言谬矣，君不见，我们的富豪高官们，动辄一顿饭几万元，这样的场合我也时常凑凑热闹，但感受不到多少乐趣和雅致，只有压抑、奢华，甚至粗俗。

或许，这就是我们的差距所在。从20世纪60年代的饥荒走过的这个民族，似乎没有从心理上走出饥荒；亦或许我们太忙了，忙得每天必须匆匆地行走，无暇注意身边美好的事物，哪怕是美食。

还有相当一部分人，不是因为没有钱，也不是因为没有时间，而是缺乏对美好事物的追求和寻找。有道是，三代培养一个贵族，从饥饿走向雅致，真的需要一个过程。

有时，徜徉在使馆区的小巷，看着落英缤纷，会想：这也是北京，为什么和北京的其他区域有那么大的区别，为何这里可以静谧、安详，而北京的大多数地方却嘈杂、浮躁？这种区别，恐非人多可以解释。

的确，我们这个民族有太多苦难，受过太多压迫，我们自己，也面临着数座大山的压迫，可更多的压迫来自我们的内心深处。

在焦急浮躁的内心深处，身边的一切显得很糟糕，身边的人也显得很讨厌。其实，老外看北京，看中国，有时候会发现那些我们习以为常的妙处。

2011年秋天，和一位美国国务院的高官聊天，政治、经济、文化扯了一大堆，由于两位美国官员均为女性，话题自然而然地转为家长里短。

当然，这位高官的姓名、职位按照规矩不可以说，只能透露我们的饭局是在北京马甸附近的一家小有名气的川菜馆，看着美国官员惊叹中华美食的样子，想想当年在美国吃的按磅出售的垃圾食品，真是深感作为中国人的幸福之处。

在这位高官看来，北京美好的地方不只是美食，安全也是重要的因素。晚上12点多，朋友约她出去遛弯，她起初不敢答应，因为根据在华盛顿的经验，晚上出门风险很大，但她的朋友说，放心吧，北京很安全，于是，她们在北京的街头漫步，路上还碰到几个酒鬼，晃晃悠悠地和她们打着善意的招呼。

而在华盛顿，情况大有不同。该市南部区域，甭说晚上出门，白天大街上也有风险。这不是我说的，而是这位官员所言。其实，我以前在华盛顿采访时，经常一个人溜达，还喜欢跑到著名的水门大厦附近转转，也没碰到什么坏人。但的确有美国朋友警告说，南部治安混乱，没事不要往那儿跑。

除了华盛顿，底特律、迈阿密也都是犯罪率较高的城市。去底特律采访，路上美国朋友就说，在城里，最好不要一个人外出，曾有华人大白天被当成日本人枪杀，原因么，很简单，因为丰田抢走了三大汽车公司的生意，害得很多工人失业。

当然，这么说绝不是告诉你美国乱得一团糟。在西部的乡村，居民的淳朴憨厚你无法想象；即便在华盛顿这样的都市，你停下来查地图时，也会有人笑着问你，需要帮忙吗？

每个国家，每个地区，都有其负面，也有其积极面，如果只盯着其中一面，其实很容易走入误区。

中国快速发展，但人们怨气不断、牢骚满腹，有钱人纷纷往美国跑；美国经济不景气，有些人开始羡慕中国的经济和社会发展。这位美国国务院的高官，如此夸中国的“安全系数”，一起用餐的美国使馆官员也连连点头，说自己也会带着孩子随意走走，总是有人善意地逗逗小孩，或者抱抱，她也习以为常。

即便是中国人特别不满意的教育，也有美国人连连称赞。一位美国女老师说，中国的基础教育比美国强很多。

我无意完全认同美国官员的判断，但他们的说法至少可以让我们从不同角度想问题、看问题。世界上没有任何地方是完美的，没有任何国家不经历经济的起落和社会的变迁。美国经济下滑、欧洲债务危机、中东动荡，在整个世界有些乱糟糟的情况下，更多的外国人会高看中国。

中国肯定不是完美的，作为发展中国家肯定有大量的问题存在，但我们也不要过于悲观。其实，我们的社会没有那么糟，每个人都乐观一点，努力一点，一切都会更好。

2

老外问中国人的五个傻问题

由于工作关系，我接触老外多一些，他们稀奇古怪的问题，常常让我张口结舌不知道如何回答。可过后仔细想想，看似愚蠢的问题背后不仅反映出中西方思维的差异，而且可以像镜子一样照出我们的不足。

最喜欢和朋友分享的是这个中国人绝对不会问的问题：中国的树为什么长在马路边上。这是一个法国外交官问我的问题，至今仍没有标准答案。路边的树，自然是人种的，我们国家土地少，人口多，森林覆盖率低，这些年乱砍滥伐更是让许多地区的人只见树木不见森林，自然生长的树林对平原地区来说绝对成了奢侈品。于是，国家早在20世纪80年代就发出了“植树造林、绿化祖国”的号召。我们已经习惯了路边树木一排排、远处村庄一座座的情景。可这对老外来说，就难以理解了。如果乘火车在欧洲旅行，你会发现沿途不是整齐划一、种类一致的树木，而是十里不同景，完全一片自然风貌。

回山东老家，对这个“愚蠢”问题有了进一步的了解。老家响应号召，为建设社会主义新农村而奋斗，马路两旁50米区域内，全部种上树，这就回答了老外的问题，中国的树为什么长在马路边。答曰：人种的，且不得不种。更厉害的是，靠路的房子，全部刷成同样的颜色，果然，成了“新农村”。

第二个问题是关于计划生育的。在国外旅行时，经常有外国朋友好奇地问：“是不是你们只能生一个孩子?”还有人说起这个话题来义愤填膺，直接逼问“你们是不是把第二个孩子给杀死”?这时候，我就只好做起解释国情的工作，告诉他们中国的人口压力、计划生育政策如何为国家的发展服务，以及这项政策实际上让全世界受益。对我的解释，多元文化的欧洲人多数表示理解，可有些美国人就听不进去。在美国，每次总统大选都要把是否允许堕胎拿出来辩论，总统是否支持人工堕胎成了选民投票支持与否的理由之一，这让我们听起来也不可思议。

《德国之声》曾经就中国的计划生育问题采访了柏林人口与发展研究所所长克林赫尔茨博士。记者问，长期以来，中国的计划生育政策在西方备受指责。然而，按照中国官方统计，从20世纪70年代到世纪末，中国共少生了三四亿人口。在世界人口不断膨胀、资源紧缺的背景下，这是否应当算是一个巨大的成功呢？博士回答说，中国的人口政策受到抨击的原因在于，实施过程中部分采取了压迫性的做法，现在也仍存在这种现象。像这种剥夺人的决定权的做法，在西方国家是很难想象的。但是，如果中国人口继续按照当年的速度增长，那么肯定会发生饥荒和以争夺资源为目的的冲突。于是，中国选择了计划生育这样一条受到国际批评的道路。但如果没有实施这一生育政策，中国今天的经济腾飞就不可能实现。

第三个有趣的问题来自一位瑞典商人。我陪着这位40多岁的商人参观了长城、故宫和颐和园，还吃了烤鸭。这位老兄心满意足，最后一天沿着四环路兜风，瞥了一眼“鸟巢”后，他忽然问：“北京怎么看不见小孩子在操场上活动呢?”包括瑞典在内，欧洲国家的许多城市没有像北京这样高楼大厦林立，而是保持了古典的风貌，草地、学校、运动场遍布城市各处。在新建的德国总理府旁边，就有一大片草坪，周末可以看到孩子们在那儿踢球。不过，凡事有利必有弊，曾经有一位美国科罗拉多州的中学老师告诉我，他认为中国对孩子严格教育的方式最好，值得美国学习，美国的中小学生素质太差。在她眼里，中国的中小学教育是培育人才的天堂。

从这个问题，你可以明白，老外对中国的夸奖有时候多么不靠谱。20世纪80年代，中美小学生交流，中国小学生认为，美国的孩子思维发散，有创造性；而美国的孩子认为，中国的小孩小学就学了初中的课程，太厉害了，20年后，这帮孩子长大后，中国肯定在各方面全面超越美国。可惜，美国小孩错了，我们为人称道的优质小学教育并没有培育出太多具有创造力的人才。

下一个问题颇有哲学意味：中国人做买卖时用的秤是公制，可算账时却用市制结算，这不是很麻烦的事情吗？这个小小的问题一下子就触到了中国的思维深处。我们虽然总是说“洋为中用、古为今用”，但在西方文明面前总是缺乏自信，却又不肯虚心地像日本那样采取拿来主义的态度。比如说，我们跟着西方玩足球，却又声称足球是中国人发明的；再比如说，年轻人跟着过“情人节”、“圣诞节”，每年都惹得一些人说三道四。公制引入中国年数也不少了，可老百姓用市斤结算的习俗还是顽强地保留了下来。这一方面印证着我们民族文化传承的执著与坚韧，另一个方面也说明我们对新事物的迟缓和彷徨。看看日本，虽然每年过中秋节，可人家在公历 8 月 15 日这天过，省了一边公历、一边农历的习惯。再看看美国，截然相反，身高还是说几英尺几英寸，体重还是说多少磅，别人喜欢不喜欢随他，如果熟悉公制，好，自己去换算吧！

最后一个问题是美国合众国际社的记者所问。这位老兄是个牛人，每次开记者会，他总是坐在正对主席台的第一排座位，第一个举手提问，问题一个接一个，就连《纽约时报》、《经济学人》的记者都对他退避三舍，一看他举手，自嘲地说：“我们可以歇了，这家伙又垄断了问题。”

他四处问的一个问题，一度让能言善辩的前外交部发言人孔泉打了愣神。他的问题是：“你们中国总是说以史为鉴、面向未来，我的问题是，你从历史的镜子里看到了什么样的未来?”和这位记者聊天时，他说：“我不求答案，每当开你们的会烦了的时候，就提出这个问题。这个问题很难找到标准答案，其实，我们很多人每天经常说的话如果细究起来，并不是特别好解释。”

这 5 个问题涉及中西思维差异、教育差异、中西误解等文化上的不同，看似愚蠢，实则不然。没有愚蠢的问题，只有愚蠢的答案，把这些记录下来，除了博取大家一笑，也希望能引发一点思考。

3 中国人的生活质量差在哪里?

你得承认，中国的生活质量差了些，尤其是在污染严重的一些城市。

作为一个普通百姓，踏出国门时，感受到的差距全在细枝末节方面。因为，老百姓所关心的，也就是身边这点事儿，这些舒心了，生活质量也就高了。首先，人都要呼吸，国内许多地方，尤其是某些工业化城市，空气质量确实差了不少。记得在柏林生活时，总爱在街头闲逛，中午时分，蓝蓝的天上会忽然飘来几朵白云，一阵小雨不期而至。几分钟后，雨后的湿润空气便毫不客气地袭入肺里。而在北京，我们还在为每年有多少个蓝天而奋斗。

其次是水。在欧美国家，从水龙头里流出来的水可以直接喝，不用担心细菌的侵袭。可我们的水，一定要煮开了才能喝。可别小看这一点，水的净化不是高新科技，中国的自来水厂也可以做到。其实，我们好多地方的水出厂时也达到了饮用标准，但运送水的管道年久失修，把净化好的水进行“二次污染”。要把整个系统修缮，需要政府相当的投入；反观德国一些城市的下水道，是俾斯麦时代修建的，但至今依然通过它给市民运送自来水。这就是差距。

水和空气，是最基本的生存要素，这两方面的差距，实际上是过度执著于国内生产总值导致环境被毁坏的后果，也是现代化过程中付出的代价。好在，政府早已意识到这一点，把环保指标也纳入了官员们的考核体系。

环境存在差距是个社会问题，可以逐步改变，但生存状态的差距就更大了。一个人的生存状态，受社会状况、工作情况、收入水平、家庭氛围等诸多因素的影响，要求一个食不果腹的人天天快乐有些勉为其难。我的感觉是，无论是有钱人，还是没钱人，老外生活得比中国人开心。我喜欢欧洲的家庭作坊式的小餐馆，一个人，要杯咖啡，和老板（或老板娘）闲聊几句，看到他们那发自内心的笑容，开心极了。可在国内，找不到这感觉。一个最明显的例子是，从机场打车回家，由于路途不够远，司机拉长了脸，有的还指桑骂槐，自己不高兴，也让打车的人不舒服。最近一次，带着老婆孩子，拉着箱子，在机场打车，愣是一次次被拒载，我看着第三个要拒载的司机，说，给你100块，拉不？45块钱的路，花了100块，终到家。

这样的例子有很多。跟在一位欧洲绅士的后面，他开门后，会顺手扶一下门，一般来说你不用担心被门磕到，这意味着生活质量；拿着中文的记者证，到博物馆告诉管理员“我是记者”，他不会通过检查记者证的公章来验证真伪，这意味着生活质量；吃东西不用担心毒大米、毒粉丝，这意味着生活质量；在一个陌生的城市，半夜两点钟乘坐地铁回家而不用担心安全，这也意味着生活质量。

欧洲的发达国家，有着从摇篮到坟墓的福利制度，大家没有什么好担心的，在柏林，失业者也可以拿到1000欧元左右的“薪水”，比北京的白领收入还要高，他们快乐、开心，生活质量高，似乎是天经地义。然而，即使和不如中国富裕的国家比，我们也有差距。

中国驻摩洛哥大使程涛在2006年中非合作论坛前曾在线讲解非洲的情况说，总体上来说，非洲人民的生活并不富裕，但是他们许多人活得很潇洒。父亲很少为儿子发愁，更不会为孙子发愁，今天不会为明天发愁，更不会为后天发愁，他们就是要过好每一天。

程大使认为，拿中国人跟他们作一比较，中国人不苦，但是很累。有钱的人为了花钱很累，没钱的人为了挣钱也很累，当领导的累，被领导的也累，当父亲的累，做儿子的也累。

累，也是现代化的代价。韩国迈进现代化的几十年，整整一代人付出了健康作为代价，男性平均寿命不过50岁。中国经济快速发展的今天，无论是打工者还是工人、白领，许多人都透支自己的健康，为了医疗、住房、教育等必不可少的开支而打拼。

中国的生活质量世界排名第几？美国旅行杂志《国际生活》公布的2006年度“全球生活质量指数”，法国在综合评比中连续第二年高居榜首，而中国在195个国家中排名116位。2012年，联合国首次发布全球幸福指数报告，比较全球156个国家和地区人民的幸福程度。报告显示，丹麦成为全球最幸福国度，美国排在第 11 名，中国台湾地区排名第 46 位，中国香港第 67 位，中国内地则排名第 112 位。也就是说，除了那些战火纷飞的非洲国家，中国基本上在全球幸福排名中处于垫底级别了。

这，就是我们不得不面对的残酷现实。

4 中国人应该忘记诺贝尔奖

每到诺贝尔奖颁奖之日，便是中国舆论伤心反思之时，为什么土生土长的中国人得不到诺贝尔奖成了一个永恒的伤疤。这也是地球村里中国人的独特心理，当对一个东西存在超乎寻常的渴盼时，或者说明这个东西确实有价值，或者说明人的心里潜藏着太多的欲望，或者两者兼而有之。

对于诺贝尔奖来说，其价值毋庸置疑，但还不应该到如此渴盼的程度。多年来对于诺贝尔奖望眼欲穿的热切期盼，折射出一些国人的心态，用八个字来形容就是：好高骛远，急功近利。

好高骛远的种子从幼儿园开始就落地生根了。中国孩子的理想往往是成为科学家、发明家、艺术家，随着商品经济的发展，孩子们会选择总经理、董事长作目标，当然也有不少孩子说“长大了要拿诺贝尔奖”。

可惜的是，理想和现实有着太大的差距，在一些尖端科技领域，设计人员即使拿出精美绝伦的设计，也无法付诸实施，原因很简单，工人技术水平不够，工艺达不到标准。另一方面，多年填鸭式的应试教育和僵化的科研体制也扼杀了不少天才。因此，中国整体而言，既缺乏高端的精英科技人才，又缺乏底层的精通技术的工人，倒是普通的科研人数位居世界前列。客观地说，这样的结构对于一般的技术进步、工业生产尚可，但想拿诺贝尔奖，差得远呢。

再以经济学奖为例，记得前几年有一项谁是值得信赖的经济学家调查，排在前列的分别是郎咸平、张五常，中国大陆仅吴敬琏入选。本土经济学家得不到本国民众的信任，凭什么得到诺贝尔奖评奖委员会专家的青睐？

实际情况如此，我们必须勇于面对，对诺贝尔奖的渴望显然是好高骛远。对此，我个人的建议是：忘记诺贝尔奖的存在，不去想它，埋头苦干20年，这个奖项会自然而然地到中国人手中。

遗憾的是，和埋头苦干截然相反的现象是，我们急功近利。科研界如此，民众亦如此。

在科技领域，我们的科研人员数量世界领先，专利数量世界第一。教育部副部长郝平称，中国高校按科技论文数排序，自2004年以来，科研能力一直排在世界第五位。然而，我们的专利有许多是垃圾专利，论文也存在着大量的东拼西凑或剽窃。专心搞科研的人备受挤压，投机钻营的人却可以耀武扬威。这种不利于科研的社会大环境，让有潜质的科研人员难以专心进行研究。

我曾经和法国巴黎一所大学的校长聊过，他说，他给教授们充分的自由和宽松的环境，从不提出短期的具体要求。这，恰恰是国内所缺乏的环境，我不相信每天为了开会、论文、职称和升官而疲于奔命的队伍会产生诺贝尔奖得主。

浮躁和急功近利也是当今中国社会的弊病。其实，对诺贝尔奖的追求和当年对奥运会金牌的追求一样，是特定时代的产物。在体育领域，从许海峰“零的突破”到2008年的奥运会金牌大丰收，大家的心态从亢奋变得平和，因为大多数人意识到，金牌的数量不等于国民身体素质的提升。诺贝尔奖和奥运会金牌其实是一个道理。

体育和科学的不同之处在于，科学是老老实实的东西，急不得。爱因斯坦是发现相对论、名满天下后很久才获得诺贝尔奖的，他绝不是为了得奖而搞研究。2009年，华裔科学家高锟以“光纤之父”的名头获奖时，已经患了老年痴呆症，只知道自己的太太，而不明白什么是光纤。这就是说，诺贝尔奖是对一个人过去成就的认可，多数情况下，只有本国学界、本国人民认可后，世界学界认可后，才可能登上诺贝尔奖的领奖台。多年来，中国的科学技术最高奖空白，就说明了我们的差距。诺贝尔奖是科技金字塔塔尖，要登上去，必须从最底部开始，一步一步走。

我们的近邻日本，在1871年明治维新78年后的1949年，获得了第一个诺贝尔奖，而后屡有斩获。田中耕一一直默默无闻，他和美国科学家约翰·芬恩，分别独立发明了“对生物大分子的质谱分析法”，从而分享了2002年诺贝尔化学奖。发明“对生物大分子的质谱分析法”时，他只有25岁。对于田中的个人工作和生活，日本媒体没有太多的报道，甚至连2000年获得同个奖项的白川英树也称：“不知这个田中耕一是何许人。”人们只知道，他每天 8 点前到岛津制作所上班，风雨无阻，坚持多年。

和日本人相比，中国人少了那份踏实、实干精神。我曾经和一个日本小孩聊天，他说他的理想是当个面包师，开个面包店，做出好吃的面包给朋友品尝。

这个在中国人看似渺小的理想让我多年来一直回味不已。其实，各行各业都有自己的“诺贝尔奖”，社会应该形成这样一个氛围：在本职工作上做得出色的人理应得到认可和尊重。为民者都专心做好自己的事，为政者打造良好的科研环境，研究者投入地进行研究，行政人员做好后勤保障，如此，诺贝尔奖肯定会不请自到，老子 2000 多年前就说了：夫不争，故天下莫能与之争。

5 中国为何不像俄罗斯一样纪念“二战”

每年5月9日的俄罗斯红场大阅兵，都会引发世界各地对二战的回忆，2010年中国国家主席胡锦涛赴莫斯科参加相关活动，并给参加对日作战的俄罗斯老兵颁发“和平”奖章，更是引起中国人对艰苦卓绝的八年抗战的思考。

远观俄罗斯一年一度的胜利纪念日，不禁会问：为何中国没有像俄罗斯一样的高调纪念“二战”的官方仪式。

和苏联一样，中国作为“二战”的主战场之一，牵制了日军大量主力部队和资源，为战胜法西斯作出了巨大贡献，付出了巨大的民族牺牲。有公开资料显示，“二战”期间中国伤亡军人350万，伤亡平民1000万。然而，在世界范围内纪念“二战”的活动里，通常是以欧战为中心，欧美国家高调庆祝，中国和其他亚洲国家所做的贡献鲜有提及。更为令人遗憾的是，就连中国人自己，也缺乏一个作为“二战”的战胜国进行庆祝的官方仪式。

对于“二战”，对于日本的侵略，从书籍到影视作品，数量繁多；有关“二战”的纪念各地也分头进行，比如说，沈阳纪念九·一八事变，南京纪念南京大屠杀，济南纪念五三惨案。总之，各地都对曾经的耻辱多多少少有些纪念，而全国性的纪念却匮乏。

对此，有日本人从自身角度曾经提出来，发人深省。小泉当政期间，中日关系趋冷，中国官方媒体对小泉参拜靖国神社连续进行批评和批判，有日本人撰文写道，我们去靖国神社，是悼念为了日本而死去的英雄，你们中国人，有祭奠自己英雄的场所和仪式吗？

很遗憾，中国没有。当1945年8月15日日本天皇宣布投降时，大多数中国军人和民众都不敢相信胜利竟然来得如此之快，但无论如何，有些中国老百姓还是把8月15日当做自己的胜利日。然而，从法定的角度来说，日本投降是在 9 月 2 日。这一天，在美国“密苏里”号巡洋舰上，日本政府代表在投降书上签字，日本无条件投降，徐永昌代表中国政府在日本投降书上签字确认；第二天，也就是 9 月 3 日，中国举国欢庆。

1945 年，国民政府下令举国庆祝 3 天，并从第二年开始以每年 9 月 3 日为抗日战争胜利纪念日。然而，中国很快陷入内战，这个日子的喜庆气氛被冲淡了许多。

此后，政权更迭，国民政府在抗战期间的贡献多年来难以展现给世人，地道战、地雷战等敌后行动成了抗战的重点题材，国民政府确立的纪念日也未能受到重视。1951 年，中央人民政府政务院发表通告，宣布每年 9 月 3 日，全国人民应对中国军民经过伟大的八年抗日战争和苏军出兵解放东北的援助而取得对日胜利的光荣历史行为纪念。但由于这一天不放假，官方没有行动安排，故而这个日子慢慢被遗忘。

在中国的民主党派中，有一个“九三学社”，就是为了纪念这个胜利日而命名的。可惜，九三学社的真正含义被湮没在历史的深处，在中国的大学生看来，所谓九三学社，就是早上睡到 9 点起床，午觉睡到下午 3 点起床，不能不说，这是对历史的莫大讽刺。

缺乏时间点来纪念胜利不是根本，根本在于缺乏纪念胜利的心。近代以来，中国人总是活在耻辱中，鸦片战争、第二次鸦片战争、甲午战争、卢沟桥事变等，中国习惯了教育孩子们铭记国耻，但却忘了纪念胜利。

或许，不是忘记，而是心里五味陈杂。作为“二战”的战胜国，很快陷入内战；新中国成立后的前 30 年，闭关锁国，而同时期日本却经历经济的腾飞。日本东京 1964 年举办奥运会，大阪 1970 年举办世博会，而中国分别到 2008 年和 2010 年才举办了这两项盛会。有人戏言，奥运会和世博会举办时间的差距，就是中日的差距。

看着北京、上海大街上的本田、丰田、日产，使用着佳能、尼康、索尼产品的人，中国人实际上很难找到胜利的感觉。敢问，2009 年日本产品对中国市场的占有率，比 1936 年是提高了还是降低了？鉴于此，有日本人说，中日不会再度开战，因为日本通过战争未能得到的利益，早已在中国得到了。

此语或有偏颇，但令人警醒。

我无意“仇日”，也无意借此文呼吁民众不买日货，只是认为对历史应该有个适当的态度。小泉期间，日本官员或议员参拜靖国神社会遭到中国媒体的严厉批判，而后中日关系“破冰”，即便有日本官方人士参拜靖国神社，中方也给面子，淡化处理，此举不仅让中国人心里不痛快，对中国友好的日本人也觉得不爽，而日本右翼更是借题发挥，说中国根本就不尊重历史，靖国神社只是一张牌而已。

一个国家级的官方纪念，可以有诸多功效，亦可有效化解诸多难题。第一点，可以向世界宣告中国在“二战”期间作出的贡献；第二点，可以凝聚人心，凝聚人气，胜利的感觉比铭记耻辱更有益于民族精神的锤炼；第三点，也是最重要的一点，它昭告世人，中国人对历史的纪念是为了今后不再发生类似事件，这种纪念不会为政治关系所左右，也不是打击对手的一张牌，而是展现对历史、对人民负责的态度。

6 中国国家形象与“龙”无关

前几年，上海外国语大学党委书记吴友富教授领衔的“重新建构中国国家形象”被列入上海市哲学社会科学规划课题。“考虑到‘龙’的形象往往具有一定局限性，容易招致别有用心的歪曲”，吴友富建议中国形象可在空间上分块，在时间上分段。据上海《新闻晨报》报道，课题若完成，所塑造的中国新的形象，很有可能被国家有关部门采用。

重新建构中国国家形象，这的确是个值得深入研究的课题，但把着眼点放在“龙”上，显得有些小家子气，典型的舍本逐末。中国国家形象好也罢，坏也罢，和“龙”这个传说中的动物没啥关系。

舞龙灯，划龙舟，皇上生了孩子叫“龙种”，身为龙的传人，我们给了龙太多的敬畏和荣光。然而，在跨文化语境中，龙这个形象的确容易造成误解。在西方龙是传说中的一种邪恶生物，拥有强大的力量及魔法能力，有居住于深海的海龙，有沉睡于火山的火龙，有蛰伏于沼泽的毒龙以及无数奇形怪状的龙。英文字典里，Dragon 的解释也给了些许贬义：严密警戒的人；可怕或危险的东西；严厉的女监护人。

20 世纪中国入世谈判时，西方用了龙这个词，他们把吴仪称为“龙娘子”(Dragon Lady)，译成中文听起来颇有气势，但英文里却是敬畏和害怕的混合体，比较靠近“严厉的女监护人”这个解释。

这些有趣的文化差异现象是文化学者们研究的课题，把这一文化现象和国家形象结合起来考虑，倒是有些创意，但在现实层面除了失去自我外，对改善国家形象并没有太大意义。

一个国家的形象，虽然会被扭曲，甚至被丑化，但基本上还是客观现实的反映。八国联军进北京的时候，中国人“东亚病夫”的称号是当时实力对比的必然产物。如今，中国的崛起被看做威胁，虽有夸大、捧杀的成分，但也反映了中国实力增强这个现实。此一时彼一时，同样是龙，那时候的中国被看做病怏怏的龙（拿破仑说是睡狮），而今却是对人产生震慑的龙。

为了避免提到“黑”这个字眼，在美国黑人曾经被称为“Negro”，后来黑人在争取平等的过程中说，我们是黑人，是“Black”，为什么把我们称为“Negro”，直接叫我们“Black”好了，于是，今天“Negro”反而成了贬义词。这就是说，一个标志的含义，会随着主体的变化而变化。由此可见，中国的国家形象，不在于是龙还是虎，而在于中国如何发展，如何和世界打交道，在于中国人如何做出负责任的事情来赢得世界的尊重。

中国处在东方，和西方是完全不同的文化体系，又是社会主义国家，也是最大的发展中国家，人口最多的国家，这样一个大国的崛起，必然会面对诸多猜疑、误解，甚至打压，这是我们不得不面对的局面。面对猜疑，改变自己固有的形象来予以迎合，求得所谓理解，这是不自信的表现，也是弱国心态的表现。

弱国心态的表现之一是太在意别人的话，对外界的表扬心花怒放，对外界的批评心生郁闷，西方龙是负面的、邪恶的、消极的，我们就赶紧修正，以“符合国际惯例”，和西方接轨。其实，这样做的结果是丢失了自我，不仅得不到对方的承认，还会被别人瞧不起。根据我对西方媒体的了解，如果现在我们说：“西方的朋友们，别害怕，我不是龙，而是一只温柔的松鼠。”他们的报纸会立马说：“看哪，这是一只会吃人的松鼠。”

我相信，西方媒体会这么说的。世界的话语权被英美媒体控制，他们有给其他国家贴标签的手段。芬兰一位研究品牌战略的专家告诉我，西方人印象中的俄罗斯形象是毒品、武器和石油，无他。曾为昔日社会主义阵营一分子的罗马尼亚也形象不佳，即使罗马尼亚政府做了一件善事，也会被恶意地解读。

我在法国采访时就聆听过法国人的抱怨。在对法投资部（法国吸引外资的机构）的办公室，他们的负责人在详细讲解了法国的优势后抱怨说，你们别老是看了英国的BBC后，觉得我们法国人总是罢工。告诉你，这是英国丑化法国的手段。

或许是意识到这一点。向来对美英试图用“盎格鲁—撒克逊”文化建立单一世界的做法嗤之以鼻的法国，准备推出自己的国际新闻频道。这个名为“法国24”的电视台，被法国总统希拉克称为“法国的CNN”。它从

2006年12月起通过卫星、有线电视和互联网，用法语、英语和阿拉伯语在世界范围内传播“法兰西价值观”。

一个对法国不了解的人，天天看这个电视台的节目，如果没有特殊的原因，一般都会对法国产生好感，法国国家形象的标志是什么？法国的国旗是什么样子？这些或许他根本记不住，但他会义务地告诉别人“法国真好”。这就是现代传媒的力量。

当然，这种传播必须是建立在事实基础上的。比如说，瑞典的确是个清廉的国度，有一点瑕疵的官员，都会被媒体指责一番后下台。在斯德哥尔摩游玩时，一位瑞典朋友带我去看皇宫，路上他告诉我，国王很勤快，每天开车走这条路到市里上班。“自己开车？”我问。“没错，自己开车。”他回答说。因此，在欧洲瑞典名声不错，即使政府做了蠢事，大家也从善意的角度出发予以谅解。如果瑞典选择在世界范围内打造自己形象，可能会选择清廉的政治作为突破点。可如果某些贪污盛行的国家开足马力说自己清廉，恐怕结果就事与愿违了。

国家形象虽然在某种程度上会被媒体扭曲，因为文化上的误解而打折扣，但究其根本，还是国家实力（包括硬实力和软实力）的反映和国民素质的体现。我在欧洲旅游时，在罗马著名的圣彼得大教堂第一次听到中文广播，而且没有相对应的英文——内容是说大家要排队，不要大声喧哗，不要乱丢垃圾。这些劝诫，自然是国人形象的反映。其实，只要每个公民都做文明人，这个国家的形象恐怕不会太坏，这和我们是“龙的传人”还是“虎的传人”没有必然联系。

7 中国该如何面对来自西方的骂声

近几年，全世界最热衷议论的国家之一便是中国，有关中国的报道可谓铺天盖地，充斥着各国的媒体。如何面对为好？

挨骂是中国融入世界的历练

这些关注中国的声音里，有热烈的赞扬甚至不切实际的吹捧，也有语言尖酸刻薄的批评甚至谩骂。我们是个爱面子的民族，对外界的表扬往往飘飘然不知身在何处，而对批评则深恶痛绝之，认为这是侮辱，是挑衅，是戴着有色眼镜看中国。

实际上，大可不必如此上纲上线。不可否认，有些批评背后有其战略目的，比如说中国威胁论、黄祸论；有些批评是某家媒体的职业功能所在，比如说《美国之音》；有些批评是作者不喜欢中国的顽固立场在作怪。但是，也有许多对于中国的批评是善意的、客观的。

赞扬也罢，批评也罢，不可否认的事实是，外界对中国的关注多了。我们知道，媒体往往是很功利的、很现实的，它要考虑观众或读者的喜好；同时，媒体的重要功能是监督和批评，因此，批评会赢得受众。随着各国受众对有关中国的问题的关注，媒体自然也加强有关中国的报道，也意味着对中国的批评不可避免地增加。也就是说，海外媒体对中国报道的增加，表明当地对中国的关注增加。

对中国关注，是因为中国的影响力日益增大。政治上，国际热点问题的协调、解决都离不开中国的参与；经济上，中国的经济刺激计划是否推出牵动着全世界的神经；军事上，有关中国军费不透明、中国建造航母的传言不绝于耳。

可以这样说，中国有史以来从未和世界发生如此广泛而深入的联系，与之相对应，中国所受到的批评也从未如此之多。

其实，批评是好事，至少是对中国地位和影响力的肯定，恐怕批评者本身也认同这一点。世界上受到批评最多的是美国，这缘于它超级大国的地位和对全球政治经济的影响力。如今，中国整体而言和美国相比差距依旧很大，这需要认清，但是，和中国影响力增加所相伴的必然是更多的批评，这个将是长期的、无可避免的。应该注意的是，批评不只是像以前一样来自发达国家，发展中国家也会从自身立场出发，对中国提出批评。

对此，有人戏言，100 年前中国挨打，40 年前中国挨饿，现在中国挨骂，此话从历史的纵深角度道出了中国人挨骂的原因。假如中国依旧闭关锁国、穷困不堪，没人有闲心费尽口舌来骂你；假如中国自己吃了上顿没下顿，当然也无心去关心别人是骂我还是夸我。现在，国力上升了，腰包鼓了，自我感觉良好了，可睁开眼一看，骂我们、批评我们的却更多了。

这至少说明，中国在平等地融入世界。

古代的中国，属于天朝上国，中央之国，四周皆属蛮夷，鲜有平等地和外界打交道的经验。作为天朝，属国自然不敢批评，而蛮夷之邦敢说不字将和说“汉与我孰大”的夜郎国一样，遭遇灭顶之灾，自然也不愿自取其辱、自找麻烦。

及至鸦片战争，中国被迫打开国门，以屈辱的心态仰视西方，民族自信心几乎彻底崩溃，外界的批评不断刺激着中国人敏感而脆弱的神经。那种心态下，批评可以被看做侮辱，无法以正常心态面对，更关键的是，没有人愿意批评当时的中国，也无须批评，哪里有不满，直接搞定满清皇室或地方官，没心思、也没必要和你费口舌。

新中国成立之初奉行“一边倒”的外交政策，苏联老大哥一切都是好的，美帝国主义一切都是坏的，美帝的批评当然是有阴谋的、不可容忍的。

改革开放，意味着中国融入世界，这个过程中的第一个 10 年（20 世纪 80 年代），西方以积极的心态迎接中国，赞扬多于批评，同时，中国人也比较谦卑地看待西方；第二个 10 年，对中国的疑惧和期待并行；第三个 10 年，中国地位的提高引来各种各样的猜疑，批评和赞扬都很多；

2010 年，新的 10 年开始，批评的声音将更多。

这个过程，就像新媳妇嫁入大户人家，初期的甜蜜很快被后来的磕磕绊绊替代。换个角度看，磕磕绊绊、批评也是好事，至少说明大家不是像以前一样欺负人和被欺负的关系，不是像冷战时期一样相互敌视的关系，而是你中有我、我中有你，既竞争又合作的关系。此时，批评是不同意见的表达，是排泄怨气的通道，你表示一下愤慨，我表示一下抗议；你说我贸易保护主义，我说你是搞倾销，是伙伴之间正常的、可以理解的表达方式。

外国媒体骂中国的六种模式

笼统地说外国媒体骂中国是不公平的，其实外媒里面深刻认识中国、客观指出问题的不在少数。不过，我们谈的是骂人，于是把说中国好话的先放在一边，就他们如何骂人聊一聊。外国媒体根据所在国家的不同、所在媒体的不同、个人政见的不同，对中国也有着不同的骂法。

第一种是“非骂不可”型。为什么非骂不可呢，因为有些媒体是在冷战时期设立的，是对共产主义国家进行和平演变的工具。比如说几家众所周知的美国广播电台，它们的任务是和平演变，手段就是找中国的“异议者”说话，把中国描述成黑的。中国越黑，它们得到的经费也就越多，属于典型的“我骂，故我在”。对它们来说，客观不客观无所谓，我们无论做什么它都不会承情，还不如索性做我们自己的事，由它们去。

第二种是“不得不骂”型。这一点德国媒体最为明显。北京奥运会前，有报道说一个德国记者因为赞扬中国被开除，一位娶了中国太太的德国记者，也因为为中国说好话而受到警告。当时，我就此向德国某电视台采访奥运会的女记者求证，这位和蔼的大姐很老实地说，我来之前，老板告诉我，无论看什么事情，都要以批评的眼光。而当时《德国之声》发表了一篇文章，讲的是通晓汉语的运动员在中国的所见所闻，内容还算基本客观，可标题莫名其妙地定为“奥运会完美得没有品位”。既然完美，怎么会没有品位，鸡蛋里挑骨头至此，也算天字号第一家。

第三种是“职业骂人”型。在西方媒体看来，媒体的天职就是监督，媒体的监督和信息公开是这个社会顺畅运行的必要条件。我认识一些媒体的记者，比如说《纽约时报》、《华盛顿邮报》有时深入中国基层，对地方发生的不平事进行详尽的调查性报道。他们在骂人，没错，但不是无的放矢。对这种情况，我们应该视之为推动中国社会进步的动力，加以引导和沟通，对说得不对的地方可以及时告知、解释，说得对的地方则吸取教训。

第四种是“小事大骂”型。把我们的失误或过失无限度放大，连篇累牍地批判，这一点是某些日本媒体的特长。比如说，在奥组委的新闻发布会上，日本记者就喜欢问些我们看来的“小事”，像媒体班车空调开的温度太低，环保措施不够之类。这是日本一些媒体的风格，他们抓住一件事，就不停地报道，对其责骂，不必看得过重。

第五种是“骂人拐弯”型，也可以说是“冷嘲热讽”型。比如说，有的媒体在不得不正面报道的时候，不失时机地配上环境污染、人权等话题，加以巧妙地平衡，把看似不相关的材料组合在一起，告诉读者，嘿，别看它有些方面不错，还差得远呢。对此，平常心看待就是。

第六种是“爱之则骂”型。有些批评中国的人，恰恰是热爱中国、喜欢中国的人。他们对中国出现的一些问题，有时候比中国人更着急。对他们，我们心存感激。

在改革开放30周年的时候办奥运，两年后又迎来了上海世博会，迎来了海外媒体的更多关注。对于外电对中国的集中关注，甚至有位美国外交官也担心起来，私下问我，你觉得，过多的批评会不会造成中国政府和外媒的关系再度紧张，给中国的国际形象带来负面影响？

我听后笑笑说，你多虑了，中国政府有信心理性对待各种外界的评论，无论是奥运会还是世博会，虽然有骂声，但呈现给世界的，是一个丰富多彩、活力四射的中国，多骂几句无妨。

不过，我这几句也有些玩外交辞令。实际上，在翻译国外对中国的评论时，我们一些媒体经常把前半部分表扬我们的留下，把骂中国的部分删掉，结果是，英文世界里骂声一片，中文世界里叫好不绝，这种自欺欺人的做法，不足取。

挨骂时中国应该如何应对

随着中国日益融入世界，骂中国的声音也多了起来。别人骂我们，我们怎么办，这是值得研究和思考的问题。

挨骂时一般有三种选择。第一种，采取鸵鸟政策，把头埋在沙子里，对外界的责骂和批评视而不见、听而不闻，管他风吹浪打，我自闲庭信步。这是保守的做法，袁世凯的公子袁克定就这么干过。为了让老爹登基当皇帝，不让他看任何报纸，只给他单独出版了独一份的《顺天时报》，里面全是奉劝老袁当皇帝的阿谀之词，结果老袁以为全国人民都盼着他称帝。

在全球化的时代，对外界的责骂不理不问，比当年的袁世凯更糟糕——因为他是“被动”地不听骂声，而不是主动地。更不可取的态度是，在翻译国外对中国的评论时，把前半部分表扬我们的留下，把骂中国的部分删掉，结果是，英文世界里骂声一片，中文世界里叫好不绝，这种自欺欺人的做法，不足取。

第二种，像“泼妇”一样，跳起脚来反驳，不管他骂得有理无理，一律通通打回去，以更犀利、更猛烈、更充满战斗气息的语言显示自己的力量。“文革”期间，中国的对外宣传就是此类模式，迄今，我们的外宣语言里还有“文革”余波，喜欢用一些非理性的骂人词语凸显自己的立场。为此，有人开玩笑说，中、美、俄三国的区别在于，美国是我想打谁就打谁，俄罗斯是谁打我、我就打谁，而中国呢，是谁打我，我骂谁。

第三种，是采取理性分析的方式，把蓄意骂人的放在一边不去理他，把恶意诋毁的进行义正词严的反驳，把合理的建议和善意的批评分析、归纳、研究，用于改正自己的缺点和不足。

当然，第三种是上佳选择。要做到这一点其实不容易，不仅需要有虚怀若谷的心态，还要有良好的理性分析能力和国际视野。

心态尤其重要。我们社会多了些浮躁，少了些自信。涉及外国人骂中国，本来浮躁的心态加上民族主义情绪的激荡，更加无法容忍。我身边的朋友，包括我自己，都曾经和老外聊天时因为对方说中国不好，而脸红脖子粗地和人争辩，不肯承认。其实，承认不足又何妨？

其实，外国人骂中国、提出不同的观点，有好多值得借鉴的，这需要一双慧眼来辨别。比如说，前些年高盛出了一大批报告，说中国的银行负债率高，于是乎，中国纳谏，改革银行，引入战略投资者，结果高盛从中坐收渔利。高盛的做法，明着是骂，暗地里有其特殊的目的，不得不防。

但更多时候，外国媒体骂中国是就事论事。比如说，中国的校园袭击儿童案发生后，美国的《时代》周刊就刊发文章称，中国的独特之处在于，挫折感无法通过斗争方式得以解决，而是受到压抑。和当地官员发生冲突时，不满的民众很难通过司法渠道解决问题。因此，要解决这类问题，单靠信访机制是不够的，阻止暴力，政府需要完善法制体制，从长远看，中国需要建立人人依法得到公平对待的社会。

这是在讲中国的问题，但是，讲得入情入理，分析切中要害，值得我们认真思考。

国际视野十分重要。我们要理解，当选举时，政客们都要找个国外的靶子骂一骂，中国成为大国，也像美国一样容易成为靶子，这时的骂声不必太当真。另外，西方的媒体不是铁板一块，有时候骂人只是编辑部的主张，或者是老板的旨意，不必动辄去向该国政府交涉，否则，人家一句“我们新闻自由，政府无权干涉媒体”就干净利索地给挡回来。

不浮躁，有自信，以国际视野，慧眼识骂，理性分析，虚心纳谏，这，就是对别人骂我们应采取的态度。

做到这些，只是起步阶段，在分析研判后，还要知道哪些是对中国的误解和偏见。可以把对中国有误解和偏见的人请进来看看，多交流，这样骂中国的人也许回去后会更为客观地评价中国。我们常把喜欢中国的人请来，实际上，把骂中国的人请来交流，效果事半功倍。前几年，中国外交部曾经把经常骂中国经济威胁的一些驻华记者请到云南极度落后的地区，让他们看了看那里的贫穷状况，结果，这些记者写了好多文章，讲中国地区间的贫富差距，无形中是对中国经济威胁论的抵消。

其实，挨骂说明中国融入世界，挨骂后的交流说明作为平等的主体和世界的交流，而下一步要学会的，是“骂人”。中国向来主张不干涉内政，其实，通过舆论的力量向国外施压，如同太极拳对付金刚掌一样，可以收到意想不到的效果，并非干涉内政。中国的主流媒体，经常援引某国银行、财团驻华首席经济学家的话，而这些人也借此影响中国舆论。索罗斯、巴菲特骂一句中国经济或夸一句中国经济，总能引发媒体强烈关注。其实，中国不只是要媒体走出去，而是人要走出去，当中国的名嘴骂人让老外听了奉为“金口玉言”主动传播之时，才是中国从挨骂到骂人转型成功之际。

这，需要漫长的时间和准备。中国现在是硬实力强、软实力差，经济上是出口大国，文化上是进口大国。要想自己的话有人听，必须自己首先百花齐放，百家争鸣，让有识之士得以成长。如此，才能实现转守为攻，转“挨骂”为“骂人”。

8 西方媒体如何讲“政治正确”的

据2011年4月2日出版的《环球时报》报道，德国对外广播电台《德国之声》最近因“政治不及格”开除4名华人记者。

据报道，“《德国之声》在2010年年末到2011年年初这一段时间里，以经费削减为借口将4名资深编辑赶出大门，将一名播音员的工作时间从原来的每周4天减少到每周一天。与此同时，中文部却将没有经验的新人招进来。”被开除者之一、现年47岁的王凤波先生说。此前，他已在《德国之声》中文部工作9年。而另一位资深编辑祝红虽然在此工作长达23年，也于2010年年底“合同不再延长”。两人均已向当地司法机构提起诉讼。

在金融危机后媒体业风光不再，编辑记者失业不算啥新鲜事儿，不过，因为“政治不及格”被开除的事，还不是特别多。中国人讲究政治家办报，办报要“讲政治”，但很多人的观念里，西方媒体讲究的是客观、公正，甚至有时候西方媒体会被神化。其实不然，媒体都会有自己的属性，都会讲究政治正确。

那么，西方媒体如何讲究政治正确呢?

媒体最大的政治正确在于监督和批评，而在批评和自我批评以及思辨方面，德国人有着悠久的传统，因此，德国的媒体对德国人自己、对其他国家，总是喜欢板起面孔大肆批判。有人说，德国人要么是以思想鞭打世界，要么是以武力拷打世界。

在德国，无论是总统、总理，还是娱乐明星，均会被放在光天化日之下透视，国防部长抄袭论文，也会被媒体穷追猛打，最后辞职了事。

正面报道，在德国媒体是没有地位的，是要受鄙视的。也不能说德国媒体没有对中国的正面报道，只是德国的正面报道总是说中国多么厉害，这样下去德国人不行了，怎么看都像是宣扬中国威胁论。要么捧杀，要么棒杀，总之是两个极端，这让喜欢中庸的中国人不好接受。

这种情况下，作为中国人在德国媒体工作，心理之矛盾可想而知。一方面，他们可能认同德国媒体的批判精神，甚至可以接受对中国的善意批评；另一方面，当报道中国问题时绝大部分都是一些负面消息时，他们又感到“以偏概全”。而在《德国之声》看来，他们“积极正面报道中国”不符合电台的风格，因此以合同到期为由开除。

其实，不仅《德国之声》这样做，媒体和编辑、记者是相互选择的过程。德国媒体分为左翼和右翼，即保守派和自由派。一个自由派人士跑到保守派报纸里，怎么努力都会觉得不舒服，甚至有时候是“自取其辱”。当然，媒体的管理人员也不愿意招纳“道不同”的下属。在劳工保护异常严格的德国，如果不小心招了，要予以开除是个大麻烦，被《德国之声》开除的两位编辑，一个工作了23年，一个工作了9年，劳资双方最终分道扬镳，可能是政治因素和经济因素的双重作用。金融危机后，西方传媒业遭遇打击，广告收入下滑，报纸发行量下降，编辑记者丢掉工作的，大有人在。

如此看，因为“政治不及格”被开除，不是最为悲剧的事，最悲剧的事情在于，一个自由派的记者，被同为自由派的媒体开除。

不仅德国如此，美国也是这样。自由派媒体和保守派媒体有时候泾渭分明，隔空叫阵，这在大选时表现最为明显。叫阵的战场主要在社论。我曾经和美国的一位同行交流，他告诉我，社论要听老板的，老板支持哪个党，社论就支持谁。我问他如果老板的观点和作者相反，那怎么办，这位老兄实实在在地告诉我，听老板的。

那么，西方媒体的政治正确和客观性如何辩证统一在新闻实践中呢？这就是出版自由。保守派可以办自己的媒体，自由派也可以办自己的媒体。媒体有着独立的地位，保守派当权，也无法消灭自由派的报纸，批评的声音依旧。这是一种平衡，在每一方都讲究政治正确下的动态平衡。

但是，值得注意的是，政治正确不等同于新闻管制。具体新闻报道，是要讲究客观性的。不利于己方的新闻事件发生了，该抢还是要抢，该报一定要报，而不是简单地封杀，因为在一个开放的社会里新闻是不可能被封杀的。如果不及时发出自己的声音，等于拱手把阵地让给别人。技术层面，有很多发出自己声音的技巧，这里无须多言。

9
别因为维基解密而惧怕信息公开

维基解密把美国的诸多秘密公诸于众，而这些秘密又涉及世界各国，于是乎，戏剧性的一面出现了：世界各国政府空前地团结起来，口径基本一致地讨伐维基解密不负责任的举措，而世界各国的自由派却觉得解密很过瘾，有人称之为“无政府主义者的狂欢”。

这里面涉及一个悖论：信息公开和国家利益之间如何权衡。按照美国人的逻辑，老百姓选出的政府本来就不应该有什么秘密，这源于两点：第一是美国根深蒂固的言论自由传统，第二是美国人根深蒂固的对政府的不信任。

美国第一任总统华盛顿在独立战争后解散军队回家务农，因为他觉得一个强大的政府会招致麻烦；前总统里根曾说，“政府不能解决问题，它本身就是问题”。

正是由于这样一个传统，美国人觉得公开政府的信息是站在道义的制高点，他有权力这样做。正是基于这样的传统，美国国会的听证会是公开的，只要接受安检，谁都可以进去听，还有一个专门的电视台直播那些辩论，谁都可以收看；正是基于这样的传统，涉及言论自由的案子，到大法官那里，总是支持言论自由的观点。

到了维基解密这一步，显然信息公开的步伐更大，给美国外交带来的伤害也更多，好多美国的意见领袖跳出来说要逮捕阿桑奇，关闭维基解密并对相关人员予以严惩。但同时也有理智的声音发出，认为不应取缔维基解密，或者说，要把阿桑奇送进监狱很难。

此刻，全世界都在观望，看崇尚言论自由的美国如何处理此事。这个在世界上许多国家可以一关了之或一抓了之的事，在美国却显得十分麻烦。

美国白宫发言人罗伯特·吉布斯含混地说不排除对维基解密采取法律行动的可能，但美国的很多法律和国家安全专家表示，可能很难把阿桑奇带到美国并对其提出指控，因为美国基本法保护言论自由。杜克大学国家安全专家兼法学教授西利曼说，要想对阿桑奇定罪对美国政府来说极其困难，美国政府面临的是一个又一个的无尽障碍。

正因为如此，阿桑奇的被捕是因为性侵犯的指控，而不是泄露国家机密等众所周知的原因。安插其他罪名逮捕阿桑奇显得有些虚伪，因为谁都知道为什么要抓他，但披着这个外衣，至少说明美国政府、欧洲各国政府不敢在言论自由问题上和公众叫板，和传统叫板，他们有所畏惧，有所畏惧的政府才是正常的政府。

在世界上很多国家，泄露国家外交机密属于有损国家利益，很容易严惩。但有时候国家利益很难定义，泄露国家机密实际上也很难定义。比如说，意大利总理贝卢斯科尼看了美国外交官描述他“不负责任、自高自大、能力不够”的文件后，哈哈一笑了之；而在一些独裁国家，辱骂领导人乃是罪大恶极。可见，不同国家、不同政党、不同政府、不同时期对国家利益和国家机密的定义是不同的、变动的，但政府应该对民众公开信息这个原则是永恒的。如果以变动的国家利益来对信息公开的行为进行定罪，很容易因一时之快而铸成大错，因暂时利益而违背了大原则。危险在于，大的原则一旦违背，如决堤之江河，对信息公开和言论自由的传统将带来不可估量的伤害。

对于维基解密的评论，英国《金融时报》的社评说得透彻、在理，它旗帜鲜明地站在言论自由一边。这篇社论认为，为了信息自由，难堪只是小小的代价。如实了解执政者之行为，有利于民众在选择领导人时，更好地作出决定，并向他们问责。

《金融时报》的评论提出，政府不能凭主观愿望把“维基解密”这类机构化为乌有。相反，政府必须改变和革新自身的信息处理方式。这可能意味着要更好地保护范围更窄的重要机密。

我们不能指望政府没有秘密，如果没有外交官私下的沟通、折冲、协调和对所在国国情的透彻了解，各国之间爆发战争的几率将大大增加；我们也不能把政府的秘密看成必然，一个神秘兮兮的政府很难取得其他各国和国内民众的认可。政府需要在信息公开和重要机密之间平衡，做好必要的保密工作，而窥知政府的秘密，永远是维基解密、媒体记者和大众的乐趣所在，只有这样，才能尽量减少政府犯错误的可能性。

10 奥巴马出丑给中国外交的启示

关于外交，我们最熟悉的话莫过于“外事无小事”，那是周恩来总理在特殊时期所确立的中国外交风格，在特殊时期发挥了重要作用。

外事活动，实际上由一些细枝末节的小事组成，从礼宾到宴会，从参观到交流，正是一件件看似不起眼的小事把整个外交活动串联起来，让生硬的外交活动变得有生气、有活力，从而实现联络感情、互通有无的效果。这和企业界常说的“细节决定成败”是一个道理。

进入21世纪，外交发生了变化，奥巴马、卡梅伦善用民意、善用网络的欧美国家领导人，把外交的小事演绎得妙趣横生，极富人情味，有时候甚至会“出丑”。美国总统奥巴马对英国进行国事访问，就干了不少糗事。

2011年5月24日晚，奥巴马在国宴“出丑”。根据英国王室礼仪，演奏国歌时，众人必须起立，唱完第一段后保持肃静，直到国歌结束。奥巴马非但没放下酒杯，反而继续侃侃而谈“敬贵我两国人民的特殊友谊”，最后又说了一次“敬女王”。女王并未制止奥巴马，只回以看似尴尬的微笑。发现自己“出丑”的奥巴马随后静静放下酒杯，直到国歌结束。

糗事不只这一桩。奥巴马24日稍早到伦敦威斯敏斯特教堂参观，在访客簿上签名，被眼尖的记者发现他写下的日期是“2008年5月24日”，美国脱口秀主持人随即嘲笑他，可能是前一站在爱尔兰喝了太多啤酒。

当天他会晤英国首相卡梅伦，又在世人面前玩了一出“哥儿俩好”——他们两人“忙里偷闲”，在伦敦环球学院组成了“男双”，与一对16岁的学生搭档切磋乒乓球。同是左撇子的奥巴马和卡梅伦拿着破球拍上阵，他们在比赛中频繁互动，表情夸张。然而，这两位领导人之间的“特殊关系”并没有帮助他们战胜对手，被这对16岁的学生以11∶0完胜，吃了鸭蛋。

敬错酒、签错名，按照外事无小事的传统观点，算是“出丑”，但在新生代的英美领导人看来，这些都是小事一桩，无须担心；而好事的媒体就这些小事翻来覆去地说，让本来严肃沉重的外事活动平添不少生趣，同时也传递了宾主双方融洽的关系。这些小事，反倒拉近了民众和领导人、领导人之间以及领导人和媒体之间的距离。

除了这些小花絮，奥巴马和卡梅伦还联合写文章。24 日的英国《泰晤士报》发表奥巴马和卡梅伦的联名文章，称英美两国关系“不仅是特殊的，而且对两国以及世界而言都是极为重要的”，当英美站在一起时，两国人民以及世界人民都会更加安全和繁荣。

相比传统的联合记者招待会，联合署名文章更有意义。它不像联合宣言那样严肃，但比记者会上各说各话更进一步，表达了两国领导的共同想法。它不仅传递出英美两个国家之间的特殊关系，还向外界透露出两国领导人的私人关系。

奥巴马的英国之行，所展现的正是英美国家的“外交新思维”。具体而言，第一，不对外事的小事过分苛责，而是顺其自然，不刻意追求完美，有时候，特别完美的东西反而不那么可爱了；第二，对大事呢，又可以举重若轻，让严肃的话题轻松些；第三，注重发展领导人之间的私人关系，领导人之间如果缺乏信任和沟通，对两国关系必然有负面影响，领导人之间有人情味地正常交流和交往，是国家关系发展的重要基石。

第六章

我们该如何走出中国式困境

1
卖孩子犯法背后的中国式困境

不了解中国的人，一定会把下面这条消息当做愚人节的玩笑。

2010年4月1日，中国最高人民法院、最高人民检察院、公安部和司法部四部门联合发布《关于依法惩治拐卖妇女儿童犯罪的意见》（以下简称《意见》），明文规定父母以非法获利为目的出卖亲生子女，应以拐卖妇女、儿童罪论处。

在中国，拐卖儿童是引发公愤的恶性犯罪，它致使许多家庭骨肉分离，甚至家破人亡。网民们屡屡呼吁对人贩子严加惩处，甚至有人主张动用古代的酷刑。

然而，还有比拐卖儿童更令人不齿的行为，这就是卖自己的孩子。根据四部门发布的《意见》，具有下列情形之一可定罪：一、将生育作为非法获利手段，生育后即出卖子女；二、明知对方不具有抚养目的，或根本不考虑对方是否具有抚养目的，为收取钱财将子女“送”给他人；三、为收取明显不属于“营养费”、“感谢费”的巨额钱财将子女“送”给他人；四、其他足以反映其具有非法获利目的的“送养”行为。

法律有了相关规定，说明相关行为已经不是个案和孤立的事件。笔者在孔孟之乡山东曾接触过买孩子的父母。山东人传宗接代思想浓，若不能生育子女便倾向于买，当前女孩价格1.5万人民币，男孩价格超2万，于是，有人看到“商机”，专门生孩子当商品“出售”，也有未婚先孕者无奈卖子。

在建设法治国家的进程中，中国越来越喜欢靠法制解决问题，这是社会的进步，值得肯定。但是，有些问题不是靠立法所能解决的，也不是靠一纸规定可以解决的。四部委的《意见》，说明中国从立法、司法角度打击出卖子女的行为，然而，仔细想想总会觉得哪儿不对劲，有道是虎毒不食子，如果父母连亲生孩子都可以卖，那他还有什么道德底线可以遵守？

从更严格的角度说，父母卖自己的孩子属于出售“私有财产”，法律不应干涉，法律被迫干涉的原因在于道德约束机制的匮乏无力。

法制只能治标，不能治本。比如说，《意见》称，要严格区分出卖子女行为与民间送养行为的界限。迫于生活困难或受重男轻女思想影响，私自将没有独立生活能力的子女送给他人抚养，包括收取少量“营养费”、“感谢费”的，属民间送养行为，不能以此定罪。

这事说起来容易，做起来难，具体操作时几乎无法执行，规定也就形同虚设。这不是立法的错误，而是把道德问题交给法律解决所遭遇的必然困境。

道德是大家共同遵守的价值观的传承，是约定俗成的，只有道德约束发生效力时，这个社会才能正常运转。在整体道德滑坡的情况下，立法、司法、执法的过程本身也难以公正。人，只有人，才是社会的主体，当人的内心深处没有敬畏、没有底线、不认可那些条文时，他总有办法通过不正当手段达到自己的目的。

当前，中国人整体道德的滑坡是不争的事实。对此，绝大多数人都不满，都抱怨，但在轮到自己时又不得不同流合污。这其中最典型的是山西的官场，各级、各部门通力合作，任何坚持道德底线的官员都难以避免被扫地出门的厄运。

山西官场是整体中国官场的缩影，而官场作风侵入教育界，侵入文化界，使得整个社会氛围被升官发财笼罩。假如把社会比做一个人，道德本应是中流砥柱的地位，是脊梁骨，可如今，它被放在一个角落无助地呻吟，任权欲、贪欲横行无忌而无可奈何。

其结果是，道德约束无力，法律越俎代庖，对于问题的解决却于事无补。于是，有识之士纷纷呼吁加强道德建设，然而，道德水平的提高，远比它的堕落速度要慢得多，重建非常不易。

从技术角度看，从小孩子起就强化道德品质的教育和培养，让孩子们在公平的环境里成长；从社会角度看，要促进社会竞争的公平正义；从长远看，要重建信仰体系，因为一个没有信仰的民族是可怕的民族。如德国大哲学家康德所言：“有两种东西，我对它们的思考越是深沉和持久，它们在我心灵中唤起的惊奇和敬畏就会日新月异，不断增长，这就是我头上的星空和心中的道德定律。”

这三点，一个比一个更难。教育，只要中国政府真的重视素质教育和德、智、体全面发展，便可以逐渐进步；在财富数量有史以来达到最高之际，促进社会公平面临着契机，如果像重视计划生育一样重视社会公平，也希望犹存。

最难的在于信仰体系的构建，这需要30年、50年甚至100年时间。当已故哈佛学者亨廷顿谈到文明冲突时，他应该没有意识到中国的儒家文化早已事实上烟消云散，当代中国人不信孔子，不信老子，也不信基督耶稣，未来的信仰也许多元化，也应该多元化，但无论如何，需要有向善之心，有仁慈之念。一般而言，有信仰的人，不仅不会卖自己的孩子，还会“老吾老，以及人之老；幼吾幼，以及人之幼”，对所有的孩子一视同仁，充满爱心。

2 基本道德缺失是中国最大的伤痛

有些新闻、有些故事耐人寻味，把这些让人或愤怒或感慨的事件综合考量，可发现其反映的深层次问题。

还记得几年前的这几个故事吗？故事一，贵州习水县幼女卖淫案，此案让人无法接受的一个环节是，一个职高老师嫖宿幼女；故事二，湖北巴东邓玉娇案，邓贵大拿一叠钱砸邓玉娇的头，还说要用一车钱把人砸死；故事三，发生在北京的一个案子，一女车主被绑架，掏出钱、信用卡并告知密码后，依旧被歹徒勒死。

类似的故事还有很多，其共同点在于，涉案人员缺乏最起码的道德底线。对此，有人喜欢归咎于制度层面，呼吁加强制度建设和法制建设。我却以为，从苏丹红到毒奶粉，从贪污腐败到矿难不断，从习水的学生到巴东的弱女子，其背后乃是基本道德的缺失。

如今，谈论道德似乎很落伍，甚至会被斥为“SB”，所以，我知趣地在前面加上“基本”二字。我们长期以来在评比道德楷模时，总是喜欢夸大，动辄就是见义勇为、舍己为人，动辄就是甘于奉献、为国献身，动辄就是母亲病逝却依旧坚守岗位，超出了常人可接受的范围，因而造成了德育的空泛，进而造成道德的缺失。

我们需要弥补的不是高尚，不是伟大，而是遵守基本道德，遵守基本的规范。

首先需要提及的是行为的基本规范。办事排队、过马路看红绿灯、碰了人说声对不起、上完厕所冲马桶，这是最基本的常识和基本道德，可如果你在外奔走一天，肯定会碰到诸多不遵守这些规矩者，你如果遵守规矩，反而成了傻瓜，说中国是礼仪之邦，简直成了全世界最大的笑话。

守规矩就是古人说的“盗亦有道”，“君子爱财，取之有道”。在美国，哥伦比亚大学商学院的学生有一门关于道德规范的必修课。学校方面指出，道德规范并不是让学生拒绝高薪工作，而是让他们思考应该用什么方式赚钱。

其次便是待人接物的基本规范。比如说，官员们面对普通百姓时有话好好说，别总是眼睛看着天打官腔；再比如，看到交通事故时表示关切，而不是看热闹。对此，龙应台总结得最好：人懂得尊重自己——他不苟且，因为不苟且所以有品位；人懂得尊重别人——他不霸道，因为不霸道所以有道德；人懂得尊重自然——他不掠夺，因为不掠夺所以有永续的智能。

第一需要遵守的基本道德是诚实。当年朱镕基给上海国家会计学院题词时，言简意赅地写了“不做假账”；哈佛大学的 MBA 学员在毕业宣誓的誓词里，第一句话就是“我将以最正直的方式行事，以符合道德规范的方式从事我的工作”。然而，对中国社会而言，诚实实际上是奢侈品，有多少人能毫无愧疚地说我不撒谎？

第二是平等。佛曰众生平等，而在中国人却要分三六九等。就连养老保险，也要硬分公务员、事业单位、企业、乡镇几等，还长期不把农民包括在内。从某种意义上来说，自由诚可贵，平等价更高。

第三是善良。《三字经》里说“人之初，性本善”，我觉得善良的标准可以降低一点，不要求你舍己为人，但尽量做些利人不损己的事情总是可以的。比如说，有人问路，尽量跟人说清楚，别像北京东直门那位仁兄一样，挂个收费指路的牌子遭人笑话。

这些看似琐碎的“小事”，背后实际上是一个民族的价值观。中国古人讲究仁义礼智信，讲究忠恕和孝道，偶尔还信点儿鬼神，做了坏事怕遭报应。当代中国人在吸收了西洋的物质文明后，在吸收其精神文明方面仍有争论。许久以来，国内媒体曾就是否有“普适价值”争论不休。其实，何必拘泥于那些概念呢？无论中西，无论发达还是落后，人总是有共同追求的东西的，任何民族也不会拒绝诚实，拒绝善良，拒绝平等。之所以出现这种争论，是因为本民族文明的传承，遭遇了“文革”式的毁灭和随之而来的物欲侵袭，深深地不自信，外在反映是基本道德的缺失，而实际内涵是价值观和信仰的缺失。

价值观很重要，因为它决定了一个社会如何面对现代化的挑战——与自由市场能否接轨、对全球化的竞争能否适应、政府治理的清廉与否、公民意识是否建立等。一个缺乏恒定统一的价值观、缺乏信仰的民族，不可能成为一流的民族。

3 地沟油和高房价映射的中国现实

2010年3月，温家宝总理“两会”期间力促公平正义的宣言犹在耳边，中国人的言谈中随着出现了有违公平正义的两大热点：一个是地沟油，一个是高房价。

地沟油，就是把饭馆残羹冷炙含有的油水加工提炼后再卖给餐馆炒菜，听起来让人恶心；高房价就是让大多数的民众买不起房，说起来让人痛苦。

中国人历来的基本追求无非是衣食住行，这里面两大块如此令人纠结，吃不好、住不好，这里面的原因耐人寻味，而两者之间的共通之处却值得探讨。

贪欲，无底线的贪欲，这就是地沟油和高房价背后不同群体的一致追求和共通之处。地沟油是底层民众的贪欲的展示，高房价是政治精英和商业地产精英联合起来对民众财富的剥夺。

先说地沟油。据报道，地沟油链条的年利润是20亿元，而北京望京地区一块地就拍了50亿元。由此你会发现，给民众的生命带来巨大损害的地沟油相对而言其实是个低收益项目。这让人想起当年的黑砖窑事件，一个砖窑的拥有者以迫害孩子们的生命为代价所获得的收益，竟然只是每年5万元。

低收益、高危害的事这么多人做，说明中国社会的道德机制出了问题；低收益、高危害的事蔓延而难以制止，说明中国社会的政府监管体系出了问题。2008年的毒奶粉能流入市场，是最典型的案例，它表明作恶者的麻木和政府监管的乏力。

和地沟油的低收益、高危害相比，房地产领域是高收益、高危害。地产界的王石说过，自己不行贿，超过25%的利润不要，这句话告诉我们的就是，房地产商通过行贿等手段拿到超额利润。高房价的原因，开发商黑心只是表象，而政府卖地敛财才是真正的原因。这方面，不是政府监管不力，而是为了利益参与其中。北京一位持币待购的买房者说，相信政府会考虑百姓的利益把房价降下来，一位房产中介人士马上反驳说，相信政府会为了自身利益和开发商、银行的利益不让房降价。

地沟油和高房价所反映的现实就是过度的贪欲。政府的贪欲使得它把手伸得太长，用看得见的手推高了房价；开发商为了牟取暴利，采取捂盘、惜售等各种措施；地沟油的制造者、销售者、购买者和使用者都是因贪欲而昧着良心做事。

中国人喜欢说人不为己，天诛地灭；人为财死，鸟为食亡；古人也会说君子爱财，取之有道，可惜这句话说的人日渐减少。从地沟油到高房价，所反映的是从政治精英、经济精英到部分普通人已经被贪念笼罩。

为了一枚戒指，可以砍掉一位少女的手指；为了5万的利润，可以挖掉一个人的肾脏；因为贪财、敛财，多少官员落马；因为行贿、送贿，多少企业高官被判刑。然而，所有这些依旧呈现有增无减的态势，且愈演愈烈。

被贪念笼罩的社会，是扭曲的社会，很难通过正常渠道解决问题。法官是吃了原告吃被告，让人不敢打官司；医生是收了红包再举手术刀，让人不敢不送；孩子去学校享受义务教育，还要交赞助费。

在一个扭曲的社会里，公平、正义和真相会缺失。如果你考公务员可要小心，无论成绩多高，只要没有领导的条子，十有八九会被刷掉；即使房价涨了80%，国家权威统计也会算出1.5%的涨幅。

一个贪念横行、正义缺失的社会，是个危险的社会。这种情况下，无论是精英还是普通民众，都存在着强烈的不安全感。于是，精英们把大笔资金放到国外，甚至自己和家人全部加入外国籍，而普通民众则不敢花钱，拼命存钱以备不时之需，或者无论多贵都要攒钱、贷款买房子，而平时呢，省吃俭用，结果一不小心，会在路边店吃到地沟油。

社会如此状况，是因为抗衡贪念的良知消失殆尽，遏制贪念的管理也处于缺位状态。

正因为如此，温家宝总理才在2010年“两会”期间提出，要在任期内力促社会公平和正义，让人民有尊严地活着。这句话可谓点到中国社会问题的要害所在。其实，普通中国人的要求很简单，能吃到安全的食品，能有个房子住，也就有了起码的尊严。

4

有偿家教的实质是信仰危机

教育部新闻发言人续梅在例行发布会上答记者问时表示，教师利用职务之便进行有偿家教牟取私利的行为必须坚决反对，教育部对此态度非常鲜明。她还说，在极少数教师身上还存在一种情况，就是上课该讲的内容可能不讲，要放到课后有偿家教的时候去讲，甚至于有极个别老师利用职务方便组织学生去进行有偿家教，以此来谋取一些利益（新华网，2009 年 10 月 26 日）。

在看到这条消息之前，我印象中的有偿家教是老师在业余时间接受某个家庭的雇佣，给孩子补习，每小时收费 100～200 元不等。如果仅限于此，也算兼职行为，可以理解；而上课的内容不讲、课后有偿讲解就无论如何不能原谅了，这不仅突破了教师这个职业的底线，甚至还突破了做人的底线。

突破职业底线，属于不遵守职业道德；而突破做人的底线，则属于深层次的信仰危机。

职业道德，用简单明了的话来说就是干一行爱一行，干一行干好一行，这方面日本人堪称典范。无论你由于历史问题多么不喜欢日本，你还是不得不佩服日本人的敬业精神。我在日本的超市购物，一件商品的条码掉了，售货员马上鞠躬说声对不起，然后一溜小跑去取来带条码的产品；而在中国的超市，多数情况下售货员把没条码的商品一扔，说声扫不上，然后心安理得地给你结账。

售货员的态度只是一个很小的侧面，日本人的敬业体现在各个方面，当老师的不会收家长的礼物，盖楼的不会把工地弄得尘土飞扬影响别人，政府机关的人员开放式办公，对每个来办事的民众笑脸相迎。每个人都敬业的结果是，社会的运行效率高，大家有章可循，根据规则行事，减少了很多摩擦、矛盾和不满。用我一个在日本生活多年的朋友的话说，这可是“和谐社会”啊！

而在中国，很多群体都被民众集体不信任。社会上有句顺口溜说“社会三大害，黑狗、白狼、眼镜蛇”。黑狗，指城管；白狼，指医生；眼镜蛇，就是教师。城管是被社会诟病最多的职业，美国一家游戏公司把城管的汉语拼音直接用做坏人的代号，而教师、医生和城管一道，足见社会对这两个民生行业从业人员的不满。另外，上海的“钓鱼”事件，显示执法部门的恶劣行为；重庆公安局长文强的事件，也说明有些干警不是百姓的保护者，而是鱼肉百姓者。

出现这些有违职业道德的行为，不能不让我们深思。从浅层次看，是职业道德的问题，需要加强管理，需要更加公平的环境。如果遵守职业道德、勤恳工作者得不到应有的酬劳，得不到应有的晋升，他就会产生积怨，也许会做出不恰当的行为。然而，当这种不恰当的行为成为一种普遍的社会现象时，我们有必要从深层次看，那就是，信仰危机。

关于信仰，哲学家康德说过：“有两种东西，我们愈是时常愈加反复地思索，它们就愈是给人的心灵灌注了时时翻新，有加无已的赞叹和敬畏——头顶的星空和心中的道德法则。”

头顶的星空，就是说上帝在看着你的一举一动；心中的道德法则，就是做人需要谨守的底线，这无须任何监督和管理。也就是说，做人要有敬畏之心。中国古人是有敬畏之心的，对于有违人伦的事情，老人们会说“这缺德”、“这会遭报应”、“这事干了断子绝孙”，可今天谁这么说会被笑掉大牙，如今的社会潮流就是一无所谓，二无所畏——除了挣钱其他什么都无所谓，除了上级的威吓、降职和罚款什么都无所畏，这种心态的泛滥不利于社会的健康发展。

值得欣慰的是，中国各行各业都有坚守职业道德的中坚力量存在，也许他们不是最优秀的，也许他们没有突出的贡献，但每天的坚持才是值得钦佩的。他们或许不知道自己的信仰是什么，只是简单地觉得我要做这个工作就要做好，我要做教师就不能对不起孩子，这些简单的想法其实就是信仰。信仰并不是一定要遵从某个宗教，一定要去每天祈祷，信仰在人的心里，有所坚持，有所敬畏，就是信仰。

更值得欣慰的是，随着社会的进步，这样的人越来越多。前几天一位日本留学回来的律师朋友告诉我，他愿意通过写文章，通过到大学讲座，把自己学到的东西、自己的一些想法传递给更多的人，这样的生活才有意义。

是的，是这样的，我们每个人都应该尽力去遵守职业道德，坚守心中的底线，然后带动更多人一起努力，我相信我们可以做到！

5 统计数据失真是中国大患

2010 年，国土资源部下属中国土地勘测规划院全国城市地价监测组发布的最新研究报告显示，自 2001 年以来的 9 年中除了 2008 年，房价都在上涨。而 2009 年我国住宅均价上涨了 25.1%，为 2001 年以来最高水平。

这个数据相比国家统计局此前公布的 2009 年全国 70 个大中城市的房价涨幅 1.5%的数字，差距较大。即便 25.1%的上涨幅度统计，也有民众不满意。比如说，就北京城区的居民而言，2010 年房价同比增长 100%。

这种状况让人感觉看不清哪个是真、哪个是假，不知道该信哪一个、不信哪一个，于是乎，有人拒绝相信任何官方的统计数据，有人专门挑对自己有利的数据来功利性地相信一下。

普通百姓如何看待只是涉及统计机构的信誉，而政府部门依据不准确的数字作出的决策，可能得出完全南辕北辙的结论。

英文谚语讲，一只失修的马钉会导致一匹战马失蹄，一匹战马失蹄会导致一个士兵的失败，一个士兵的失败会导致一个队伍的失败，一个队伍的失败会导致一场战争的失败，一场战争的失败足以葬送一个民族了。

不科学、不准确的统计数据，就是这枚失修的马钉。

房价涨幅、消费者物价指数、国内生产总值、失业率等，中国的这些数据或许在数学计算上无懈可击，但统计方法的不同也会造成不同的结果。选择何种统计方法不应“唯上”，也不应为了一时的和谐，更不应为了部门和机构利益，而是应该“唯实”。

在中国历史上，“数目字管理”一直是个弱项。精研明史的黄仁宇先生在著作中频繁提到“数目字管理”。黄仁宇先生认为，中国的官僚主义由统治者在中央先构造一个理想的国家管理模式，逐层由上级向下级施压来达到中央给地方的各种任务指标，由此来完成国家的统治任务。这种中央的设计不顾各地方的实际情形，纯靠政治压力来达成目标，时间越久，其脱离实际、冠冕堂皇之处也就越多。

比如说，明代实行军屯制度，军队供给靠自给，这办法在明成祖时就行不通了，但统计上显示的依然是当年的数据，多年不变。再举个现代的例子，大跃进时，由于上面给下面下达了各种指标，而这指标又严重脱离实际，结果全国各地“大放卫星”。

按照黄仁宇的观点，数目字管理是贯通一个社会上层阶级与下层阶级的载体和工具，能否用数目字管理是判定一个社会是否具有现代性的标志。中国的消费者物价指数统计标准是20多年前制定的。如今，居民消费结构与消费产品已有了巨大变化。以往食品在消费者物价指数中的权重达1/3，而目前所占比重大大缩小；卫生医药用品、教育、电信等消费所占权重，与实际消费情况完全不成比例。尤其是近几年上涨很快的住房消费，计算消费者物价指数时，“依照国际惯例”并不包括在内。统计数据的失真难免会给决策造成负面影响。

因为统计数据失真导致出现经济及社会问题的例子就在身边。希腊出现政府债务危机，其中一条就是经济统计数据失真。欧盟统计局说，他们曾接到希腊统计机构NSSG的汇报，称在2009年10月向欧盟统计局提交相关财政数据时受到政治干涉，而希腊政府提供的一系列统计数据中存在“有意误报”，为的是使政府财政赤字显得少一些。

迫于压力，希腊财政部表示“计划改革”，以保证统计部门的独立性。我们的近邻日本则未雨绸缪，准备出台一系列改善措施，增强统计数据精度，如改善第一次速报计算方法、追加新指标等。

古有历史教训，近有日本统计部门的改革，远有希腊的数据失真，中国的统计机构该反思了，把准确、科学的数据提供给政府，提供给企业，提供给民众，是你们义不容辞的义务，也是沉甸甸的责任，更是对历史、对社会负责的态度。

6 大学绝不能丢了独立的灵魂

什么是大学的灵魂？温家宝总理给出了答案。

2010年1月26日上午还不到9时，温家宝总理提前来到了国务院第一会议室，与来自科教文卫体各界的10位代表围坐在椭圆形的桌子旁，听取他们对《政府工作报告（征求意见稿）》的意见、建议。会上，温家宝说："一所好的大学，在于有自己独特的灵魂，这就是独立的思考、自由的表达。千人一面、千篇一律，不可能出世界一流大学。大学必须有办学自主权。"

大学要有独特的灵魂，也就是说，大学不仅要有灵魂，而且要独特。哈佛的校训是，让你与柏拉图为友，让你与亚里士多德为友，重要的，让你与真理为友，这就是哈佛的精神；耶鲁大学的校训是："真理和光明"；斯坦福大学的校训是"愿学术自由之风劲吹"；早稻田大学：学问独立，培养模范国民。

这，就是这些世界知名大学的独特灵魂。关键是，这些大学在实践中秉承着校训传达的精神，让灵魂经过一代又一代师生的传递，深入内心，深入骨髓。反观中国的一些大学，校训倒是有，但谁也不知校训和具体实践有多大关系，在读的学生和毕业生也大都弄不清自己的大学有什么追求，在追求什么。当然，中国的大学也有追求，这一追求被温总理一语道破，"一些大学功利化，什么都和钱挂钩，这是个要命的问题"。

在温总理看来，大学独特的灵魂在于独立的思考、自由的表达。思考，是人类区别于动物之处，每个人都为自己的发展或是为社会的发展思考，而大学，正应该是培养人如此思考的地方。如果一个国家的大学功利化、庸俗化，它培养出来的学生也难有高贵之心。

说到此时，不禁怀念民国时代那些有风骨的大学和有风骨的教授。蔡元培治北大，提出思想学术自由、兼容并包，网罗各色人才，领风气之先。那时的北大，学术水平低下、教学态度恶劣的教员一律被解聘，教授绝大多数都在 30 岁左右，最年轻的仅 24 岁。既有激进民主主义者陈独秀、李大钊，也有保守的刘师培、谋求复辟的辜鸿铭；既有主张白话文的胡适，也有反对白话文的黄侃，真的是百花齐放、百家争鸣。

100 年前做得到的事情，今天也同样可以做到，甚至应该做得更好。中国经济的快速发展过程中，社会文化的发展没有跟上，拜金的思潮严重侵蚀了全社会的道德水准，也侵入了大学，如果大学也跟着整个沦陷，整个民族的未来将是一片黑暗。而如果大学能保持独立思考，自由表达，整个社会就会有一个高高矗立的灯塔，这个灯塔会照亮一片天地，然后不断地扩大影响范围。

守住这个灯塔，要确认大学最宝贵的财富是教授，是具有独立思考能力和表达能力的教授，教授们得以在大学生存，并不是靠在美国某个杂志发表了几篇论文，而是有自己独特的成果。更重要的是，对有独立言行的教授要引以为傲，而不是刻意压制。前不久，一位大学教授投书媒体，对包括自己学校在内的几所大学的奢华之风予以批评，结果遭到本市几所大学的联合抵制，撤销了他的一些讲座，这便是大学的度量不够，不允许“自由的表达”，不能容纳不同意见。要知道，“若批评无自由，则赞美无意义”。

有独立思考的教授，才能培养出独立思考的学生，这个过程中需要加强制度建设，因为若要追求独立的精神，必须要有独立的机制。这一独立的机制，首先是“去行政化”，如朱清时教授所言，让教授治校，让学术至上，不用官僚行政那套体系来管理，而是教授自己管理自己，大学自治。朱教授认为，这样可以解放大学的创造力，使大学回归到本来面目，使它很有活力。

去行政化的同时，要秉承独立的理念。原北京大学常务副校长王义遒接受《财经》访问时表示，大学要完全独立于社会，独立于政治不可能，但绝对不能依附。他解释说，大学完全不跟政府、政治挂钩也不太可能。就拿哈佛大学来讲，哈佛大学通识课程的目的首先就是要灌输美国的价值观、世界观。也就是说，大学的独立思考、独立表达，最终还是符合国家利益，符合全国人民的利益，有利于国家的健康、稳定发展。

7 自信才能让中国人真正站起来

2009年，鸠山由纪夫刚一当选日本首相，国内就有媒体渲染日本新首相夫人生于中国；美国任命了骆家辉和朱棣文两位华裔部长，我们的媒体也铺天盖地宣传报道；澳大利亚总理陆克文中文讲得好，有人寄予厚望、奔走相告。好像有几个地位显赫的洋亲戚，就很有面子。

60年前，毛主席在天安门城楼上向全世界庄严宣布，中国人民从此站起来了；60年后，中国的各项主要经济指标（不算人均）都排在了世界数一数二的位置。我们毫无疑问已经成为大国，但不是所有人都具备了大国国民的自信。

一些人的不自信，最突出的表现是太在意外界的赞扬或批评。随着金融危机的蔓延，发达国家整体陷入衰退，中国经济一枝独秀，于是，西方媒体都把中国当做救星，不少中国人也在赞誉声中飘飘然。我们的一些媒体，有意无意地助长了这种自大的心态。一位在德国主流媒体做记者的朋友写了一篇文章，被国内媒体编译后转载，她打电话告诉我，文章夸奖中国的地方被翻译了，可后面提出的问题却不见了。

不爱听外界的批评声音，也反映在民间的对外交往中。和外国人有过交往的人都有着强烈的爱国心，希望外国朋友诸事满意，希望听到别人夸奖中国古老的历史、悠久的文化和壮美的河山。如果听到有人说，北京古老吗，和欧洲城市相比很年轻。我估计很多人会和对方辩论一番。如果对方更生猛，批评中国人不排队、缺乏公德等现象，那更是捅了马蜂窝，一大群人会不高兴。其实，脆弱的自尊背后，时常掩盖着不自信。

一次和一位英国爵士、议员聊天时，他问我，为什么和中国人交往时，就某些问题提出自己的建议，中国人就会不高兴？我回答说："我们自从鸦片战争以来，处于帝国主义的侵略下，民族的自信心不够，对外界的指责容易产生过激反应。"

由于人多嘴杂，这个话题打住。谁知宴会结束后，这位议员走过来，握着我的手说："我知道，那场战争是英国的错，我向你道歉。"

他用的道歉是"Apologize"，而不是"Sorry"，其严肃认真的态度令我至今难忘。这就是"大英帝国"给国民留下的自信。听到批评的声音，认真地道歉，查找自己或是祖先的过失，就是自信的表现。

说到祖先，我们应该感到惭愧。古代的中国人是自信的。班超"不入虎穴、焉得虎子"，单枪匹马闯西域是自信；唐太宗敢于纳谏、"害怕"魏征是自信；郑和下西洋不占一寸土地也是自信。此后，中华民族的自信被外来的征服消灭，西方之于东方的百年强势地位让中国人在西方人面前很难挺起腰杆。

无法真正站起来体现在多方面。比如说，有的孩子在说起自己的远大理想时，答案竟然是"出国"，这恐怕是父母教育的结果吧。我理解有些人为了让孩子具有国际视野而送其到西方接受教育，但有些人依然抱着几十年前的思维，认为西方什么都好，外国的月亮比中国圆。再比如说，社会上英语的过度流行和汉语水平的急剧下降形成的鲜明对比，就是文化不自信的典型表现：大学需要过英语四级才能毕业，可汉语水平为何无人过问？不自信有时候还表现为套近乎、攀亲戚，一边"棒打"某个加入了外国国籍的明星，一边津津乐道于某个外国政要会说中国话，是华裔或者生于中国。

不自信也常常表现为极端的民族主义。毫无疑问，爱国主义本身是值得肯定的，问题在于极端的民族主义既自大又自卑，特别在意别人尤其是比自己强的国家的脸色，又对比自己差的国家采取鄙视的态度——如果你访问网络上的各大论坛，就会发现很多国家都被冠以贬义的符号。

因为不自信，所以不能摆正自己的位置，也不能摆正其他国家的位置。不自信，就不宽容；不宽容，就会走向极端。一个正在崛起的大国的国民如果始终怀着不宽容、报复的心态，是非常可怕的。这说明我们还没有真正站起来，这种情绪很容易被利用，伤害别人，也伤害自己。

8
信息公开是反腐的强大武器

2009年，美国反腐出了个新招。

据《华盛顿邮报》网站报道，为防止公款消费，美国参议院计划追随众议院，在互联网上公示包括工作人员工资、差旅费和办公费在内的参议院开支。

这招够狠，无论你是普通网友，还是报社记者，都可以上网查阅相关信息，假若某位议员不够检点，他浪费公款的细节将遭“人肉”，将在论坛上被公布，随之传统媒体跟进，这位议员可能会声名狼藉，名誉扫地。

其实，信息公开一直是美国对付腐败的利器。美国一向注重保护隐私，如果你招聘时要求应聘者提供太多的个人信息，那么，对不起，你侵犯了个人隐私，如果对方把贵公司告上法庭，你十有八九会败诉。然而，涉及在职官员，可就大有不同了，在公众面前，官员是没有隐私的，会见外宾时收了什么礼物要交公，请客吃饭花钱也不可随意为之，这不，连差旅费开支都要报账公开了。

信息公开可以为有效地实施公众监督提供依据。对于官员腐败问题的遏制，从技术上讲，不外乎自上而下的管制和自下而上的监督。

中国自古以来便有御史、言官、东厂西厂各种机构来监督官员，明太祖朱元璋处理一件贪污案便杀掉数万人，但贪官却是走了一茬又一茬，野火烧不尽，春风吹又生，可见，自上而下的机制不免迎来上有政策、下有对策的结果，属于事发后的被动应对，难免效果不佳。

和中国相反，美国奉行自下而上的监督机制，属于制度上的约束。

美国政府除战争时期外，一直有公开信息的传统。早在1966年，美国国会就通过了《信息公开法》，对政府信息公开作出了严格的规定，并因此成为世界各国学习和效仿的榜样。随后，该法案多次修改。1976年，美国又通过了《会议公开法》，该法确立了合议制行政机关的会议公开制度，该法规定，会议制行政机关举行的一切会议，除可以免除公开举行的会议以外，都可以允许公众和新闻记者观察。

与行政机关相比，美国国会的开放度更高，美国国会两院每次举行公开的会议以前，都会及时通过报纸、电视、网络等媒体向全国公布举行会议的时间和会议讨论的议题。开会时，允许任何人，包括外国人旁听，当年国会对克林顿的弹劾审理是全过程公开的，我本人就曾到国会听过议员冗长的辩论。

在政府公开信息后，民间对这些信息合理、合法的使用，形成了民间监督政府的良性机制。

我采访美国大选时，曾专门就大选黑金问题进行过访问，一家名为"政治反应中心"的机构收集大选期间的捐款信息，谁在什么时间捐款多少，给了谁，都一目了然，这些信息都无偿拿到网上，供好事者进行研究；在明尼苏达大学新闻学院，老师们给我提供了美国政府各部委的财务信息，向我讲授如何用 EXCEL 对这些数据进行分析，我说："请告诉我如何得到的这些信息?"他瞪大了眼睛，迷茫地看着我说："那些都在它们的网站上啊!"

是的，这就是问题的关键所在。理论上说，中国是人民当家做主的国家，人人都是主人翁，国家干部是公仆，但实际上，任何美好设想的实现都需要一些实用的工具，捕鱼需要网，吃饭需要筷子，往墙上砸钉子需要钉锤，同理，行使当家做主的权利也要知柴米油盐，看账目清单。

毋庸置疑，随着互联网的普及，一个帖子就可以把某个官员推上风口浪尖，这一方面是时代的进步，比如说，2009 年 7 月，"史上最牛的车改方案"这一图文帖热传各大论坛，惊曝辽阳市宏伟区车改后"书记、区长每年车补 7.6 万元"；但另一方面，发帖披露一些内幕要承担一定的风险，这也是时代的悲哀。比如说，王帅在网上发帖披露河南省灵宝市的不当之举，却遭到灵宝市网警跨省抓捕，以涉嫌诽谤拘留 8 日。

这说明，《中华人民共和国政府信息公开条例》虽然已于 2008 年 5 月 1 日起执行，但对信息公开的重视程度还远远不够。虽然上至国家部委、下至乡镇政府，都设立了网站，但这些网站有些是摆设，做成了宣传的窗口，未能及时地发布相关信息，对财务等关键信息更是或讳莫如深，或语焉不详。而地方政府官员依然存在防民之口甚于防川的心理，一出事首先想到的是控制信息流动，把媒体拒之门外，导致权威部门不说话、谣言流行的局面，所幸，近年这种状况有所改观。

我查遍各政府网站，找不到像美国国会一样公开议员公款消费细节的网页，我想，假如各级官员公车消费情况公布，差旅费、招待会费用公布，虽无法杜绝，但可以大大遏制腐败的程度。我们说群众的眼睛是雪亮的，那也需要用一些实际的数据来进行擦拭，如美国参议院议员信息公开的主要倡导者、俄克拉荷马州联邦参议员科伯恩所说，这样做是为了让公众了解议员们如何花纳税人的钱，并对议员们的开支进行监督。

“如果民众看到有什么可疑之处，可以进行问责。”他说。

9 台湾的印象与思考

巴士离开桃园机场不到两公里，我便感受到台湾地区和大陆的一大不同。

从桃园机场到台北的高速公路两侧，并没有首都机场高速两侧整齐划一的高大树木，高速公路旁边，有稀稀落落的民居，也有纵横交错的稻田。这让我想起一个法国外交官问我的问题，为什么中国的树长在马路边上？

从私产保护的严格程度而言，台湾地区更像西方。因此，高速公路占地之后，如果再想路边辟出百米种树，简直比登天还难。

树如此，房屋也如此。不像大陆的城市那样横平竖直地规划，正是台北的特色。

台北的许多房子，如果按照大陆的标准早就可以拆除了，可却依旧大模大样地在那里散发着古老的气息。台北的街道很窄，大陆随便一个县城的道路，都比台北宽阔。当大陆的城市在拆迁中变高、变阔时，台北还谨守着它的低调和淡然。房子是个人的，不是政府的，因而政府也没有权力给拆掉。这个天底下再明白不过的道理，台湾的人们坚守住了。

需要承认的是，单就房屋本身而言，台北算不上美。尤其是西部的老城区，破旧的瓷砖包围下的老房子，和亚洲四小龙的位置很不般配。可当你转换宏观的视野，低下头，走进每一个店铺时，你会发现四处的秩序和微笑让房子变得美起来。

或许正因为如此，《新周刊》说“台湾最美的风景是人”。对这个判断，我有个注脚：我们同行的一位朋友，在台大医院门口丢了手机后，试着给自己的手机发了个短信，很快得到回复，约好地点后，手机失而复得。

没错，台湾最美的风景是人，是说台湾人的高素质。不闯红绿灯，该排队时排队，有屋顶的地方不得吸烟，捡到别人的东西归还，公共场合不会大声喧哗，讲话时礼数周到，这都是美。

其实，说一个地方人的好与不好，只不过这些一点一滴的小事。

我在“总统府”，也体验到了台湾人的美。

应在“总统府”工作的朋友邀请，进入参观了一下，出来后，到宾馆拿了一本书送给朋友，我打车直到“总统府”后门，把书递给门卫，托他转交我的朋友，门卫像邻家小弟一样笑着接过去。

我想，这就是美。在大陆，我即便到乡政府递交一本书，恐怕也要盘问良久，让我出示各种证件。

说到美，总也离不开美女。台北和大陆都市的区别在于两点。第一，捷运（地铁）里的台北女孩，打扮时尚而不妖娆，秀气而不妖气，简单的服饰背后是不张扬的个性，而大陆的都市女孩更多求新、求异。第二，在诚品书店这样的地方，也似美女不少，我印象里，大陆的美女，进书店的少些。

也许有人看了会骂我，也许这么说大陆女孩不高兴，可这的确是我那一刻最真实的感受。

无论人、物还是景，台湾都是浓浓的传统味儿。

这个地方，倡导忠孝、仁爱、信义、和平，而不是讲究“与天斗其乐无穷”；这个地方的孩子们都要背诵整部《论语》，而不是到成年后再通过电视聆听未必正确的讲解；这个地方最基层的细胞、最古老的美德从来没有被刻意打碎，更没有挑动至亲之间的残酷斗争和无情出卖。

当然，仅仅是简单地保留传统，绝没有台湾地区的今天。

蒋介石败走台湾后，吸取教训，采取耕者有其田的制度，却也没有像大陆一样打倒地主和资产阶级。这个过程有两点值得注意：第一，保留了私有产权；第二，台湾县级及其以下的基层选举未中断过。我在蒋经国纪念馆，看到了蒋经国于 1980 年参加地方选举投票的照片，那时，距离台湾开放报禁、党禁尚有 6 年时间。我们总是盯着热热闹闹的台湾地区领导人大选，可没有注意到台湾地区的基层民主其实一直没有中断过。

一切政治都是地方的，托克维尔的这句掷地有声的话，用在台湾地区再合适不过了。传统的根基，基层民主的土壤，让真正的选举来临之时，民众大抵知道该怎么办，尽管这个过程有喧嚣、有枪声、有怒吼、有牺性，但毕竟走过来了。

中华传统文化和西方民主结合，培育出台湾地区独特的社会文化。民主的根一旦扎下，便再也难以拔起。台湾的出租司机也好，知识分子也罢，对台湾的民主都有着抑制不住的自豪。但他们并不想当然地认为这套制度完美无缺。我所接触的台湾人，很多人在批判民主带来的不尽如人意之处的同时，也清楚地知道，这不是完美的制度，但相对于其他制度，这是较好的一个。

在传统与现代之间，还有一个不得不说的重要因素：日本。

在台北的大街小巷，在鳞次栉比的店铺里，感受得到浓重的东京的影子。日本统治台湾半个世纪后，虽然有杀戮、掠夺和侵害，但也留下了良好的秩序、成型的法制和经济的雏形。马英九的“总统府”，便是日本人1919年建造的总督府，至今冬暖夏凉，保存完好。

和台湾人打交道，也可以感受到日本式的细致和周到。台湾人从穿衣的习惯到做事一丝不苟的程度，几乎是沿袭日本人的风格。这种做事追求完美、不给人添麻烦的习惯，最大限度地减少了社会不和谐因素。

日本人、国民党人和民进党人对台湾地区的影响，通过一个笑话可以略知一二：日本人统治台湾时，治安严酷，看到不守规矩的人就咬一口，因此，日本人是狗，但结果是法制建设好了；国民党统治时，很懒惰，不怎么干活，像是猪，但民众自由度高，经济得以发展；民进党统治时，既没管好治安，又没发展经济，这说明，民进党猪狗不如。

笑话么，自然不严谨，却也说明了日本的统治并非仅仅是野蛮的掠夺。

继承了中华的传统美德，借鉴了日本的法治观念和礼仪系统，引进了西方的民主政治制度，这就是台湾地区如此之美的原因吧！

离开桃园机场返回北京时，在托运行李的地方，喧嚣一片，一位老太太跳着脚大骂，原来是两个人排队时发生了争执。不用我说，你应该可以猜得到，吵架的这两位是大陆人士。我们这个代表团的团长反复向机场工作人员解释，说这是“个案”，我们也觉得脸上无光。

希望有那么一天，大陆的民众，也和台湾地区民众一样；希望有那么一天，大陆也和台湾地区一样民主、自由。

后 记

这本书的问世，可以说是无心插柳。

2009年年初，在完成第一本书《选票的背后》不久，我深感无法在业务上再有突破，不舍地离开了《中国青年报》国际部，离开了心爱的记者岗位。

不做记者，日子顿时清闲起来，和好友章文聊天，他说这年头是自媒体的时代，没有名记、名编，只有名博，并帮我牵线，到凤凰网开了个博客。

没承想，一发不可收拾。试着贴了几篇关于日本的文章，点击量都在20万以上，评论数百条，有一篇的评论三千多条。有的读者提出中肯的意见，有的读者对其中的观点进行深入解读，或者批判。虽然不像给报纸写稿一样有点稿费，但通过博客和读者交流所产生的成就感，非稿费所能代替。

于是乎，我开始了在凤凰网开博的日子。每周两三篇，也把给海内外媒体撰写的评论贴于此处，当然，随着博文的受欢迎程度提高，越来越多的报纸杂志也向我约稿。

写博客和做记者写报道，区别还是蛮大的！写报道，字斟句酌，要考虑国情，考虑口径，要平衡当事各方；写博客就简单了，只要随心所欲，只要把自己的思想记录下来，即可。真诚、真实，无所隐瞒，无所“顾忌”，这正是乐趣所在。

这要感谢章文兄的引荐，感谢凤凰网的宽容，感谢凤凰网博报时任主编吴德强、编辑常鹏飞、韩阳的大力推荐和信任。当然，也要感谢凤凰集团老板刘长乐、凤凰网CEO刘爽创办了如此有温度、敢担当的媒体。这几年，也是我思想转变、意识转变的时期，从单纯关注外交事务到独立思考、回归传统的时期。无论是工作还是生活中，都有诸多师友给予我莫大的帮助和启迪。这几年，许多领导、朋友给予我工作和生活的指点、帮助和分享，让我可以专注于工作，不敢懈怠。他们是：邹明、朱学东、樊永生、李亚、杨佩昌、陈为民、高鑫诚、赵健、刘书、于华、姚世新、熊昱彤、周月、李永辉、邱永峥、徐冰川、高洪、柯银斌、冯雪梅、张从兴、蒋炜薇、黎萌、郎遥远、赵荣君、信力建、章诒和、吴祚来、郭国松……

还有诸多和我共事的年轻朋友，他们的热情、率真、活力，一直感染着我。

感谢章立凡先生为本书作序，他那段时间腰部有疾，行动不便，可依然读完书稿，细致地点评，发现序言里一个错字，还特意打电话和我说，他严谨的治学之风和宽广的胸怀，始终是我所敬佩、所要学习的；还要感谢吴稼祥、贺卫方和邱震海三位师友，百忙之中抽出时间，为本书写推荐语。

必须要感谢我的家人，没有他们的支持，我不可能有时间耕耘文字。如果说，第一本书是送给我的第一个儿子王汉骏，那么，这本书，就送给二子王籽丰。当然，感谢他们的妈妈刘玲，里里外外的全能人才；感谢我的父母、岳父岳母，多年来为我们的付出。

最后，要感谢本书的责任编辑李烨，没有她的敦促和鼓励，本书难以面世。她对于本书的结构、书名、版式，都做了大量艰苦细致的工作。对此，深表感谢。

由于时间仓促，这本书肯定有许多思考不深入、逻辑不严密之处，望各位读者批评指正，可以关注我的实名微博和我联系，也可以给我发邮件：dreamfinder@vip.sina.com，你们的关注，是我前进的动力。

王冲

2013 年 2 月 6 日

图书在版编目（CIP）数据

差距／王冲 著．—北京：东方出版社，2013.4
ISBN 978-7-5060-6236-7

Ⅰ.①差…　Ⅱ.①王…　Ⅲ.①游记—作品集—中国—当代　Ⅳ.①I267.4

中国版本图书馆 CIP 数据核字（2013）第 072010 号

差距
（CHA JU）

作　　者：王　冲
责任编辑：姬　利　李　烨
出　　版：东方出版社
发　　行：人民东方出版传媒有限公司
地　　址：北京市东城区朝阳门内大街 166 号
邮政编码：100706
印　　刷：三河市金泰源印装厂
版　　次：2013 年 7 月第 1 版
印　　次：2013 年 7 月第 2 次印刷
印　　数：10001—18000 册
开　　本：710 毫米×1000 毫米　1/16
印　　张：17.25
字　　数：282 千字
书　　号：ISBN 978-7-5060-6236-7
定　　价：38.00 元
发行电话：（010）65210056　65210060
（010）65210062　65210063